Jean Wiersch

Havelsymphonie

Brandenburg Krimi

AF204681

Prolibris Verlag

Handlung und Figuren sind frei erfunden. Darum sind eventuelle Übereinstimmungen mit lebenden oder verstorbenen Personen zufällig und nicht beabsichtigt.

Originalausgabe 7. Auflage 2018

Lektorat: Anette Kleszcz-Wagner
Titelfoto: Uwe Majonek, Brandenburg
Druck: Totem, Inowroclaw, Polen
ISBN: 978-3-935263-58-0

www.prolibris-verlag.de

1

Das Echo kurzer Schritte, jenes typische Klacken weiblicher Pfennigabsätze sprang noch zwischen den eckigen Säulen des Stadtbades hin und her, als die Frau mit den Stöckelschuhen das Gebäude bereits panikartig verlassen hatte. Endlich war sie draußen, und endlich entspannte sie sich, ein wenig nur, aber genug, um allmählich ihre Selbstbeherrschung zurückzugewinnen. Aber der Ärger nagte weiter an ihr, sie kam nicht wirklich zur Ruhe.

Sie lief vor dem dunklen Gebäude hin und her, bis sie im stürmischen Novemberwind fast das Gleichgewicht verlor. Nur mit Mühe fand sie Halt, als die spitzen Absätze tief in den durchweichten Boden drangen und auch noch das Riemchen der rechten Sandale riss. Nein, für einen Aufenthalt im Freien war sie nicht angezogen.

Regentropfen um Regentropfen zerplatzte auf Wangen und Stirn. Eine ganze Armada der feuchten Himmelsboten brach schließlich über sie herein, von dort, wo nur tiefschwarzes Nichts zu sehen war, das sich Besitz ergreifend über die ganze Stadt gebreitet hatte und alles an Schmuddelwetter ablud, was das Havelland derzeit zu bieten hatte.

Mit beiden Händen über dem Kopf lief sie zur Hauswand des Stadtbades und suchte in einem verwitterten Türrahmen Schutz. Immer mehr Tropfen, die wie an einer Perlenschnur aufgereiht fast waagerecht durch die Luft geblasen wurden, durchtränkten ihre Bluse, bis die schließlich klatschnass war und eiskalt auf der Haut klebte.

„Gabi, so warte doch. Gabi!" Auch er stürzte mehr, als dass er lief, durch die Flügeltür des alten Bades, das als eine der markantesten Schöpfungen des Bauhausstils galt und heute nur noch für Feiern und Feste genutzt wurde. Aber die Feier heute Abend war nicht nach ihrem Geschmack verlaufen.

„Gabi, ich bitte dich, sei doch vernünftig", schrie er in die alles verschluckende Dunkelheit und drehte dabei nervös seinen Kopf nach links und rechts.

Warum verschwand er nicht wieder, dieser Taugenichts?, ging es ihr durch den Kopf. Soll er doch wieder hineingehen, hinein zu dieser aufgetakelten Schnepfe, und soll er tanzen mit ihr, mit seinen leuchtenden Augen. Was konnte sie schon dagegen tun?

In solchen Momenten, davon war sie zutiefst überzeugt, war es ihm völlig egal, dass er sie der Lächerlichkeit preisgab. Da interessierte ihn auch nicht, dass sie als Mutter von zwei Kindern eine Frau war, die zwar in die Jahre kam, aber noch immer ganz gut mit den jungen, gesichtslosen Dingern mithalten konnte. In solchen Momenten, umringt von seinen geifernden Kollegen, wurde er von seinem Schwanz gesteuert und war nicht zu nüchternen Überlegungen fähig.

„Gabi, wo bist du denn?" Seine flehenden Worte amüsierten sie geradezu. Und deshalb wäre es vielleicht sogar ein schöner Moment gewesen, wenn nicht der Wind immer wieder eiskalt durch ihre dünne Bluse gepfiffen hätte. Als sich auch noch nasses, schweres Laub über ihren Sandalen sammelte, lief sie endlich weiter.

„Bleib doch stehen, verdammt noch mal … Gabi!" Seine muskulösen Hände packten plötzlich ihre dünnen Arme, hielten sie fest. Wütend sah sie zu ihm auf.

„Gabi, das ist doch nicht dein Ernst. Findest du nicht, dass du ein bisschen übertreibst? Sie ist die Sekretärin des Chefs, junge Mutter und glücklich verheiratet", behauptete er. Das hatte er aber schon drinnen geschworen. Ihr fiel die Zeit ein, als sie selbst noch junge Mutter war, die niemals um drei Uhr morgens über den Tanzboden geschwirrt wäre, solange ihre Kinder noch im Baby-Alter waren. Außerdem kannte sie derlei Erklärungen von ihm zur Genüge.

Ich liebe dich! Es kommt nicht wieder vor! Jetzt zählst nur noch du! Sie wollte es, sie konnte es nicht mehr hören. Nicht jetzt und auch nicht morgen oder an einem anderen Tag. Sie wollte sich das nie wieder antun, hatte sie sich beim letzten Mal geschworen. Nie wieder! Und jetzt fing er wieder damit an. Sie warf die Sandale auf den Boden, schlüpfte hinein und stapfte dann über das glitschige Kopfsteinpflaster der Havelstraße.

„Komm wenigstens auf den Bürgersteig", bat er, als er sie wieder eingeholt hatte und neben ihr herlief.

„Nein", rief sie energisch, und das Echo ihres Schreis pendelte drei Mal zwischen den Fassaden der alten Bürgerhäuser, ehe es der Wind davontrug. Sie würde ihm in dieser Situation auf keinen Fall irgendeinen Wunsch erfüllen. Nichts durfte den leisesten Verdacht erzeugen, sie würde ihm in Kürze doch wieder nachgeben.

Sie wollte ihn dieses Mal nicht nur zappeln lassen, zwei oder drei Tage lang, so wie sie es bisher immer getan hatte und wie es mit ihrer besten Freundin besprochen war. Sie wollte ihn endgültig loswerden.

Mittlerweile waren sie bis zur Ecke Grabenstraße gekommen, wo er nun schweigend neben ihr hertrottete. Eigentlich hätte sie jetzt geradeaus in die Kurstraße laufen müssen und von dort weiter über die Hauptstraße und den Neustädtischen Markt bis ins Deutsche Dorf. Aber sie hatte Spaß daran, eigene Entscheidungen zu treffen, solche, die ihm signalisierten, dass sie ihn gar nicht brauchte und eigentlich sogar besser ohne ihn klarkam. Deshalb bog sie nach rechts in die Grabenstraße ab, direkt in Richtung des Theaters.

„Gabi, was soll das denn nun wieder? Komm doch mit nach Hause, du wirst dich noch erkälten ohne Jacke."

Sie tat so, als hörte sie ihn gar nicht, und ging stur weiter. Nur nicht reagieren, war jetzt die Devise. Ihre ganze Konzentration galt einzig seinen Schritten. Folgte er ihr oder wagte er es wirklich, geradeaus zu gehen?

Sie musste sich sehr anstrengen, denn der laute Wind verschlang fast alle Geräusche um sie herum. Aber sie wollte sich auch nicht umdrehen um zu sehen, wohin er lief, das hätte ihrer gerade ersonnenen Demonstration weiblicher Stärke womöglich geschadet. Nur ganz leicht wandte sie deshalb ihren Kopf über die linke Schulter, gerade so weit, dass ihr Ohr ihm zugewandt war und sie seine Schritte hinter sich hören und daraus schließen konnte, dass er nicht weiter in Richtung Kurstraße gelaufen war.

Schnell drehte sie sich wieder nach vorn, rieb sich die Augen und wischte damit auch gleich die Wimperntusche breit. Als sie wieder klar sehen konnte, tauchte neben ihr der Eingang der Theaterklause auf, und vor ihr lag das Große Haus des Cultur und Congress Centers.

Aber es war nicht der Anblick der Theaterklause, der sie plötzlich erstarren ließ und ihr zusätzlich zur bitteren Kälte neue Gänsehaut über die Arme trieb, und es war eine ganz andere Szenerie, die ihrer Kehle einen markerschütternden Schrei entrang.

2

Eine halbe Stunde nachdem Frau Manter entgegen ihrem eigentlichen Vorhaben doch wieder in die Arme ihres Mannes gesunken war, standen beide im gleißenden Licht vieler Scheinwerfer. Nur der Theaterpark, jener grüne Lungenflügel, der die Grabenstraße zu einer Seite hin begrenzte, lag noch im Dunkeln der sich langsam verabschiedenden Nacht. Frau Manter hatte vorerst ihren Ärger über die wilde Tanzerei des Gatten beiseitegelegt und inzwischen auch vergessen, dass ihr entsetzlich kalt gewesen war, denn über ihrer nassen Bluse trug sie einen dick gefütterten Parka mit der breiten Aufschrift POLIZEI.

Hauptkommissar Andrea Manzetti beachtete das Ehepaar nicht. Später, erst nachdem er einen Gesamteindruck gewonnen haben würde, wollte er sich mit den beiden befassen. Bis dahin, war er sich sicher, war durch Sonja Brinkmann all das aufgeschrieben, woran die Manters sich erinnern konnten.

So stand Manzetti etwas abseits und betrachtete regungslos die bizarre Szenerie. Er lehnte mit tief in den Manteltaschen vergrabenen Händen rücklings an einem Auto, das irgendjemand mit dem Heck bis an die große Strauchhecke gefahren hatte. Die hatte längst alles Grün abgeworfen, was aber für einen ersten November auch nicht ungewöhnlich war.

Er starrte auf den kleinen Platz vor dem Theater, wobei seine Augen sich nur sehr langsam bewegten. Es hatte nichts mit der morgendlichen Müdigkeit zu tun, vielmehr versuchte Manzetti, in die gegenwärtige Situation einzutauchen, mit jedem Atemzug die Atmosphäre aufzusaugen und sich dabei noch nicht in komplizierten Details zu verlieren. War nämlich erst einmal aufgeräumt hier, dann war auch dieser Eindruck verloren. Für immer, denn Fotos waren seiner Meinung nach nicht in der Lage, Stimmungen einzufangen. Jedenfalls nicht die der Polizeifotografen. Dazu bedurfte es Profis, die mindestens einen vernünftigen Bildband veröffentlicht hatten, aber die konnte sich die Polizei nicht leisten. Genau deshalb fuhr Manzetti seit eh und je selbst an die Tatorte, und alle achteten penibel darauf, dass sie nichts anrührten, bevor der Chef dazu seine Erlaubnis erteilte.

Manzetti begann das Sammeln von Eindrücken links, wo der Eingang des Großen Hauses war. Den hatte er erst vor gut drei Wochen seiner Frau offen gehalten, als sie zum ersten Konzert der Brandenburger Symphoniker in der neuen Spielsaison gekommen waren. Das Orchester war wieder einmal großartig gewesen, und auch bei der Auswahl der Stücke hatte der Generalmusikdirektor ein goldenes Händchen bewiesen. Carl Maria von Weber, Hindemith und Bernstein hatten jene Mischung ausgemacht, die dem verwöhnten Geschmack des Publikums voll entsprach, und der Höhepunkt, ein Stepptänzer zu klassischer Musik, hatte dank der unzähligen Bravorufe drei Zugaben geben müssen.

Manzettis Augen wanderten weiter, vorbei an der Theaterklause, hin zu den Häusern der Grabenstraße, die nicht mehr zum Theaterkomplex gehörten und wo die polizeiliche Absperrung begann. Er griff in die Innentasche seines Mantels, in der gewöhnlich der handtellergroße Schreibblock steckte und schrieb zwei Wörter auf: Intendant, Gastwirt.

Als er wieder aufblickte, sah er zu Sonja, die wild gestikulierte und wohl hoffte, ihn dadurch mahnen zu können, dass die Kollegen nun lange genug auf ihren Einsatz warteten. Endlich gab Manzetti nach und ließ mit einer Handbewegung alle mit der Arbeit beginnen.

„Kollege Köppen!", rief er dem jungen Mann entgegen, der frierend von einem Bein auf das andere sprang.

„Was soll ich machen, Herr Manzetti?", fragte Köppen mit klappernden Zähnen.

„Versuchen Sie bitte, den Intendanten des Theaters und den Eigentümer dieses Lokals aufzutreiben", wies Manzetti ihn an und zeigte mit gestrecktem Arm auf die Klause. „Ich brauche beide hier, auch wenn es wohl noch nicht ihre Zeit ist. Aber vorher fahren Sie zur Wohnung von Bremer und bringen ihn sofort hierher. Wenn nötig, treten Sie seine Tür ein."

„Das hat die Kollegin Brinkmann bereits veranlasst", sagte Köppen ohne Zögern.

„Was? Dass Bremers Tür eingetreten wird?", fragte Manzetti mehr rhetorisch und deshalb mit breitem Grinsen.

„Nein. Aber der Doktor wird gerade mit einem Streifenwagen gebracht."

Als Köppen in der Menge verschwunden war, bog wie zur Bestätigung auch schon das Polizeifahrzeug aus der Havelstraße ein und hielt direkt vor dem rot-weißen Absperrband. Dr. Bremer kletterte vom Beifahrersitz und zog den Kragen seines Mantels mit einer Hand zusammen.

„Morgen, Dottore", grüßte Manzetti, als der Gerichtsmediziner auf seiner Höhe war. „Mal wieder vor lauter Träumen das Telefon nicht gehört?"

„Hm", knurrte der Arzt und war im Begriff, schnell an Manzetti vorbeizugehen. Der lächelte erneut, als ihre Blicke sich kurz trafen.

„Leiden Sie neuerdings unter Bulimie?", fragte der Hauptkommissar dann mit hochgezogenen Augenbrauen.

„Bulimie? Wieso?", brabbelte Bremer, ohne dabei stehen zu bleiben.

„Weil Sie aussehen, als hätten Sie Ihr Frühstück unter großen Anstrengungen gerade wieder erbrochen."

„Ich lach mich tot, Manzetti", schnaufte der Gerichtsmediziner. „Ich habe noch nicht gefrühstückt, und wenn Sie mich weiter vollquatschen, dann komme ich heute auch nicht mehr dazu."

„Sind Sie in diesem Zustand überhaupt in der Lage, vernünftig zu arbeiten?" Manzetti fragte das, weil ihm Bremers Fahne, die zu dem Mann gehörte wie der Stern zu Mercedes, hier draußen in der frischen Luft geradezu ekelerregend in die Nase strömte.

„Das lassen Sie mal meine Sorge sein. Ich habe drei Stunden geschlafen, das reicht."

Manzetti zuckte mit den Schultern und folgte dem Mediziner schweigend bis vor die Klause, wo er sich so hinstellte, dass der Wind den Fuselgeruch von ihm wegtrug. Er kannte Bremer nun schon viele Jahre, ebenso viele, wie der an der Flasche hing. Weil er ihn trotzdem mochte, litt Manzetti bei jedem Aufeinandertreffen der beiden an seinem eigenen Mitleid, das er einfach nicht ablegen konnte und mit betonter Ruppigkeit zu überspielen versuchte. Er schätzte Bremers messerscharfen Verstand, seinen Humor und auch den Einsatzwillen, drei Punkte, die in jüngster Vergangenheit jedoch immer häufiger von wahren Saufexzessen verdrängt worden waren.

„Bremer, was sehen Sie?"

Der Arzt hob nicht einmal den Kopf, als er antwortete: „Weiblich, etwa dreißig Jahre alt und weniger als acht Stunden tot. Mehr Zeit hatte ich ja noch nicht, oder?"

Manzetti trat einen Schritt zur Seite und setzte sich schwerfällig auf einen der Plastikstühle. Dabei wunderte er sich, dass man den Gästen noch im November das Angebot machte, draußen sitzen zu können. Dann blickte er wieder zur Toten.

Er sah sich die Frau etwas genauer an. Sie war sehr hübsch. Ihre langen blonden Haare waren streng nach hinten gekämmt und dort zu einem Zopf gebunden. So boten sie dem Wind, der am frühen Morgen etwas nachgelassen hatte, kaum Angriffsfläche.

Der Täter hatte die Frau nicht einfach auf den Boden gelegt, sondern auf einen der Kneipentische, die vor der Klause standen. Dort ruhte sie wie in ihrem Bett. Nur war sie angekleidet, allerdings trug sie ein Kleid, das irgendwie nicht in die heutige Zeit passte. Vielleicht kam es fünfzig Jahre zu spät. Es war etwa wadenlang, grau und bis oben zugeknöpft. Und es hatte sogar angesetzte Puffärmel, die jede Trägerin artig aussehen ließen. Über dem Kleid trug die Tote eine schlichte Schürze, ebenfalls grau, wenn auch eine Nuance heller, die, jedenfalls soviel Manzetti momentan erkennen konnte, so eng geschnürt war, dass die Brüste der Frau regelrecht platt gedrückt wurden.

Im Übrigen konnte der Eindruck entstehen, als schliefe sie seelenruhig und ließe sich dabei von niemandem stören. Ihr Kopf mit dem ebenmäßigen Gesicht war auf ein großes Kissen gebettet. Ihre Hände steckten in einer länglichen Hülle aus flaumigem Fell.

„Woran ist sie gestorben?", fragte Manzetti.

„Zuviel Post", antwortete Bremer ohne lange zu überlegen.

„Zuviel Post?"

„Ich habe sie zwar noch nicht umgedreht, aber hier vorne steckt ein Brieföffner in ihrem Herzen."

Nun stand Manzetti doch auf und konnte gerade noch sehen, wie Bremer den Brieföffner langsam aus der jungen Frau zog und ihn in die Luft hielt: „Ein schönes Stück."

„Was ist daran schön?", wollte Manzetti wissen.

„Sieht aus wie Jade."

„Nie und nimmer", meinte Manzetti, als er ganz dicht neben Bremer getreten war. „Das sieht eher aus wie Massenware."

„Massenware?", empörte sich Bremer spielerisch. „Brieföffner sind doch keine Massenware. Manzetti, ich bitte Sie, wer schreibt denn heute noch Briefe. Heute verschickt man E-Mails oder SMS, aber doch keine Briefe mehr. Und wenn doch noch jemand einen Brieföffner besitzt, dann stammt der aus dem Nachlass der Groß-tante …Trotzdem, Sie könnten Recht haben", sagte Bremer nach kurzem Zögern und hielt den grünen Griff des Brieföffners noch dichter gegen den grellen Schein des Scheinwerfers, den die Kri-minaltechniker für ihn aufgebaut hatten. „Und Sie haben Recht, was ich ungern zugebe", stellte er plötzlich fest. „Sah aber auf den ersten Blick wirklich aus wie Jade." Seine Enttäuschung war nicht zu überhören.

„Ja, sicher doch." Manzetti unterdrückte den Wunsch, die Augen zu verdrehen. „Ist sie nur daran gestorben? Ich meine, wurde sie erstochen?"

„Sieht so aus. Sie hat keine weiteren Verletzungen an der Vorderseite, keine Würgemale am Hals und keine Anomalien in den Augen. Aber genau kann ich es erst sagen, wenn sie bei mir im Institut ist."

„Was sind das da für Schlüssel?", fragte Manzetti.

„Welche Schlüssel?" Bremer schaute sich suchend um.

„Unter dem Tisch. Da liegen doch zwei Schlüssel."

Bremer trat einen Schritt zurück und bückte sich.

„Liegen lassen!", befahl Manzetti.

Sofort zuckte Bremer zurück, wobei er sich den Kopf ge-räuschvoll an der Tischkante stieß. „Idiot", stöhnte er, rieb sich die Schädelplatte und fragte dann, als wäre nichts gewesen: „Meinen Sie, die stammen von der Toten? Sehen aus wie Haus-türschlüssel."

„Sie können auch vom Täter sein. Das werden wir klären müssen." Manzetti angelte mit seinem Kugelschreiber nach dem Schlüsselring und sah sich die Fundstücke etwas genauer an. Ein Schlüssel war oben rund und der andere viereckig. Er drehte sie weiter hin und her. Auf dem runden stand IKON und auf dem eckigen BAB. Mit der linken Hand kramte Manzetti in der Manteltasche und förderte zum Vergleich sein eigenes Schlüsselbund zu Tage.

„Der hier", er hielt den Kugelschreiber mit den Schlüsseln in Bremers Richtung, „ist von BAB und meiner auch. Das heißt zwar noch nichts, aber es könnte immerhin sein, dass es wirklich Haustürschlüssel sind." Manzetti übergab sie einem Kollegen, der sie in eine durchsichtige Plastiktüte steckte.

„Was ist das für ein Fell?", fragte Manzetti nach einer kurzen Pause und deutete mit dem rechten Zeigefinger an Bremer vorbei auf die pelzige Hülle, in dem noch immer die Hände der Toten steckten.

„Sieht aus wie ein Muff", erklärte Sonja, die plötzlich zwischen den beiden Männern stand. „Schön warm, aber schon ziemlich aus der Mode gekommen."

Bremer zog unterdessen eine Hand der Leiche aus dem Muff und blickte anschließend mit faltiger Stirn zu Manzetti.

„Was haben Sie?", fragte der, nun noch neugieriger geworden.

„Fassen Sie mal die Hand an", forderte Bremer nicht ohne aufsteigende Erregung, denn er wusste nur zu gut, was er dem Hauptkommissar damit zumutete. Aber seiner Meinung nach hatte Manzetti sich das schon allein wegen seiner ruppigen Begrüßung verdient, als er am Tatort erschienen war.

Manzetti schob unterdessen seine Hand ganz behutsam nach vorne, so wie es kleine Kinder tun, die zum ersten Mal in ihrem Leben einen Hund streicheln sollen, der viel größer als sie selbst ist. Dann berührte er zögerlich den blassen Handrücken der toten Frau. Blitzartig zuckte er zurück. „Die ist ja eiskalt."

„Richtig", lobte Bremer und versteckte die Hand der Toten zwischen seinen, ganz so, als würde er sie wärmen wollen.

Manzetti setzte sich wieder in den Stuhl, irgendetwas trieb sich plötzlich in seinem Kopf herum. Es war einer von den Gedanken, die er für gewöhnlich nicht sofort beschreiben konnte, von denen er aber glaubte, dass sie nicht unwichtig waren. Es dauerte eine Weile, bis er diese Inspiration in Worte fassen konnte. Nach einigen Sekunden der Stille und einem tiefen Seufzer sprach er mehr zu sich, als zu den anderen. „Che gelida manina."

„Was?" Sonja sah Hilfe suchend erst zu ihrem Chef und dann zu Dr. Bremer.

Manzetti erhob sich und legte seinen Arm um ihre Schulter: „Wie eiskalt ist dies Händchen", sang er ganz leise und offenbar mit einer Melodie, die ihm gerade eingefallen war.

„Und was soll das bedeuten?" Sonja war nun offensichtlich völlig verwirrt.

„Puccini. La Bohème. *Che gelida manina* ist die wohl berühmteste Arie aus dieser Oper. Kennst du die etwa nicht?" Manzetti zog seine junge Kollegin noch dichter an sich heran.

Sonja schüttelte den Kopf. „Muss ich das?"

„Natürlich nicht", räumte er ein, ließ sie schließlich los und begann dann seine Erklärung. „In diesem Musikstück beschreibt Puccini das Künstlermilieu im Paris des beginnenden neunzehnten Jahrhunderts mit ihrem ungezwungenen Lebensstil, die Bohème. Unter ihnen waren Maler, Dichter, Bildhauer und auch Musiker, deren Dasein oft so etwas wie ein täglicher Geniestreich war, ein Überlebenskampf."

„Heute würde man wohl sagen, dass sie von der Hand in den Mund gelebt haben", ergänzte Bremer, der kurz zu den beiden Kommissaren aufgesehen hatte.

„Und was hat das mit dieser Frau zu tun?", warf Sonja ein und deutete mit dem Kinn zu der Toten. Sie konnte sich noch immer nicht erklären, worauf Manzetti anzuspielen versuchte.

„Mit der Toten?", fragte er. „Ach so. Zu dieser Bohème gehörte auch ein Dichter mit dem schönen Namen Rodolfo, der sich eine Behausung mit dem Maler Marcello teilte. Bei ihm lernte Rodolfo die Stickerin Mimi kennen und verliebte sich in sie."

Sonja hörte zwar weiter zu, sah aber inzwischen mit anderen Augen zum Tisch. Hatte sich die unbekannte Tote etwa zu Lebzeiten unglücklich verliebt? War auch sie an einen Künstler geraten und musste die Liaison schließlich mit dem Leben bezahlen? Unmöglich war das nicht, schließlich lag sie vor dem Theater.

„Und dann hat dieser Rodolfo die Stickerin getötet", stellte Sonja schließlich fest.

„Nein", widersprach Bremer aufs Heftigste. „Mimi war an Schwindsucht erkrankt, woran sie dann auch starb. Und wegen ihrer Erkrankung hatte sie immer kalte Hände. *Che gelida manina* eben."

„Und deshalb steckte sie ihre Hände in einen Muff?" Sonja formulierte es zwar wie ein Frage, aber eigentlich klang es eher wie eine Erklärung.

„Genau. Deshalb steckte sie ihre Hände in einen Muff", bestätigte Manzetti. „Das hier sieht auf den ersten Blick fast genauso aus. Mimi liegt mit Händen in einem Muff auf einem improvisierten Diwan, noch dazu neben unserem Theater. Ihr fehlt nur noch das rote Häubchen."

Sonja fragte nicht weiter, denn sie glaubte, dass sie zwar nicht jedes Detail begriffen hatte, aber aus einer gewissen Intuition heraus im Moment ihrem Chef geistig folgen konnte. Sie meinte zu wissen, was er wollte, denn Täter, die ein Verbrechen regelrecht in Szene setzten, wählten die Orte ihrer Inszenierung natürlich nicht zufällig. Vielmehr verbanden sie mit ihnen etwas, sie hatten gar eine Beziehung zu dem Ort oder wollten damit wenigstens etwas zum Ausdruck bringen. Das konnte man gut und gerne mit einer Demonstration vergleichen, bei der sich auch niemand vor einem Bäckergeschäft einfinden würde, um gegen hohe Benzinpreise zu protestieren.

Zwar glaubte Sonja, ihren Chef zu verstehen, aber den Blick, den er Bremer nun zuwarf, konnte sie nicht einordnen. Aber die beiden hatten sich still verständigt und hoben in unerwarteter Eintracht den Oberkörper der Toten, bis Bremer unter das flauschige Kopfkissen gucken konnte.

„Und?", fragte Manzetti hastig.

„Nichts … nur ein gelbes Blatt", stellte Bremer enttäuscht fest.

Daraufhin sah Sonja etwas grimmig aus, denn sie hatte den sicher geglaubten Faden längst wieder verloren. „Kann mir mal jemand verraten, was ihr hier treibt? Blätter fallen nun mal im Herbst herunter, oder irre ich mich da?" Ihre Hände stemmte sie dabei provokativ in die Hüften.

„Bei Puccini", erklärte Manzetti, „hatte diese Mimi ein rosa Häubchen, das sie hin und wieder unter dem Kopfkissen versteckte. Aber hier lag eben nur dieses Blatt. Es hätte so schön sein können ..."

Er trat wieder etwas dichter an den Tisch, beugte sich über den Kopf der Leiche und wandte sich dann zu Sonja: „Wissen wir schon, wer sie ist?"

„War", korrigierte Bremer.

„War", wiederholte Manzetti mit eindeutiger Mimik.

„Nein", musste Sonja einräumen. „Sie hatte keine Papiere dabei, und bislang hat sie niemand erkannt. Es haben aber auch noch nicht viele Leute einen Blick gewagt."

Manzetti schaute nach rechts, dorthin, wo zwei uniformierte Kollegen die Absperrung verteidigten.

„Wenn du das Flatterband abnimmst, kommen die zu Dutzenden und wagen mehr als einen Blick. Guck dir nur die Handys an. Die halten sie doch nicht in die Luft, weil so die Gespräche besser zu verstehen sind."

„Deswegen müssen sie die Tote aber noch lange nicht kennen", gab Sonja zu bedenken.

„Gekannt haben", kam es wieder von Bremer.

Sonja begnügte sich nicht mit einem strafenden Blick, wie Manzetti. Sie holte weit aus und trat Bremer vors Schienbein.

„Ich habe sie schon irgendwo gesehen", behauptete Manzetti in das Gejaule von Bremer hinein, während er sich wieder über die Leiche beugte und intensiv das Gesicht betrachtete. Es war ein wirklich schönes, mit ganz ebenmäßigen Zügen. Der Teint war nordisch und die Nase teilte das Gesicht gleichmäßig in zwei Hälften. Das war wohl das Geheimnis von Schönheit. Die Symmetrie. Wenn die Proportionen harmonisch waren, so wie hier, dann sah auch ein totes Gesicht noch reizend aus, so, als würde es friedlich schlafen. „Ich kann mich nicht erinnern, aber ich bin mir absolut sicher, dass ich sie erst vor kurzem gesehen habe und das nicht nur flüchtig. Ein so schönes Gesicht vergisst man nicht so schnell."

Als Bremer die zweite Pirouette vollendet hatte, trat er vorsichtig mit dem schmerzenden Bein auf und sah wutschnaubend zu Sonja. Aber sein Blick glitt schnell weiter, über ihre Schulter hinweg. Und dann fragte er: „Was will die denn hier?"

„Wer?"

„Na, die da." Bremer zeigte ungeniert mit dem ausgestreckten Finger auf die Frau, die noch immer mit dem Polizeiparka innerhalb der Absperrung stand.

„Das ist Frau Manter", sagte Sonja.

„Das weiß ich. Aber was will die hier?" Bremer wurde immer lauter.

„Sie hat die Tote gefunden", erklärte Manzetti, packte den Arzt an der Schulter und drehte ihn wieder zur Leiche.

3

Nach mehr als zwei Stunden intensiver Tatortarbeit sah Manzetti auf seine Uhr. Spätestens um sieben wollte er nämlich wieder zu Hause sein. Allerspätestens.

Also übergab er Sonja das Zepter und verließ zu Fuß den Platz vor dem Theater. Sein eher bedächtiger Marsch führte ihn nicht auf dem kürzesten Weg durch den Theaterpark, sondern durch die Wollenweberstraße. Das brachte ihm nicht nur genug Zeit und Muße, um die ersten Eindrücke und die sich aufdrängenden Fragen zu sortieren, sondern es schonte auch seine teuren Schuhe, die nicht im Matsch der aufgeweichten Wege versinken mussten.

Was wusste er bislang? Eigentlich nicht viel. Ihm war lediglich bekannt, dass eine junge Frau aus dem Leben geschieden war, und das höchstwahrscheinlich nicht freiwillig. Aber mehr? Fehlanzeige. Auch das merkwürdige Pärchen, das die Tote gefunden hatte, hatte keine ergiebigen Fakten beisteuern können. Die waren nur Entdecker der Grausamkeit und außerdem sehr schnell in irgendeinen Streit eingetaucht, bei dem es, jedenfalls soviel Manzetti davon verstanden hatte, um eine Schnepfe oder eine Sekretärin oder um beides gegangen war.

Ihm war das egal gewesen und deshalb war er hinter Bremer um den Leichnam geschlichen, hatte sich weiter mit dem Ort des Geschehens vertraut gemacht, mal diese mal jene Stelle inspiziert, ja, hatte entgegen sonstiger Gewohnheiten sogar die Leiche berührt. Aber wirkliche Erkenntnisse hatte er dabei nicht gewonnen. Und damit meinte er in erster Linie, dass er sich noch immer nicht daran erinnern konnte, wo er die Tote bereits gesehen hatte.

So versuchte er sich auf sein Zuhause zu konzentrieren und damit etwas Abstand zu gewinnen. Aber das gelang ihm heute irgendwie nicht. Ging das überhaupt? Konnte man wirklich von einer Leiche weggehen und gleichzeitig all die massiven Eindrücke zurücklassen? Wohl eher nicht. Manzetti jedenfalls war nicht in der Lage, die Erinnerung an einen toten Körper nach fünf Minuten abzustreifen und abzulegen wie einen Mantel, den man in der warmen Wohnung nicht mehr brauchte und ihn deshalb im Flur aufhängte. So eine Leiche saß fest an einem, wie angeschweißt. Nicht einmal die abendliche Dusche hatte dafür genügend reinigende Kraft.

Als Manzetti in Gedanken versunken kurz aufsah, erschrak er plötzlich. Er blickte in zwei wache Augen, die ihn aus einem schönen Gesicht mit einem leicht spöttischen Ausdruck ansahen. „Guten Morgen", sagte die alte Frau, die vor einer offenen Haustür stand und die Zeitung aus dem Briefkasten angelte.

Manzetti überlegte kurz, dass er diese Frau wohl nicht kannte, erwiderte aber ihren Gruß. Und während er den Duft von frischem Kaffee wahrnahm, der auf einer warmen Wolke an ihr vorbei nach draußen bis zu seiner Nase strömte, führte sie das Gespräch fort, sodass er sich endgültig entschloss, stehen zu bleiben.

„Kommen Sie vom Theater?", fragte sie.

„Warum?"

„Weil da ein riesiger Menschenauflauf ist und weil sonst zu dieser Zeit kaum Fußgänger hier herumspazieren."

„Da mögen Sie Recht haben. Aber warum interessiert Sie das?", stellte Manzetti seine für Polizisten typische und damit auch verräterische Frage.

„Nun tun sie doch nicht so geheimnisvoll", entgegnete die Frau, steigerte ihr ohnehin schon gewinnendes Lächeln noch um ein paar Prozentpunkte und machte dabei nicht den Eindruck, als hätte sie mit den interessanten Dingen des Lebens schon abgeschlossen.

Als sie weitersprach, hielt sie ihm die Märkische Allgemeine an die Brust. „Das steht doch morgen sowieso alles in der Zeitung, oder?"

Manzetti musste nur kurz überlegen. „Auch da haben Sie wahrscheinlich Recht. Also, ja, ich komme direkt vom Theater."

„Da ist jemand tot, nicht wahr?"

„Woraus schließen Sie das?"

„Ich habe einen Menschenauflauf gesehen und Polizeifahrzeuge, aus meinem Dachfenster heraus. Aber da ist ein Baum davor und ich müsste das Fenster hochklappen und mich weit hinauslehnen, um alles zu überblicken."

„Das ist aber gefährlich. Das sollten Sie lieber lassen", ermahnte Manzetti und dachte sofort an die Folgen eines Oberschenkelhalsbruchs.

„Ach wo", wehrte sie ab. „In meinem Alter ist gar nichts mehr gefährlich, junger Mann. Da ist der Drops gelutscht, wie mein Enkel zu sagen pflegt. Da freut man sich über jeden neuen Tag, ist verzweifelt auf der Suche nach frischen Abenteuern, um dann abends doch wieder festzustellen, dass ein altes Leben nur aus Déjà-vu-Erlebnissen besteht. Was ist denn nun? Liegt da ein Toter?"

„Ja, da liegt ein Toter. Genauer, eine tote Frau."

„Abgemurkst?", bohrte sie weiter.

Als Manzetti zögerte, zupfte sie an seinem linken Mantelärmel. „Also abgemurkst … Dachte ich mir's doch. Sonst wäre auch nicht die gesamte Polizei dieser Stadt dort und die Neugierigen wären längst verschwunden."

„Das ist wohl so", antwortete Manzetti und erinnerte sich an die gut zwei Dutzend Gaffer, von denen sicherlich einige ausharren würden, bis das letzte Polizeiauto verschwunden war. „Haben Sie vielleicht etwas gesehen, was mit dem Mord zu tun haben könnte?"

Sie überlegte einen kurzen Moment. „Nein, habe ich nicht", sagte sie schließlich und zog ihren Morgenrock enger um den Körper. „Ich kann Ihnen leider nicht helfen."

Manzetti betrachtete den Morgenmantel im schwachen Laternenlicht. Er war von der Art, wie ihn auch seine Frau trug, also nicht ein dick gesteppter mit bunten Blümchen, wie man ihn bei älteren Frauen erwartet hätte, sondern ein knapp geschnittener aus Satin, schwarz, mit einem bunten Paradiesvogel bestickt. „Sie werden sich erkälten, gnädige Frau."

„Machen Sie sich mal um mich nicht solche Sorgen. Ich bin ganz gut abgehärtet, und außerdem weht mir die warme Luft aus dem Flur um die Beine."

Manzetti nickte mit einem verständnisvollen Gesichtsausdruck. „Wann haben Sie uns denn bemerkt?" Er ging davon aus, dass die alte Dame längst wusste, dass er zur Polizei gehörte.

„So vor etwa zwei Stunden war das. Sie haben zwar nicht übermäßig viel Krach gemacht, aber das Klappen der vielen Autotüren hat bei mir doch eine gewisse Neugier geweckt."

„Sind Sie denn öfter um diese frühe Zeit schon wach? Es war doch noch nicht einmal fünf Uhr, als wir hier erschienen." Er musste unweigerlich daran denken, dass er das Telefon am liebsten aus dem Fenster in den Stadtkanal geworfen hätte, als es ihn kurz vor halb fünf aus dem Schlaf gerissen hatte.

„Natürlich. Um vier Uhr fünfundvierzig stehe ich gewöhnlich auf und mache Gymnastik. Dann lasse ich Fridolin rein, das ist mein Kater, und hole mir die Zeitung aus dem Briefkasten. Aber heute kam ja alles durcheinander."

Die letzten Worte der alten Frau erinnerten ihn unweigerlich an sein eigentliches Vorhaben. Er musste nach Hause, weil sonst auch bei ihm alles durcheinandergeraten würde. „Ich muss leider weiter." Er unterstrich seine Äußerung mit einem Blick auf die Uhr.

„Das ist aber schade. Ich hätte Ihnen jetzt einen Kaffee angeboten, und Sie hätten mir dafür alles erzählt."

„Was meinen Sie denn mit *alles*?"

„Na eben alles. Sie haben doch bestimmt schon etwas, das die Neugier einer alten Frau befriedigt, oder? Zum Beispiel, wer die Tote war."

„Das wissen wir noch nicht", musste Manzetti zugeben und wunderte sich plötzlich, wie bereitwillig er die Fragen einer ihm vollkommen fremden Person beantwortete. „Tja …", er schaute wieder auf seine Uhr. „Jetzt muss ich aber wirklich weiter."

„Wenn wir uns mal wieder sehen, können Sie mir ja berichten, was Sie herausgefunden haben."

„Ja", sagte Manzetti, obwohl er es eigentlich hasste, wenn Menschen Zusagen machten, nur weil es höflich war.

Dann ging er rascher als zuvor über das vom Tau benetzte Pflaster der Wollenweberstraße. Am Jungfernsteig, dort wo seine Wohnung lag, drückte sich die kalte Luft vom Stadtkanal unter seinen Mantel, und so legte er noch einen Schritt zu.

An der Wohnung angekommen, bemerkte er, dass alle Eile umsonst gewesen war. Die abgeschlossene Haustür des separaten

Eingangsbereiches zu seiner Wohnung war nämlich das sichere Zeichen dafür, dass Kerstin mit den Kindern losgegangen war und ihn damit heute von seiner Donnerstagsaufgabe entbunden hatte. Er nämlich schloss die Tür zum Ärger seiner Frau nie ab, auch nicht vorhin, als er zum Tatort gegangen war. Auch die Märkische Allgemeine steckte nicht mehr im Briefkasten.

Enttäuscht öffnete er die Tür und schaltete das Licht im Flur an. Beim Aufflackern der Leuchtstoffröhren kam ihm dann doch der erhoffte Geistesblitz.

Die Zeitung. Natürlich.

Wenn die alte Frau normalerweise kurz vor fünf die Zeitung aus dem Briefkasten nehmen konnte, dann musste der Zeitungsbote ja immer sehr früh durch das Viertel gehen. Vielleicht hatte der etwas gesehen? Möglicherweise sogar den Täter. Und möglicherweise war er sogar an die Leiche herangetreten, hatte die schöne Tote aus nächster Nähe betrachtet und wie zum Beweis seiner Anwesenheit zwei Schlüssel verloren. Haustürschlüssel. Von den Häusern nämlich, die ihre Briefkästen noch drinnen an den langen glatten Flurwänden hatten. So könnte es gewesen sein.

Oben in der Wohnung fand er einen Zettel, auf dem Kerstin ihm in ihrer geschwungenen Handschrift mitteilte, dass sie die Kinder selbst geweckt und alles hergerichtet habe. Da aber sein Handy ausgeschaltet gewesen sei, habe sie ihn nicht darüber informieren können.

Den Rest konnte sich Manzetti denken. Lara war bestimmt schon zur Schule unterwegs und machte erst dort ein paar ihrer Hausaufgaben oder tauschte eigene in Mathe mit der Französischübersetzung einer Freundin. Und Paola? Sein kleiner Engel würde noch solange mit Mama am Schreibtisch in deren Büro sitzen, bis der Unterricht in der Grundschule beginnen würde.

Er legte den Zettel wieder auf den Tisch zurück und schaltete sein Handy ein. Drei Anrufe in Abwesenheit waren registriert. Einer von Kerstin, einer von Sonja Brinkmann und der letzte, gerade einmal fünf Minuten her, von Ole Claasen. Da Manzetti die

Botschaft seiner Frau bereits zu kennen glaubte und auf den Leiter der Polizeidirektion Brandenburg noch keine Lust hatte, hörte er nur die Nachricht von Sonja ab.

„Andrea", hatte sie auf die Mailbox geschnauft. „Der Gastwirt ist jetzt hier, und Köppen holt gerade den Intendanten von zu Hause ab. Sie müssten in zwanzig Minuten da sein. Was soll ich mit ihnen machen? … Andrea, verflucht noch mal, ruf mich unbedingt an! … Hörst du? …Du sollst mich nicht immer mit so halb angedachtem Zeug …" An der Stelle hatte er genug gehört, klappte das Telefon zu und Sonja verstummte. Da er aber selbst Lust auf einen guten Cappuccino hatte, beeilte er sich, wieder zum Theater zu kommen.

*

Als sein Handy die Fünfte von Beethoven klingelte, bog Manzetti gerade in die Kurstraße ein. Mit einem Blick auf das Display hätte er sich allerdings gerne in die letzten Momente eines tiefen Schlafes gewünscht, aus dem er aufwachen würde, um dann beruhigt feststellen zu können, dass jenes Klingeln eben nur ein verflogener Traum wäre.

„Manzetti hier", meldete er sich zurück in die Realität.

„Das weiß ich doch", polterte Claasen. „Ich habe doch nicht aus Spaß Ihre Nummer gewählt. Was machen Sie gerade?"

Manzetti zögerte einen Augenblick. Er musste vorsichtig sein, denn allein die Tatsache, dass er sich vor Abschluss der Tatortarbeiten von der Leiche entfernt hatte, würde Claasen zu sehr verwirren, und er wollte nicht, dass sein Vorgesetzter so in den Tag starten müsste. Deshalb flüchtete er in eine kleine Notlüge. „Ich bin noch immer am Theater und suche Menschen, die als Zeugen infrage kommen könnten."

„Gibt es denn welche?" Claasen hatte anscheinend den Konjunktiv in Manzettis Worten komplett überhört.

„Bislang noch nicht, Herr Direktor. Aber wir bleiben am Ball."

„Das will ich hoffen, Manzetti. Und wann könnten Sie hier sein, um mich direkt zu unterrichten?"

Manzettis Verstand drohte stillzustehen. Was war denn heute in seinen Chef gefahren? Der fragte doch sonst nie, sondern gab klare Befehle im Kommandoton.

„Ich denke in etwa einer Stunde." Manzetti machte damit großzügig Gebrauch von Claasens indirektem Angebot, sich Zeit zu lassen, wie er aus dessen Worten herausgehört hatte.

„Ich erwarte Sie um zehn, Manzetti. Vorher kann ich nicht. Also um zehn, und seien Sie einmal pünktlich." Dann legte er auf.

Es war nicht das Kopfschütteln über Claasen, das den richtigen Gedanken zu Tage förderte. Es war der Wochentag. Na klar. Heute war Donnerstag und da trafen sich die Rotarier zum Frühstück am Seehof. Also hatte er noch viel Zeit, und die galt es zu nutzen.

Als er schon an der alten Stadtmauer war, fiel ihm wieder ein, dass Kerstin ihn ja heute von seinen Vaterpflichten entbunden hatte und er sich wie immer auf sie verlassen konnte. Begleitet vom Rasseln der Türglocke trat er deshalb in den kleinen Blumenladen.

„Guten Morgen. Was bekommen Sie?" Eine junge Frau kam um den Verkaufstisch herum.

„Gladiolen. Meine Frau liebt Gladiolen."

„Da muss ich Sie leider enttäuschen." Die Verkäuferin bemühte sich um eine entschuldigende Geste und wischte sich ihre nassen Hände an der grünen Schürze ab. „Aber vielleicht nehmen Sie einen Strauß andere Lilien. Die hier vielleicht?" Sie legte ihre Hand hinter eine weiße Blüte, die dadurch wunderschön betont wurde. „Nicht ganz das, was Sie wollten, aber den Gladiolen sehr ähnlich."

Reichte es nicht, dass er sich mit Tod und Leichen beschäftigen musste? Sollte er seiner Frau auch noch eine Blume schenken, die viele mit Beerdigungen verbanden? Manzetti entschied sich dann doch lieber für rote Rosen. Der Kauf machte ihn zufrieden, und er verschwendete keinen Augenblick an den Gedanken, dass er nun den ganzen Tag mit einem Blumenstrauß herumlaufen würde.

Nach weiteren fünf Minuten trat er endlich durch die Tür der Theaterklause. Er hatte geglaubt, dass er hier auf den Intendanten und den Wirt, auf Köppen und Sonja treffen würde. Aber er hatte nicht vermutet, dass er in ein Lokal kommen würde, das gefüllt war wie an einem Samstagabend zur großen Premierenfeier. Waren es die Gaffer, die ihre Sensationslust nach drinnen verlegt hatten und dabei frierend ihre Leiber gegeneinander drängten? Oder hatte hier jemand telefonisch das gesamte Theatervolk zusammengeblasen?

Manzetti blieb in der Tür stehen und betrachtete die Leute, die in kleinen Grüppchen an Tischen saßen oder am Tresen standen. Er schaute von einem zum anderen. Da war ein jung wirkender, kleiner Mann, sportliche Figur, mit langem, dunklem Pferdeschwanz. Manzetti erkannte ihn sofort wieder. Es war ein Hornist der Symphoniker. Neben ihm stand ein ebenfalls schlanker Mann. Er hatte auch schwarze Haare, trug allerdings keinen Zopf, aber dafür setzte sich bei ihm die Haarfarbe über die Kleidung bis zu den Schuhen fort. Es war einer der Fagottisten, den Manzetti sonst nie so dicht bei einem Hornisten gesehen hatte. Jedenfalls nicht während der Konzerte, denn da saß der Fagottmann viel weiter rechts im Orchester, in der Gruppe der Holzbläser.

Und dann passierte etwas Unglaubliches. Manzetti sah zwischen den beiden Musikern ein weiteres Gesicht, das in Wirklichkeit aber gar nicht da war. Er kniff die Augen kräftig zusammen, und als er sie wieder öffnete, sah er erneut das Gesicht einer jungen Frau. Er sah ihre langen, blonden Haare, ihre ebenmäßigen Züge, und er sah, wie sie die Trompete zum Mund führte, um ihren Einsatz auf das Zeichen des Dirigenten nicht zu verpassen.

Vielleicht war es die Umgebung gewesen, die vor gut einer Stunde verhindert hatte, dass er sie gleich wiedererkannte? Vielleicht waren es aber auch Bremers nüchtern wissenschaftliche Worte, oder vielleicht hatte Manzetti nur einfach den Wald vor lauter Bäumen nicht gesehen? Aber jetzt war er sich ganz sicher. Jetzt konnte er das ehemals unbekannte Gesicht der Toten eindeutig der Solotrompeterin der Brandenburger Symphoniker zuordnen, der er vor der Theaterklause auf eine ungewöhnliche Weise sehr nahe gekommen war.

Mitten in seine Erkenntnis stürzte Sonja. „Bist du von allen guten Geistern verlassen?", zischelte sie mit bebender Stimme. „Du kannst mich doch nicht so vorführen. Ich weiß nicht, was ich mit den Leuten hier machen soll, und du bleibst wie vom Erdboden verschluckt. Nicht einmal dein Handy ist an."

Manzetti hörte zwar hin, konzentrierte sich aber wieder auf die anderen Personen um ihn herum. Da stand mitten im gut gefüllten Raum ein Lockenkopf, den er zumindest aus der Zeitung kannte, und so wusste er sofort, dass es sich bei dem stattlichen, schlanken Herrn um den Intendanten handelte. Neben ihm saß eine ältere Dame an einem runden Tisch, deren Gesicht zur Hälfte durch eine verzierte Säule verdeckt war. Sie tat nichts weiter, als mit den Fingern zu spielen und offensichtlich dem Intendanten zuzuhören. Manzettis Blick wanderte weiter nach links, zum dunklen Tresen, wo ein Mann an einem Kaffeeautomaten hantierte.

„Hörst du mir überhaupt zu? Was soll das denn, Andrea?", setzte Sonja unterdessen ihre glühende Schimpfkanonade unbeirrt fort und wurde sogar ein bisschen lauter, weil Manzetti, offenbar unbeeindruckt, auf den Tresen zuging. „Nennst du dein Verhalten vielleicht kollegial? Ich erwarte eine Erklärung ..." Plötzlich stockte sie mitten im Satz. Was war ihr da denn rausgerutscht? Als ihr Blick von Manzetti auf den Parkettfußboden und dann auf ihre schwarzen Schuhspitzen wechselte, lief ihr Hals bereits rot an. Das war doch nicht Oliver, ihr für jeden Streit geeigneter Lebensgefährte. Das hier war Hauptkommissar Manzetti, ihr Chef.

Der war inzwischen am Tresen angekommen, nahm einen Bierdeckel und drehte den zwischen seinen dicken Fingern. „Sind Sie hier der Wirt?", fragte er den Mann an der Kaffeemaschine und hoffte, dass der die Frage zwischen all dem Dampfen und Zischen verstanden hatte.

„Wenn Sie der Bulle sind, der mich ...", der Mann sah demonstrativ auf seine Armbanduhr, „mitten in der Nacht aus dem Bett geholt hat?" Als er den Arm wieder runternahm, lächelte er breit und stellte eine Tasse vor Manzetti hin. „Ein doppelter Espresso. Ist doch richtig? Hat übrigens Ihre hübsche Kollegin für Sie bestellt." Er nickte Sonja vertraut zu. „Silbermann. Elliott Silbermann. Eigentlich müsste ich Goldmann heißen, aber meine Großmutter hat mich zur Bescheidenheit erzogen. Und ja, ich bin der Inhaber dieses schönen Lokals." Dabei breitete er die Arme aus und strahlte, ganz so, als gehöre ihm die Welt zu dieser frühen Stunde ganz allein.

„Ich heiße Manzetti. Und wie Ihnen meine Kollegin sicherlich schon mitgeteilt hat, leite ich die Ermittlungen hier." Ohne den Gastwirt oder Sonja anzusehen, nahm sich Manzetti zwei Tüten Zucker, kippte den Inhalt vorsichtig auf die Crema und wartete, bis die Zuckerkristalle gesunken waren, worauf sich die Schaumschicht wieder schloss.

„Von Kaffee scheinen Sie etwas zu verstehen", lobte er und musterte den Wirt, der sich auf seiner metallisch glänzenden Arbeitsfläche abstützte. Der Mann war etwas kleiner als er selbst und mehr als gut gebaut. Mit Sicherheit war er der viel beachtete Schwarm nicht nur eines jungen Mädchens.

„Wie kommt man zu so einem ausgefallenen Vornamen?", fragte Manzetti schließlich.

„Bestimmt nicht anders als Sie zu Ihrem, oder?"

Manzetti blieb völlig gelassen. Er sah den Mann, den er auf Ende zwanzig schätzte, nur mit seinen ruhigen Augen an, dachte dabei, dass einem Burschen, der über fünfzehn Jahre jünger war als er selbst, eine solche Gegenfrage nicht zustand, und wartete.

Nach einer kurzen Pause, in der Silbermann seine Augen mal auf Manzetti und mal auf Sonja gerichtet hatte, sagte er endlich: „E, L, L, I, O, T, T – Elliott. Ist die englische Form von Elias, und wenn man wie ich aus einer Künstlerfamilie stammt, heißt man nicht Karsten oder Sven, sondern Nepomuk oder eben Elliott … Übrigens ist mein berühmtester Namensvetter Elliott, das Schmunzelmonster."

Manzetti wusste zwar nicht, wie ein Schmunzelmonster aussah, entwickelte aber beim Anblick des ständig grinsenden Mannes eine gewisse Ahnung.

*

Manzetti beschloss, Silbermann den anderen Gästen zu überlassen und ihn lieber zu einem späteren Zeitpunkt in die Direktion vorzuladen. Als er sich umdrehte, um an den Tisch des Intendanten zu gehen, blieb sein Blick an einer silbernen Posaune hängen. Das Instrument war alt, vermutlich sogar sehr alt und hing über dem dunklen Weinregal an der Wand. Die fleckige Oberfläche und die kleinen, aber gut sichtbaren Beulen verrieten selbst einem Laien, dass die Posaune für immer verstummt war. Trotzdem schloss Manzetti die Augen und versuchte sich vorzustellen, wo sie im Orchester zu finden sein würde … Hinten links, war sein erster Gedanke. Nein, nicht links. Hinten rechts, noch vor der Tuba.

„Sitzen die Posaunen rechts oder links?", fragte er den Intendanten, als er an dessen Tisch trat.

„Bitte?" Der Intendant sah ihn mit großen Augen erstaunt an.

„Die Posaunen. Sitzen die rechts oder links in einem Orchester?"

„Das hängt vom Dirigenten ab", erklärte er nun. „Auf jeden Fall sind sie ziemlich weit hinten. Man kann sich vielleicht als Leitsatz merken, je höher die Stimmlage, umso weiter vorne sind die Bläser zu finden. In unserem Orchester sitzen die Posaunen rechts hinten."

„Und die Trompeten links, richtig?", stocherte Manzetti auch zur Überraschung der Dame neben dem Intendanten weiter. Es war offensichtlich, dass man mit anderen Fragen aus seinem Munde gerechnet hatte.

„Ja. Die Trompeten befinden sich links neben den Posaunen und rechts von den Posaunen sitzt die Tuba. Aber warum fragen Sie das alles?" Der Intendant verschränkte die Arme, machte aber ansonsten ein sehr freundliches Gesicht. Ihm gefiel wahrscheinlich, dass sich jemand über das normale Maß hinaus für sein Orchester interessierte.

„Ich habe ein Jahresabo für die Symphoniekonzerte in Ihrem Haus", erklärte Manzetti. „Und da stelle ich mir manchmal solche Fragen … Mich macht es wahnsinnig, wenn ich keine Antwort finde. Geht Ihnen das nicht auch so?"

„Mir? Ja, oder besser hin und wieder. Was machen Sie denn in so einem Fall, um nicht wahnsinnig zu werden?"

Manzetti brauchte nicht lange zu überlegen. „Ich rufe meine Frau an. Oder Dr. Bremer und hoffe, dass er nicht wieder zu viel getrunken hat, um mir zuzuhören."

„Dr. Bremer?" Der Intendant strich sich mit dem Zeigefinger unter die Nase. „Ich kenne keinen Dr. Bremer. Ist der Mann Arzt?"

„Ja. Aber es ist nicht so einfach mit ihm. Deswegen kommen wohl auch die wenigsten seiner Patienten zwei Mal."

„Weil er nicht immer nüchtern ist?" Damit machte der Intendant deutlich, dass er Manzetti aufmerksam zugehört hatte.

„Nein, deshalb eigentlich nicht", widersprach er schmunzelnd. „Er ist Gerichtsmediziner."

Der Intendant nickte anerkennend, wohl wegen der kleinen dramaturgischen Einlage, die er einem Polizeibeamten so sicherlich nicht unbedingt zugetraut hätte.

„Aha. Und weil Ihre Frau oder dieser Dr. Bremer nicht zu erreichen sind, erkundigen Sie sich bei mir nach der Anordnung der Instrumente in einem Orchester."

„So ungefähr", bestätigte Manzetti. „Wissen Sie, ich frage mich seit heute früh, wo ich die Tote schon einmal gesehen habe."

„Und?"

„Zwischen den Hörnern und den Posaunen." Manzetti sah den Intendanten direkt an und wartete. Er ließ den Satz absichtlich unkommentiert, um zu beobachten, wie der Mann reagierte, wenn er schließlich die ganze und ungeheuerliche Tragweite begreifen würde. Und der Intendant reagierte so, wie Manzetti es von jemandem erhofft hatte, der ihm von der ersten Minute an sympathisch war.

„Carolin … Sie meinen die … Sie sagen, … dass unsere …"

Manzetti zog ein Polaroidbild aus der Tasche und gab es dem Intendanten, dessen Miene sich augenblicklich noch mehr verfinsterte. Nicht nur das, auch dessen Brustkorb hielt in der Bewegung inne. Es schien, als hielte er den Atem an, und in seinem Gesicht las Manzetti erst Ungläubigkeit, dann Bestürzung. Mit der Behäbigkeit einer Schildkröte setzte sich der mittlerweile aschfahle Intendant auf den nächsten Stuhl, und als die Hand, die das Foto hielt, zu beben begann, liefen ihm zwei dicke Tränen über das Gesicht.

„Ist das Ihre Trompeterin?", fragte Manzetti.

Der Intendant nickte nur.

„Wie hieß sie denn?"

Die Vergangenheitsform, diese in unabänderliche Grammatik gemeißelte Gewissheit, dass jemand nur noch hieß, war wohl ausschlaggebend für die beiden Bäche, die nun aus den Augen des Intendanten brachen.

„Sie hieß Carolin Reinhard", sagte die ältere Dame, die bis dahin still dem Gespräch gelauscht hatte.

Manzetti nickte und legte den Strauß roter Rosen, den er noch immer unter den linken Arm geklemmt hatte, auf einen Stuhl. Dann erst zog er den Mantel aus.

„Warten Sie", sagte die Frau und erhob sich. „Ich hole Ihnen eine Vase." Ohne weitere Worte ging sie zum Tresen und kam mit einem großen Bierglas voller Wasser zurück. „So, das müsste gehen."

Manzetti bedankte sich, steckte die Blumen in das Glas und stellte es neben sich auf den Fußboden.

„Mein Name ist Hofmann. Margarethe Hofmann, und wir sind uns schon einmal begegnet", behauptete sie, wobei sie mit ihrem gewinnenden Lächeln der Situation ein gewisses Maß an Vertrautheit verlieh.

„Wirklich?", fragte Manzetti, der immer noch zumindest ein Auge auf den Intendanten gerichtet hatte.

„Es war heute in der Früh, als Sie in der Wollenweberstraße vor meinem Haus standen. Erinnern Sie sich jetzt?"

Er musste nicht länger überlegen. Es war die Frau in dem schicken Morgenmantel. Nur war sie jetzt in einen schwarzen Hosenanzug gekleidet und hatte ihr langes Haar streng frisiert. An ihrem Hinterkopf war es sogar zu einem kleinen Dutt zusammengesteckt, und durch die grausilberne Farbe wirkte es erhaben. Die dezent aufgetragene Schminke hatte zudem ein völlig anderes Gesicht geschaffen.

„Jetzt erinnere ich mich", gab Manzetti zu.

„Sebastian, soll ich dich nach Hause bringen?", fragte Frau Hofmann, als der Intendant den Kopf hob und kräftig in ein Taschentuch schnaubte.

„Nein. Es geht schon", sagte der Intendant und wischte die letzten Tränen aus den rot unterlaufenen Augen.

„Das ist Sebastian Hendel, unser Intendant, und ich bin eine langjährige Mitarbeiterin hier im Haus." Während dieser knappen Vorstellung streichelte sie sehr sanft den Arm des Intendanten.

„Hier herrscht ja eine sehr ausgelassene Stimmung, oder täusche ich mich da?" Damit versuchte Manzetti, die offensichtliche Trauer des Intendanten zu überbrücken und das Gespräch in Gang zu halten.

„Theater. Da dürfen Sie nicht alles auf die Goldwaage legen. Nicht die Worte, die gesprochen werden, und auch nicht die Gesten oder gar die Gefühle, die Sie meinen beobachten zu können. Hier ist auch noch alles Schauspiel, wenn der Vorhang längst gefallen ist."

Manzetti nickte, obwohl er nicht ganz verstanden hatte, was die Frau ihm damit sagen wollte. Oder war gar nicht er, sondern der Intendant Adressat der erklärenden Worte?

Der Blick zum Theaterchef musste wohl seine Gedanken transparent gemacht haben, denn schnell fügte Frau Hofmann eine Bemerkung hinzu. „Das gilt allerdings nicht für Sebastian. Er mochte Carolin sehr."

Man merkt deutlich, dass seine Gefühle echt sind, dachte Manzetti. Zu lange war er schon im Geschäft, zu viele unterschiedliche Reaktionen waren ihm bei all den Gesprächen mit Opfern, Tätern und deren Angehörigen schon begegnet, als dass er sich noch leicht täuschen ließ.

Trotzdem war ihm die lockere Stimmung hier nicht ganz geheuer. Und deshalb hatte er mit seiner Frage eigentlich ausdrücken wollen, dass es ziemlich pietätlos sei, wenn drinnen gelacht und gescherzt wurde, obwohl noch vor einer halben Stunde draußen eine Leiche gelegen hatte, die zu Lebzeiten sogar zum hauseigenen Orchester gehört hatte.

Als Manzetti schon Luft holte, um seine Gedanken in Worte zu fassen, stand der Intendant neben ihm auf und räusperte sich für jeden hörbar. „Meine lieben Freunde", begann er mit erhobenen Händen. „Wir haben uns hier heute versammelt, weil ein furchtbares Verbrechen vor unserer Tür begangen wurde. Es ist schlimm, sehr sogar, wenn man so wie wir da hineingezogen wird. Viel schlimmer ist es aber für das Opfer selbst und für dessen Familie ..." An dieser Stelle legte der Intendant eine kleine Pause ein, um seine erneut aufkeimenden Gefühle zu unterdrücken.

„Wenn aber alles zusammenfällt, wenn wir nicht nur durch den Ort des Verbrechens betroffen sind, sondern auch als Theaterfamilie, dann ist das von einer Dramatik, die jeden Einzelnen von uns direkt betreffen kann." Wieder machte Hendel eine kurze Pause, in die bereits aufkeimendes Gemurmel sickerte. „Irgendjemand, irgendein verwirrter Mensch, ein Täter, wie es die Polizei ausdrückt, hat sich in unsere Familie geschlichen und ein wertvolles Mitglied herausgerissen", fuhr er fort und tupfte sich mit dem Taschentuch erneut Tränen aus den Augen. „Der Herr Kommissar", jetzt zeigte er auf Manzetti, „hat mir soeben mitgeteilt, dass jemand unsere Carolin getötet hat."

Einem spitzen Schrei aus Richtung des Tresens folgte absolute Stille. Pures Entsetzen erfüllte den gesamten Raum bis in den letzten Winkel, und man hätte sprichwörtlich die Stecknadel fallen hören. Manzetti konnte nun erkennen, dass die Theatermenschen doch Pietät besaßen, denn es dauerte Minuten, bis wieder verhaltene Gespräche an sein Ohr drangen.

„Wie lange war Carolin Reinhard schon hier?" Manzetti fragte das erst, als er den Eindruck gewonnen hatte, dass der Intendant sich wieder im Griff hatte.

„Seit dieser Spielsaison. Sie studierte noch in Berlin."

„Und hatte trotzdem bei den Symphonikern ein Engagement?"

„Das dürfen Sie nicht mit Ihrer Welt vergleichen, Herr Manzetti. Ihr Grundstudium hatte Carolin bereits absolviert. Aber sie wollte noch weiterkommen und hat daher Kurse bei anderen Professoren an der *Hochschule für Musik Hans Eisler* in Berlin belegt. Als Musiker studiert man quasi sein ganzes Leben."

„Wie bei uns, Herr Hendel. Da unterscheiden wir uns nicht. Nur nennen wir es anders."

„Gut. Sie müssen verstehen, dass meine Trauer sehr tief sitzt, denn ich hatte eine sehr enge Beziehung zu Carolin." Die Stimme des Intendanten klang zittrig.

Manzetti unterbrach ihn nicht, obwohl er nach dieser Äußerung am liebsten drei Fragen auf einmal gestellt hätte.

„Carolin war die Tochter einer alten Freundin, mit der ich gemeinsam das Fach Oboe belegt hatte. Das ist zwar schon einige Jahre her, aber wir Musiker sind eine große Familie, die immer wieder zusammenfindet."

„Sie sind auch Musiker?" Manzetti hatte bislang geglaubt, Hendel sei Schauspieler gewesen, wie einige seiner Vorgänger auch.

„Ja. Mit Leib und Seele. Das hier ist meine Welt. Dafür lebe ich." Hendel zeigte auf die vielen Bilder an den Wänden, die teilweise ein beträchtliches Alter hatten. Es waren Schnappschüsse von Theateraufführungen und Konzerten, sowie Porträts von Darstellern und Solisten mit Signatur. „Ich hoffe", sagte er dann, „dass Sie uns die Ehre erweisen, mit uns zu frühstücken. Ich glaube, das können wir jetzt gebrauchen. Hier gibt es ein ausgezeichnetes italienisches Frühstück. Das mögen Sie doch bestimmt, Herr Manzetti?"

„Das schon", entgegnete Manzetti bemüht freundlich, obwohl ihm solche Anspielungen auf seinen Namen immer gehörig auf die Nerven gingen. „Ich esse sehr gerne italienisch. Vielleicht auch deshalb, weil es für mich genauso fremd ist, wie für Sie."

„Sind Sie etwa gar kein Italiener?", wollte Frau Hofmann erstaunt wissen.

Nach einem kurzen Moment, in dem Manzetti abwog, ob er ausführlich oder nur mit einem Satz auf seine Herkunft eingehen solle, antwortete er: „Nur ein klein wenig. Meine Mutter ist Italienerin, und mein Vater war deutscher Diplomat in Rom. Nach der Trennung meiner Eltern bin ich in Brandenburg aufgewachsen und lebe noch immer hier. Den Nachnamen habe ich von meiner Mutter, was unschwer zu hören ist." Nach einer weiteren Pause fügte er noch an: „Mein Umzug von San Gimignano nach Brandenburg liegt aber schon fünfunddreißig Jahre zurück. Deshalb bin ich wohl eher Deutscher als Italiener."

„Interessante Biografie", kam es sofort vom Intendanten, der inzwischen seine Fassung gänzlich wieder gefunden hatte. „Daraus ließe sich bestimmt etwas machen, künstlerisch meine ich."

„Sebastian! Krieg dich bitte wieder ein", ermahnte Frau Hofmann und wandte dann wieder ihren Blick zu Manzetti. „Sie müssen ihn entschuldigen. Sebastian ist mit jeder Körperfaser künstlerischer Leiter dieses Hauses. Da geht zuweilen die Fantasie mit ihm durch."

„Und Sie passen quasi auf ihn auf", bemerkte Manzetti.

„So ungefähr. Ich bin gewissermaßen seine rechte Hand, war aber früher hier Choreographin."

Damit erklärte sich ihre Grazie, dachte Manzetti. Selbst die Bewegungen ihrer Finger schienen einer Komposition zu folgen.

4

Es war bereits früher Nachmittag, als Manzetti sichtlich ermüdet und vielleicht deshalb mit nicht ganz so guter Laune das Vorzimmer von Direktor Claasen betrat. Er wurde schon erwartet, nicht nur von seinem Chef, sondern auch von sanften Augen und einem Lächeln, das seiner Meinung nach dem von Delfinen glich.

„Er wartet sehnsüchtig, Herr Manzetti", begrüßte ihn Frau Freitag, die Sekretärin des Direktors. Sie sah wieder hinreißend aus, dachte Manzetti. Welche Mühe musste es machen, mit über fünfzig auszusehen, als stünde der vierzigste Geburtstag noch bevor?

„Wartet er nicht immer sehnsüchtig, Frau Freitag?", säuselte Manzetti und sog das Lächeln der Sekretärin auf, wie trockenes Weißbrot es mit aromatischem Olivenöl machte.

„Das tut er wohl. Aber heute ist es dringender. Er hat bereits sieben Mal nach Ihnen gefragt."

„Sieben Mal?", fragte Manzetti ungläubig nach und zählte jedes Mal an einem Finger ab.

„Ja. Sieben Mal. Aber er war immer zufrieden, wenn ich ihm erklärt habe, womit Sie gerade beschäftigt sind." Bei diesen Worten benutzte Frau Freitag den Augenaufschlag einer Mutter, die ihrem Sprössling zu verstehen gab, dass die Aussprache beim strengen Vater schon nicht so schlimm ausfallen werde.

„Er ist zu gütig, unser Direktor", spöttelte er und deutete mit dem Kopf zur gepolsterten Tür.

„Sie sollten langsam hineingehen, Herr Manzetti."

„Ja. Das werde ich wohl müssen." Aus dem Augenwinkel sah er, dass die Sekretärin ihm noch immer zulächelte, als sie ihren Stuhl anschob und die Bewegung erst vor dem Flachbildschirm elegant wieder einfing.

Nach dem donnernden „Herein", das wie immer mit einem außergewöhnlichen Bass durch die Türfüllung gedrungen war, drückte Manzetti die Messingklinke hinunter und stand dann in dem hellen Büro des Direktors.

„Ah, Manzetti. Spät kommt Ihr, doch nun seid Ihr endlich da."
Ole Claasen strahlte über beide Ohren wegen des beim Rotarier-
frühstück aufgeschnappten Zitats.

Manzetti fand allerdings, dass dem einiges zu entgegnen war.
„Spät kommt Ihr – doch Ihr kommt. Friedrich Schiller, Wallen-
stein", korrigierte er seinen Vorgesetzten.

„Schiller? Sind Sie ganz sicher?", wunderte sich Claasen.

Manzetti nickte mit geschlossenen Augen.

„Schiller ...", wiederholte Claasen und stützte sein Kinn in die
rechte Hand. „Ich dachte der Spruch ist vom Generalstaatsanwalt
... Ist er nicht?", fragte er mit enttäuschter Miene, nicht aber ohne
die Hoffnung, Manzetti habe sich doch geirrt.

„Ist er nicht!" Manzetti blieb hart.

„Na egal. Nehmen Sie Platz, mein Lieber", forderte Claasen ihn
auf und deutete auf einen der schweren Ledersessel. „Was haben
Sie denn zu berichten?" Der Direktor war salopp über das kleine
Bildungsmanko hinweggehuscht und gab sich wieder ganz seiner
Fröhlichkeit hin, die wahrscheinlich nicht allein auf Frau Freitags
Delphinlächeln zurückzuführen war. Gewöhnlich hatte das zu bedeuten, dass er voller Selbstsicherheit steckte, seiner Fantasie auch
in Polizeidingen freien Lauf ließ und kaum Beratung, schon gar
nicht Widerspruch hinnahm. Deshalb setzte sich Manzetti sehr aufrecht hin, sodass sein breiter Rücken nicht im Entferntesten eine Beziehung mit der Lehne des Sessels einging und atmete tief durch.

„Also, Herr Direktor", begann er seinen Vortrag, ohne Claasen
dabei auch nur eine Sekunde aus den Augen zu lassen. „Heute
Morgen, es war, glaube ich, gegen vier Uhr dreißig, wurde ich
telefonisch über den Fund einer weiblichen Leiche informiert und
begab mich ..."

„Das weiß ich doch schon alles", unterbrach Claasen. „Was ist
denn nun mit dem Täter? Haben wir ihn doch nicht?" Auf der
Stirn des Direktors bildeten sich die ersten Falten, und für einen
kurzen Moment verschwand sogar der Rest seines fröhlichen Gesichtsausdrucks.

Manzetti atmete hörbar aus. Er spürte wieder einmal eine Wut
auf Hermes, den Götterboten, in sich aufsteigen. Eigentlich hieß

der Willi Reimer und arbeitete in der Personalabteilung. Aber Reimer trug den Spitznamen zu Recht, weil er nämlich pausenlos auf den Fluren der Direktion unterwegs war und jede Neuigkeit sofort zu Claasen trug, nebst einer dazugehörenden Schleimspur. Gefährlich für die übrigen Mitarbeiter war dabei, dass Reimer über eine blühende Fantasie verfügte.

„Hat Ihnen das Hermes gebeichtet?" Manzetti setzte, wie er fand, einen besonders finsteren Blick auf.

„Lassen Sie doch den armen Reimer in Ruhe. Der tut nur seine Pflicht, und Sie können sicher sein, dass ich Fakten von Vermutungen noch immer unterscheiden kann", versuchte Claasen seinen Hauptkommissar zu beruhigen, was bei dem aber nur nach einem frommen Wunsch klang.

„Wir haben noch keinen Mörder." Manzetti versuchte erst gar keine Euphorie bei seinem dienstlichen Leiter aufkommen zu lassen, obwohl er genau wusste, wie gerne der den Chefredakteur der MAZ anrufen wollte, um zu verkünden, wie erfolgreich er selbst die Ermittlungen vorangebracht habe. „Es hat sich lediglich ein Mann gemeldet, der den Zeitungsboten von der Theaterklause weglaufen sah. Das ist schon alles." Manzetti wollte wieder sachlich werden und strich sich in geübter Geste mit dem Zeigefinger über die Nase.

„Und er ist nicht der Täter? Warum sollte er denn sonst weglaufen?", fragte Claasen verblüfft und mit erhobenen Händen.

„Das wissen wir nicht", musste Manzetti einräumen. „Wie gesagt, der Zeuge hat den Zeitungsboten lediglich weglaufen sehen. Er hat aber nicht erkennen können, was der an der Theaterklause getan hat, und er wusste auch zu diesem Zeitpunkt noch gar nicht, dass dort überhaupt eine Leiche lag. Das bekam der Mann erst mit, als wir dort aufgetaucht sind und sich der übliche Menschenauflauf bildete."

„Manzetti, enttäuschen Sie mich nicht. Wo ist dieser Idiot jetzt?" Der Direktor hatte seine Hände wieder auf den Tisch sinken lassen und trommelte mit den Fingerspitzen ununterbrochen auf dem Kirschbaumholz herum. Seine Grübchen waren erst einmal verschwunden.

„Er ist kein Idiot, falls Sie den Zeitungsboten meinen. Der Mann ist geistig behindert, aber deshalb nicht automatisch ein Frauenmörder." Manzettis Erklärung schien sein Gegenüber nicht zu erreichen.

„Und warum haben Sie ihn noch nicht verhaftet?"

„Herr Direktor", Manzetti atmete wieder deutlich vernehmbar aus, „weil der Mann nicht unter Verdacht steht. Jedenfalls nicht für mich."

„Und wenn er es doch war?", bohrte Claasen weiter, offensichtlich auf der Suche nach einem schnellen Erfolg.

„Das glaube ich nicht. Die Tat passt nicht zu ihm. Zu einem Behinderten, meine ich. Außerdem sprechen im Moment mehr Details gegen seine Täterschaft als dafür."

„Und was heißt hier geistig behindert?" Claasen lehnte sich in seinem Sessel zurück. „Manzetti, der Mann soll ein vollkommener Trottel sein. Das ist doch stadtbekannt."

Manzetti schüttelte heftig den Kopf. „Ist es das? Er ist geistig behindert, ja, und er lebt auch in einer Einrichtung für *Betreutes Wohnen*. Aber er geht einer geregelten Arbeit nach, und das spricht für Integration, oder?"

„Und was heißt das nun wieder?" Claasen kippte in seinem Sessel nach vorne.

„Er trägt jeden Tag die Märkische Allgemeine in den Straßen rings ums Theater aus. Ein Zeitungsbote. Danach geht er so gegen sechs Uhr wieder nach Hause und frühstückt im Kreise seiner Mitbewohner. Nur eben heute nicht." Manzetti lehnte sich nun doch gegen die Rückenlehne des Sessels.

„Nun lassen Sie sich doch nicht jedes Wort aus der Nase ziehen", klagte Claasen. „Was war denn heute anders?"

„Heute kam er in die Einrichtung, verschwand wortlos in sein Zimmer und reagiert seitdem auf gar nichts mehr."

„Dann fahren Sie dorthin und sprechen mit dem Mann. Oder schleppen Sie ihn her. Wir werden ihn schon zum Reden bringen."

„Das glaube ich nicht, Herr Direktor."

„Und warum nicht?"

„Der Mann ist Autist und hat sich vollkommen in sich zurück-gezogen."

Es trat eine Pause ein, während der Claasen aufstand, zum Fens-ter ging und wieder zu seinem Schreibtisch zurück, hinter dem er dann stehen blieb.

„Er redet also nicht, sagen Sie?"

„Genau", bestätigte Manzetti.

„Auch nicht zu seinem Betreuer? Er muss doch so etwas wie einen Betreuer haben. Mit dem redet er auch nicht?"

„Nein."

„Und was machen wir jetzt?"

Manzetti schwieg. Er zuckte nur mit den Schultern.

„Haben wir keine Experten für solche ..."

„Autisten", half Manzetti nach.

„... für solche Autisten?"

„In den Reihen der Polizei, meinen Sie?"

„Ja."

„Haben wir nicht. Alles, was ich bislang über Autismus weiß, ist nicht sehr umfangreich. Es gibt auch verschiedene Formen oder Ausprägungen. Allen ist aber gemein, dass sich die Betrof-fenen in irgendeiner Weise der Außenwelt sperren."

„Und wie sieht das bei unserem ... Autisten aus?"

„Seit er in die Einrichtung zurückgekehrt ist, versperrt er sich jeglichem Kontakt. Kein Wort, keine Berührungen, überhaupt kein Kontakt zu anderen Menschen."

„Und wie kann so einer Zeitungen austragen?"

„Das haben wir noch nicht geklärt. Aber es muss ja funktioniert haben", behauptete Manzetti. „Und heute Morgen hat er wahr-scheinlich auf seiner Tour unsere Leiche aus nächster Nähe ge-sehen, was ihn offensichtlich zutiefst erschreckt hat, sodass er wie von der Tarantel gestochen weggelaufen ist." Manzetti kramte in seiner Sakkotasche und förderte schon mal den kleinen Notizblock hervor. „Und nur das hat ein Zeuge gesehen, der ge-rade in unmittelbarer Nähe seine Zeitung aus dem Briefkasten nahm."

„Aha. Und was waren das für Schlüssel?"

„Haustürschlüssel", antwortete Manzetti, „um in Häuser zu gelangen, die ihre Briefkästen noch drinnen im Hausflur haben."

„Sie wollen mir doch nicht erklären, dass man so einem …", Claasen rang mit großer Mühe nach dem richtigen Wort. „… so einem … Menschen … fremde Haustürschlüssel in die Hand gedrückt hat?"

„Warum denn nicht?"

„Na ja. Ich meine … Aber egal. Wann können wir denn nun mit ihm reden?"

„Das weiß kein Mensch. Wahrscheinlich erst, wenn er sich von selbst wieder öffnet."

„Das ist doch wohl nicht Ihr Ernst, Manzetti? Das ist doch bloß irgend so ein medizinisches Geschwätz." Claasen zog die buschigen Augenbrauen zusammen.

„Das glaube ich nicht", warf Manzetti ein. „Autist ist nicht gleich Autist. Ich habe mich ein wenig von unserem Polizeipsychologen aufklären lassen." Er klappte seinen Notizblock auf. „Manche sprechen, manche nicht. Manche sind apathisch, manche übernervös. Manche sind zu fast gar nichts fähig und manche leisten Außergewöhnliches. Es gibt nicht den Autismus, und wie genau es bei Mario Schmidt abläuft, kann im Moment niemand sagen."

„Was heißt Außergewöhnliches?", fragte Claasen nach. „Sie bringen andere Menschen um, oder was?"

„Nein. Sie spielen sämtliche Klavierkonzerte von Mozart aus dem Gedächtnis."

„Manzetti, hören Sie doch auf. Meine Enkelin spielt auch ohne Noten", behauptete Claasen.

Manzetti konnte sich an den Auftritt der kleinen Enkelin erinnern. Sie spielte anlässlich des fünfundfünfzigsten Geburtstages ihres Großvaters den Flohwalzer auf einem verstimmten Klavier im Speisesaal der Direktion und bekam braven Applaus, obwohl der Vortrag doch irgendwie holprig war.

„Hier ist es aber etwas anderes, Herr Direktor. Diese Menschen sind zu genialen Gehirnleistungen fähig, und genau das scheint ihr Problem zu sein. Weil Autisten die Vielzahl ihrer Sinneseindrücke nicht richtig zusammenfügen können, sind sie nämlich sehr unsicher, ja sie haben sogar Angst vor anderen Menschen, also vor ihrer Umwelt." Manzetti zitierte den Polizeipsychologen fast wörtlich, der ihm während seines kurzen Vortrages wenig Hoffnung gemacht hatte, dass Schmidt sich in der nächsten Zeit öffnen würde. Es könne sogar Jahre dauern, hatte der Psychologe gesagt.

„Versuchen Sie trotzdem mit dieser Person zu reden", forderte Claasen nun.

Manzetti antwortete nicht.

„Sagen Sie ihm, dass wir ihn sonst in Beugehaft nehmen."

„Ja", sagte Manzetti, aber nur, um noch mehr Unheil abzuwenden. Er konnte sich lebhaft vorstellen, dass Claasen in der Lage war, jemand anderen mit diesem Auftrag zu betrauen, und dass dieser jemand in vorauseilendem Gehorsam Mario Schmidt hier anschleppen würde. Das wollte er Mario Schmidt nicht antun. Und vor der Blamage wollte er sich und die Direktion bewahren.

*

Einige Zeit später zog Manzetti seinen Lodenmantel über und verließ die Direktion. Hinter dem Gebäude des Oberlandesgerichts bog er rechts ab und lief über den neuen Parkplatz. Er lief, bis ihn an der Nicolaikirche die Dunkelheit für jedermanns Auge verschluckt hatte. Allerdings sorgte die vor ihm liegende Neuendorfer Straße für genügend Orientierung, denn der rege Fahrzeugverkehr war nicht nur ein sich hastig bewegender und stinkender Wurm, sondern auch ein großzügiger Lichtspender.

Als er fast die graue Betontreppe erreicht hatte, sah er ganz kurz einen roten Punkt vor sich. Dann überdeckte eine andere Wahrnehmung diesen optischen Reiz, und er konzentrierte sich ganz auf den Geruch in seiner Nase, der von einer Rauchwolke vor ihm stammte. Es roch gut, sogar sehr aromatisch, fand der Nichtraucher Andrea Manzetti. Irgendwie nach Vanille, wenn ihn nicht alles täuschte.

Im Vorbeigehen blickte er in das schwach beschienene Gesicht des Pfeiferauchers und nickte dem Mann wohlwollend zu, obwohl er ihn überhaupt nicht kannte. Es war nicht mehr als ein Reflex. Plötzlich blieb er abrupt stehen.

„Guten Abend", grüßte er den Mann, der noch immer an seiner Pfeife zog und dicke, wohlriechende Wolken aus den Backen presste. Manzetti wurde das Gefühl nicht los, dass er an den Tabakwolken den gleichen Spaß hatte, wie seine kleine Paola an selbst erzeugten Seifenblasen. Er sah ihn genauer an. Der Mann war klein, vielleicht nur einen Meter sechzig, und hatte sehr eng nebeneinander stehende Augen. Nur die Nasenwurzel verhinderte, dass sich beide Augäpfel zu einem riesigen Zyklopenauge vereinigten.

„Wohnen Sie hier?", fragte Manzetti, obwohl er die Antwort bereits ahnte.

Der kleine Mann, der sein kindliches Gesicht jetzt etwas mehr in den hellen Schein der Straßenlaternen rückte, zeigte mit dem ausgestreckten linken Arm zur gegenüberliegenden Häuserzeile. Auch darüber schien er sich zu amüsieren, denn die Bommel seiner Pudelmütze sprang lustig hin und her.

„Da drüben also." Manzetti blickte auf das Gebäude, in dem das Betreute Wohnen untergebracht war. Der Mann schwieg weiter, nickte aber ein einziges Mal und sehr ernsthaft, fast ein wenig zackig.

„Da möchte ich auch hin. Würden Sie mich begleiten?", fragte Manzetti und bekam wieder jenes Nicken, das nach preußischen Maßstäben nicht zu beanstanden war.

„Da wohnt doch auch der Mario, oder? Kennen Sie den Mario? Und kann ich mit ihm sprechen?"

Der Mann ließ den Arm sinken, in dessen Hand er noch immer die Pfeife hielt, und trat bis auf einen Meter an Manzetti heran. Dann vollführte sein Kopf drei schmissige Bewegungen hintereinander. Manzetti hatte gut aufgepasst.

Ein Nicken: Mario Schmidt wohnt auch dort.

Ein weiteres Nicken: Der kleine Mann kennt Mario.

Ein Kopfschütteln: Manzetti kann nicht mit Mario sprechen.

„Dann lassen Sie uns gehen", sagte er und wartete auf die nächste Kopfbewegung des Kleinen. Der aber klopfte die Pfeife aus, trat solange auf der vor ihm liegenden Glut herum, bis er sie fast nach

Neuseeland befördert hatte, und vergrub dann die Pfeife tief in einer Tasche seiner Jacke.

Jetzt ergriff er die Hand des neuen Freundes und zog ihn bis zum Straßenrand. Dort beugte er sich weit nach vorn, guckte mehrmals hastig nach links und rechts, und als kein Auto mehr kam, rannte er los, den hundertzwanzig Kilo schweren Manzetti im Schlepptau. Erst vor der Tür des Hauses, in dem er mit den anderen Mitgliedern seiner Gruppe wohnte, stoppte er völlig außer Atem.

„Nicht so viel rauchen, mein Lieber", bemerkte Manzetti. Eine weitere Kopfbewegung bestätigte diesen guten Rat.

Oben landeten die beiden schließlich in einem netten kleinen Büro, mit hellen Kiefernmöbeln eingerichtet, die aussahen, als wären ihre Hölzer erst gestern geschlagen worden. Ein junger Mann kochte Tee und begrüßte Manzetti und dessen Führer, der noch immer die Hand des Polizisten festhielt.

„So, Arno. Nun lass mal deinen Freund los und geh auf dein Zimmer. Hände waschen und so weiter."

Arno nickte und ging, nicht ohne an der Tür seine Pudelmütze abzunehmen und sich tief zu verbeugen. Das Licht der Stehlampe spiegelte sich dabei auf einer Halbglatze.

„Wie alt ist er denn?", fragte Manzetti beim Anblick des spärlichen Haarwuchses.

„Arno? … Ich glaube fünfzig."

„Er sieht viel jünger aus."

„Das tun sie hier alle", erwiderte der junge Mann und goss das heiße Wasser über die Teebeutel. „Wollen Sie auch einen?"

Manzetti nickte, genau einmal.

Der junge Mann musste schmunzeln. „Ich sehe, Sie haben sich schon sehr ausführlich mit Arno unterhalten."

„Das habe ich", bestätigte Manzetti. „Wie lange lebt Arno denn schon hier?"

„Lange." Der junge Mann stellte zwei Tassen auf einen flachen Couchtisch. „Aber nun sagen Sie mir doch endlich, wer Sie sind und warum Sie all diese Fragen stellen?"

Manzetti war seine Unhöflichkeit augenblicklich peinlich, und so kramte er unbeholfen seinen Dienstausweis hervor. Er hatte ganz vergessen, sich vorzustellen, als Arno ihn an der Hand in das Zimmer gezogen hatte.

„Nehmen Sie doch Platz", sagte der junge Mann und stellte auch noch eine Zuckerdose auf den Tisch. „Möchten Sie überhaupt Zucker?"

Manzetti schüttelte den Kopf, ein einziges, kurzes Mal, und als sein Gegenüber wieder schmunzeln musste, sagte er schnell: „Nein, danke."

Aus der Kanne verteilte sich derweil der Duft nach Himbeere oder Waldfrucht. So genau war das nicht einzugrenzen.

„Ich heiße Manzetti und untersuche einen Mordfall, mit dem Mario Schmidt leider in Berührung gekommen ist", stellte er sich mit Blick auf seinen Ausweis vor. „Ich erzähle Ihnen gleich mehr davon. Aber sagen Sie mir bitte auch, wer Sie sind?"

„Ich heiße Christian Wagner und bin Zivildienstleistender. Wenn Sie so wollen, bin ich für die Bewohner hier so etwas wie die Mutter, der große Bruder und auch der Spielgefährte aus der Nachbarschaft. Universell verwendbar."

„Nicht schlecht", musste Manzetti zugeben. „Und nicht wenig Verantwortung."

„Ja, aber um darüber zu reden, werden Sie ja nicht hierher gekommen sein."

„Nein, natürlich nicht. Wie viele Bewohner leben hier eigentlich?"

„Sechs."

„Sind sie alle so ... ich meine ...", stotterte Manzetti und deutete mit dem Kinn zur Tür.

„Sie meinen, ob alle so sind wie Arno?"

Als Manzetti wieder nickte, glaubte er für einen Moment an Telepathie oder irgendwelchen anderen Zauber, der von Arno ausgehen musste.

„Ja. Alle sind wie Arno, denn nur dann dürfen sie hier leben. Wenn sie noch schlimmer dran sind, werden sie draußen auf dem Görden verwahrt."

Manzetti kannte die Klinik in der Saefkowallee, die im Volksmund nur *Klapper* genannt wurde. Er war oft genug dienstlich dort gewesen.

„Und Mario?"

„Mario", der Zivi sah plötzlich durch Manzetti hindurch, „Mario ist anders. Er ist etwas ganz Besonderes."

„Warum arbeiten Sie gerade hier?", fragte Manzetti und griff nach der Teetasse.

„Man muss mal alles probiert haben", sagte der Zivi. „Außer Inzest und Verkehrsunfälle."

„Außer Inzest und Verkehrsunfälle?", wiederholte Manzetti verblüfft. Solch eine Antwort hatte er noch nicht bekommen.

„Ja, außer Inzest und Verkehrsunfälle. Arno zum Beispiel ist das Produkt einer verbotenen Geschwisterliebe und sein Zimmerkumpel Torsten hatte einen schweren Verkehrsunfall mit multiplen Kopfverletzungen. Ansonsten sind sich Arno und Torsten aber in ihrem Denken und Verhalten sehr ähnlich."

„Ich komme mal auf meine Frage zurück. Wie lange ist Arno denn nun schon hier?"

„Genau weiß ich das nicht. Aber ich glaube, seit fast zwanzig Jahren. Man hatte ihn als Kleinkind neben der Autobahn gefunden. Einfach ausgesetzt wie eine Katze. Danach lebte er lange bei einer alten Frau, die ihn auch pflegte. Als die dann starb, kam Arno hierher."

„Und Mario?"

„Mario ist mit seiner Behinderung zur Welt gekommen, und wenn ich mich richtig erinnere, sind seine Eltern mit ihm überfordert."

„Überfordert?", fragte Manzetti vorsichtig

„So jedenfalls nennen sie es." Der Zivi stellte seine Teetasse vor sich ab. „Ich glaube aber, dass sie ihn nur nicht wollen. Er passt nicht in ihre heile Welt der Vorgärten und Spitzengardinen."

„Ist das Ihr ganz persönliches Urteil?"

Christian Wagner zuckte mit den Schultern. „Kann sein. Wenn sie aber wirklich nur überfordert wären, dann würden sie ihr Kind lieben und es wenigstens regelmäßig besuchen. Das aber haben sie in den letzten Jahren überhaupt nicht mehr getan. Ich jedenfalls habe sie noch nie gesehen." Er blickte zur Wanduhr. „Essenszeit, wenn Sie mir helfen, können wir anschließend weiterreden." Er stand auf, ging zur Tür und drehte sich erwartungsvoll zu Manzetti um.

Der zog endlich seinen Mantel aus, legte das Sakko ab und folgte dem Zivi in eine geräumige Wohnküche. Dort warteten schon fünf Männer mit bunten Schürzen, hochgekrempelten Ärmeln und Hausschuhen mit Mäusegesichtern. In der Mitte dieser Heinzelmännchenbrigade stand Arno mit dem typischen Lächeln aus seinen schielenden Augen.

Erst eine halbe Stunde später, als auch das letzte Spiegelei unter lautem Applaus verdrückt war, konnte Manzetti wieder mit Christian Wagner reden. „Sie wirkten vorhin sehr traurig, als Sie von Mario sprachen."

„Das kann sein", gab der Zivi ohne Zögern zu. „Mario ist ein ganz besonderer Mensch, denn er ist sehr intelligent."

„Meinen wir dieselbe Intelligenz?" Langsam spürte Manzetti, wie unvorbereitet er hier eingebrochen war.

„Ich denke schon. Mario gehört eigentlich nicht hierher, aber es ist kein Geld da, um ihn ausreichend zu fördern."

Manzetti sah sich in der Küche um, die in nichts der seinen nachstand, weder im Mobiliar, noch in der Qualität der technischen Geräte. „Das hier sieht aber alles andere als verkommen aus", stellte er daraufhin fest.

„Ist es ja auch nicht. Aber es bleibt eine Verwahranstalt. Wissen Sie," der junge Mann steckte sich am Fenster eine Zigarette an, „Mario zum Beispiel kann nicht lesen und schreiben. Wie übrigens seine Mitbewohner auch nicht. Aber Mario könnte es lernen."

„Das ist jetzt auch wieder Ihre eigene Meinung, oder?", fragte Manzetti mit skeptischem Unterton.

„Sicherlich. Aber ich kann im Gegensatz zu vielen anderen meine Einschätzung auch belegen." Er nahm Manzetti, den Vertreter des Staates, scharf ins Visier, schien sich dann aber sofort wieder zu entkrampfen. „Ich möchte Lehrer werden, und das am liebsten für Sonderschulen. Zugegeben, ich stehe noch vor dem Studium, aber ich habe mich trotzdem schon sehr intensiv mit der Thematik auseinandergesetzt."

Manzetti musste unweigerlich auf den langen Pferdeschwanz gucken, den der Zivi ihm zudrehte, als er den Zigarettenrauch aus dem Fenster blies, und auf den großen Ring, der sein Ohr schmückte. „Wie ist er sonst, Ihr Mario?"

„Er ist nicht ganz so behindert wie die anderen fünf, und er ist begabt."

„Worin?"

„Musik", sagte der Zivi. „Mario liebt klassische Musik. Mozart, Mendelssohn, Schumann. Manchmal gehe ich mit ihm zu den Brandenburger Symphonikern. Und weil kein Geld für Konzertkarten da ist, dürfen wir bei den Proben zuhören, wenn wir ganz still sitzen." Er schmunzelte. „Mario lässt es sich aber nicht verbieten zu klatschen, auch wenn er dafür vom Dirigenten bereits einen bösen Blick bekommen hat. Eigentlich mag er Mario, aber er hat immer an den Stellen applaudiert, mit denen der Dirigent nicht zufrieden war und darum hart mit seinem Orchester ins Gericht ging."

„Und wie ging das in der Regel aus?", fragte Manzetti, der an dieser Stelle nicht nur aus dienstlichen Gründen neugierig war.

„Der Dirigent ließ sich davon nicht beeindrucken und die Passagen trotzdem wiederholen. Ich erinnere mich an eine Probe der 5. Symphonie von Beethoven. Die Hörner mussten dreimal ran, ehe der Dirigent endlich mit der Passage zufrieden war." Der junge Mann schloss das Fenster. „Mario aber liebte seine Symphoniker und diese Liebe machte ihn gegenüber dem Orchester schon fast blind. Deshalb war er nicht in der Lage zu erkennen, was zu kritisieren gewesen wäre."

„Sie sprachen eben in der Vergangenheitsform, als Sie von den Theaterbesuchen erzählten", sagte Manzetti, der endlich vorankommen wollte. „Das wundert mich, denn es hörte sich so an, als sei es abgeschlossen, quasi ohne Fortsetzung."

„Nun, Mario kam heute Morgen völlig verstört nach Hause und ist seither nicht zu erreichen. Er wird für eine sehr lange Zeit nicht ansprechbar sein. Wahrscheinlich bin ich dann schon gar nicht mehr hier und werde somit auch nicht mehr mit ihm ins Theater gehen können."

„Darf ich Mario sehen?", fragte Manzetti plötzlich.

„Ich habe nichts dagegen." Er ging voraus in den Flur. Am Ende des Ganges öffnete er ohne anzuklopfen eine helle Tür.

„Bitte ... das ist Mario."

Manzetti trat einen Schritt in das Zimmer, das nur durch die Schreibtischlampe beleuchtet war. Auf seinem Bett, den Rücken an die Wand gelehnt, saß Mario Schmidt und starrte apathisch in die Luft.

„So sitzt er seit heute früh um sechs Uhr. Wie in Wachs gegossen."

Manzetti trat näher an Mario heran, kniete sich schließlich vor ihn und versuchte, in die Augen des etwa dreißig Jahre alten Mannes zu sehen. Der aber drehte seinen Kopf zur Seite und hielt beide Hände vors Gesicht.

„Geben Sie sich keine Mühe, Herr Manzetti. Autisten schauen nur Personen in die Augen, denen sie vertrauen. Spüren sie fremde Blicke, wenden sie sich ab."

Als Manzetti wieder aufgestanden war, um zur Tür zu gehen, sprang unvermittelt Arno an ihm vorbei und hüpfte neben Mario auf das Bett. Nach etwa zehn Sekunden nahm Mario die Hände herunter und schaute Arno an. Manzetti beobachtete die Szenerie aufmerksam und mit viel Respekt. Er blieb stumm und stellte keine Fragen, obwohl sie ihm auf der Zunge brannten.

Als sie ungefähr fünf Minuten – oder vielleicht waren es auch zehn, Manzetti konnte die Zeit nicht genau eingrenzen – vollkommen regungslos im Zimmer verharrt hatten, fassten Arno und Mario sich an den Händen und schaukelten mit ihnen hin und her, wie es Kinder bei bestimmten Spielen tun.

Draußen auf dem Flur sagte Manzetti schließlich: „Er vertraut Arno."

„Sieht so aus", bestätigte Christian Wagner.

„Können wir Arno nicht als Übersetzer engagieren? Mario hat vielleicht etwas gesehen, was uns bei der Lösung eines Mordfalls weiterhelfen kann."

„Sie meinen, weil die beiden womöglich miteinander kommunizieren?"

„Genau", sagte Manzetti.

„Vergessen Sie's."

„Warum?", wollte Manzetti wissen.

„Vergessen Sie's. Die beiden reden in einer Sprache, die wir nicht verstehen."

5

Draußen auf der Straße nahm Manzetti sein Handy und rief im gerichtsmedizinischen Institut an. Bremer war noch da, und so klopfte er zehn Minuten später an dessen Tür.

„Ich auch", sagte er mit Blick auf den Becher des Mediziners und ließ sich schwer auf einen Stuhl in dem verkramten Büro fallen.

„Na klar, Commissario." Bremer war offenbar besserer Laune als noch am Morgen. Er drückte noch einmal auf eine Taste der Kaffeemaschine und sah zu seinem Gast.

„Haben Sie auch Zucker? Für Kaffee brauche ich welchen." Manzetti warf mit Schwung seinen Mantel auf ein kleines Sofa und knöpfte das dunkelblaue Jackett auf.

Ohne Kommentar schmiss Bremer eine kleine Tüte durch den Raum und schaute zu, wie sich Manzetti ungelenk danach bücken musste. Dann griff er zu einem Teller, auf dem eine vor Fett triefende Bratwurst lag, und nahm sie mit den Fingern auf. Bevor er abbiss, stellte er endlich die Frage, die schon lange im Raum stand: „Was kann ich für Sie tun? Es geht doch um den Mord, oder rauben Sie mir aus Langeweile die Zeit?"

„Natürlich geht es um den Mord." Manzetti sah etwas angewidert auf den Teller in Bremers Hand.

„Aha", gab Bremer von sich und setzte sich mit seiner Bratwurst Manzetti direkt gegenüber.

„Müssen Sie das Ding hier essen?", fragte der Hauptkommissar, denn dort, wo im Nebenraum zerschnittene Leichen lagen, würde er keinen Bissen herunterbekommen.

„Muss ich. Oder soll ich zum Essen immer erst ins Stadtzentrum fahren?"

„Nein. Aber wie wäre es mit der Kantine?"

„Hätte ich machen können. Am Telefon klangen Sie aber so, als wollten Sie unbedingt sofort mit mir reden. Da dachte ich, dass ich Sie besser nicht unnötig warten lasse." Bremer biss genüsslich in die Bratwurst, drehte den Rest wie ein Exponat vor seinen Augen hin und her und sah zu, wie ein Klecks Ketchup auf den Teller fiel. „Was wollen Sie denn nun wissen?", fragte er mit vollem Mund.

„Die Leiche. Haben Sie die schon untersucht?"

„Aber selbstverständlich, Commissario", antwortete Bremer diesmal erst, nachdem er fertig gekaut hatte, und fügte hinzu, dass ihn die Tote fast den ganzen Tag gekostet habe.

„Und? Was haben Sie herausgefunden?"

„Nicht viel Neues." Bremer stellte den Teller neben sich auf den Tisch.

„Nicht viel Neues?", wiederholte Manzetti und erhob sich schwerfällig aus dem Stuhl.

„Nein. Sie wurde wirklich erstochen, der Brieföffner ist bis ins Herz vorgedrungen. Die Todesursache ist somit eindeutig geklärt."

„Ist das alles?"

„Nein. Ihr Gesicht war mit Öl eingerieben und am Haaransatz fand ich Gipsspuren."

Manzetti sah kurz von der Tasse auf. „Gips … Sie meinen doch nicht, dass sich jemand einen Abdruck gemacht hat?"

„Doch, dafür spricht auch das Öl."

„Welches Öl? Man braucht doch bei einer Leiche kein Öl, um einen Gipsabdruck zu nehmen. Es kann ihr doch nicht wehtun, wenn die Maske abgenommen wird."

„Vielleicht war sie noch gar nicht tot, als das geschah, vielleicht wurde sie erst danach ermordet."

„Das könnte sein. Aber welchen Sinn könnte das haben?" Manzetti war in seinen Gedanken versunken, als der Kaffeeautomat einen neuen Espresso ausspuckte. „Im Grunde genommen bedeutet das allerdings auch", sagte er schließlich, „… dass der Zeitungsbote wirklich als Täter nicht in Frage kommt. Er hätte wohl kaum die Gelegenheit gehabt, einen solchen Abdruck zu nehmen." Diese Schlussfolgerung ging ihm sehr leicht und nicht gänzlich ohne Vergnügen über die Lippen.

„Welcher Zeitungsbote?", fragte Bremer neugierig.

„Ein Zeuge hat einen Zeitungsboten weglaufen sehen, und Claasen will unbedingt, dass der unser Täter ist."

„Glaubt Claasen noch an den Weihnachtsmann oder steht er unter Zeitdruck?", fragte Bremer mehr rhetorisch, aber der Jahreszeit nicht unangepasst.

„Vielleicht beides, denn in einem Mordfall steht man immer unter Zeitdruck."

„Hm", machte Bremer und sah Manzetti weiter fragend an.

„Der Zeitungsbote, er ist von der Leiche weggerannt, und das hat jemand gesehen, der gerade sein Exemplar der Märkischen Allgemeinen aus dem Briefkasten genommen hat."

„Und?"

„Und was?"

„Und was hat das zu bedeuten?" Bremer leckte sich geräuschvoll den Finger ab, mit dem er den Ketchup von seinem Teller gewischt hatte.

„Das hat meiner Meinung nach gar nichts zu bedeuten", stellte Manzetti fest, wobei er trotz des Ekels die Augen nicht von Bremers Teller nehmen konnte. „Der Zeitungsbote, ein gewisser Mario Schmidt, ist geistig behindert und wahrscheinlich vor Schreck weggelaufen. Aber als Täter kommt er sicher nicht in Frage."

„Und warum nicht?"

„Eben wegen dieser Behinderung. Ich kann mir nicht vorstellen, dass jemand mit solch einem Makel …"

„Ist eine Behinderung ein Makel?" Bremers Frage kam plötzlich, passte aber zu ihm und war deshalb nicht ganz unerwartet.

„Nein", musste Manzetti zugeben. „Trotzdem glaube ich nicht, dass dieser Mario Schmidt imstande wäre, Hände derart abzukühlen."

„Dazu bräuchte er Kenntnisse, die über das normale Maß hinausgehen."

„Und technisches Gerät, das nicht in jedem Haushalt vorrätig ist", ergänzte Bremer.

„Welches zum Beispiel?"

„Wenn man nur die Hände herunterkühlen will, dann müssen die vom übrigen Blutkreislauf getrennt werden, weil sonst das kalte Blut zirkuliert."

„Dann hätten wir aber Spuren finden müssen, die auf ein Abbinden am Handgelenk oder ähnliches hindeuten." Manzetti streckte seine linke Hand zu Bremer.

„Also wird er die Kühlung erst vorgenommen haben, nachdem er sie getötet hatte. Trotzdem ist es technisch sehr aufwendig, denn sie brauchen flüssigen Stickstoff und müssen sich eine Apparatur bauen, die lediglich die Hände aufnimmt."

Manzetti rieb sich die Nasenwurzel. „Und das muss er kurz vor dem Fund gemacht haben, denn sonst wird die gewünschte Wirkung von der Umgebungstemperatur kassiert."

„Er wird also gewusst haben, dass der Zeitungsbote zu dieser Zeit dort vorbeikommt und hat gehofft, dass der Alarm schlagen wird."

„Richtig. Damit ist Schmidt nicht Täter, sondern nur Teil eines perfiden Plans."

„Und überhaupt lässt die gesamte Fundsituation eher den Schluss zu, dass wir es mit einem überaus gebildeten Menschen zu tun haben." Manzetti setzte sich wieder und rührte den neuen Espresso um.

„Sie meinen wegen Puccini?"

Manzetti nickte.

„Da hätte ich noch was. Das müsste Sie interessieren und es passt zu unserer kleinen Geschichte."

„Und was sollte das sein?"

„Das Öl an sich", sagte Bremer.

„Was hat es damit auf sich?"

„Es ist Olivenöl aus der Toskana. Genauer gesagt, aus Lucca."

„Aus Lucca?", sagte Manzetti angestrengt. „Bremer, wissen Sie, was Sie da sagen? … Puccini ist in Lucca geboren."

„Das weiß ich. Obwohl es auch ein Zufall sein kann. Lucchesisches Olivenöl bekommen Sie hier in fast jedem Supermarkt."

„Da bin ich ganz anderer Meinung. Zufälle gibt es bei derartigen Mördern nicht." Manzetti erinnerte sich an unzählige Aufsätze von Ermittlern aus der ganzen Welt, die er in den letzten Jahren immer und immer wieder gelesen hatte. „Wer sich als Mörder solche Mühe gibt, der hat eine Botschaft und die überlässt er nicht irgendwelchen Zufällen. Da stimmt meist jedes Detail, da steckt oft Zwang dahinter. Und auch deshalb glaube ich nicht an die Täterschaft von diesem Schmidt."

„Vielleicht hat der Zeuge ihn aber doch überrascht."

„Nein. Wie hätte er denn erst mal schnell die Zeitung in den Briefkasten des Zeugen stecken und anschließend schnell mal einen Mord begehen und die Leiche kompliziert in Szene setzen können? Und außerdem ist Schmidt Autist."

„Oh, das ist natürlich etwas ganz anderes. Sehr delikat."

„Und behindert mich ungemein", fügte Manzetti hinzu.

„Das glaube ich Ihnen gerne. Er wird nicht mit Ihnen reden, oder?"

„Er redet mit überhaupt niemandem, reagiert nicht mal auf andere Menschen. Nur auf seinen Kumpel, und der ist auch geistig behindert."

„Ich verstehe. Sie sind eigentlich nur hergekommen, weil Sie wissen wollen, wie Sie zu Autisten vordringen können."

Manzetti schwieg.

„Ausgeschlossen, mein Lieber. Das schaffen Sie nicht. Aber vielleicht sein Arzt. Er muss doch einen behandelnden Arzt haben."

„Wer könnte das sein?" Ein Hoffnungsschimmer an Manzettis dunklem Horizont.

„Das kann ich nicht sagen ... Aber warten Sie, ich habe mal etwas gelesen über eine Methode ..." Bremer stand auf und ging zu seinem mächtigen Bücherregal. „Wo habe ich sie denn?" Er bückte sich und zog in Kniehöhe eine Schublade auf. „Hier." Er hielt eine Zeitschrift in der Hand. „FC", las er mit faltiger Stirn.

„Was ist FC?" Manzetti trat näher heran.

„Facilitated Communication", sagte Bremer, nachdem er sich bis zu dem Artikel durchgeblättert hatte.

„Und was soll das sein?"

„Das heißt soviel wie gestützte Kommunikation. Entwickelt von der australischen Pädagogin Rosemary Crossly. Dabei wird entweder der Arm oder eine Hand des Autisten geführt, also gestützt, und so ist er zu Handlungen fähig, die er allein nicht ausführen könnte."

Manzetti nahm Bremer die Zeitschrift ab. „Und wie soll das funktionieren?"

„Der Führer ist das Medium. Er gibt dem Arm des Autisten die notwendige Energie, und dann kann der zum Beispiel über eine Computertastatur quasi selbst schreiben."

„Geht das mit allen Autisten?"

„Sie müssen natürlich schon lesen und schreiben können", warf Bremer ein.

„Und die sogenannte Vertrauensperson? Muss die auch lesen können?" Manzetti musste natürlich an Arno denken.

„Das weiß ich nicht. Aber es ist bestimmt von Vorteil."

„Das werde ich schon noch rauskriegen. Kann ich die Zeitschrift mitnehmen?"

„Ja. Aber ich kriege sie wieder."

„Natürlich", versprach Manzetti.

„Ich habe da noch etwas. Ihr Hals. Auf die nackte Haut war mit schwarzer Ölfarbe eine Kette gezeichnet. Und der Anhänger ist eine 50."

„Und?"

„Was und?"

„Was sagt uns das?"

„Mir nichts, aber ich bin auch nicht der Kriminalist. Vielleicht liegt ja die Antwort bei der Toten selbst? Wissen Sie schon etwas über die Frau?"

Manzetti klärte den Arzt mit knappen Sätzen auf, erzählte auch über die Theaterbesuche von Mario mit seinem Zivi und die damit einhergehende Wahrscheinlichkeit, dass Mario Schmidt die Trompeterin Carolin Reinhard zumindest bereits gesehen hatte.

„Vielleicht doch der Zeitungsbote?", fragte Bremer. „Er könnte ein stiller Verehrer von ihr gewesen sein und hat sich in Puccinis Rodolfo verwandelt, in dessen Armen die schöne Mimi stirbt."

Manzetti schüttelte heftig den Kopf. „Rodolfo war kein Mörder. Mimi starb an Schwindsucht."

Bremer schwieg. Manzetti aber schlug ein Bein über das andere und ließ seinen Gedanken weiter freien Lauf. „So wie Sie argumentiert auch Claasen. Aber Mario Schmidt ist hochgradig behindert. Der kann nach Aussage seines Betreuers nicht lesen und schreiben, obwohl er glaubt, dass Mario es lernen könnte."

„Wenn er nicht lesen kann", entgegnete Bremer, „wie verteilt er dann die MAZ?"

„Ganz einfach. An jedem Briefkasten, in den eine Zeitung muss, klebt ein Aufkleber mit dem markanten Logo des Blattes. Das könnte selbst ein Kleinkind."

„Täuschen Sie sich nicht, Manzetti, und bringen Sie Autisten nicht in die Nähe von Kleinkindern." Wieder erhob Bremer symbolisch den Zeigefinger, und Manzetti hatte das Gefühl, als hätte er auch die zweite Wange hingehalten.

„Es gibt Autisten, die hervorragend Klavier spielen." Und zur Verdeutlichung tickerte er ein kurzes Klavierintermezzo in die Luft.

Als Manzetti ohne weitere Störungen endlich zu Hause angekommen war, küsste er seine Frau und die beiden Töchter. Er war aber gedanklich noch so weit weg, dass er gar nicht bemerkte, dass drei Reisetaschen im Flur standen, und tat stattdessen ganz mechanisch das, was er an jedem anderen Feierabend auch erledigte: Mantel aufhängen und Schuhe auszieher. Er nahm seine Familie erst bewusst wahr, als er die Routine beendete und Kerstin den Strauß roter Rosen hinhielt, den er seit dem frühen Morgen mit sich herumgeschleppt hatte, was man den Blumen auch schon ansah. Doch Kerstin reagierte anders, als er es sich vorgestellt hatte. Irgendwie kam bei ihr nicht die gewohnte Freude auf.

Schließlich war es Lara, die all ihre Lebenserfahrungen ins Rennen warf. „Was sollen denn die Blumen, Papa?", fragte sie provokant. „Die sind doch verwelkt, bis wir wieder da sind."

Manzetti war eher ratlos, als vor den Kopf gestoßen. Er bückte sich und hob vom Fußboden eine bunte Strickjacke auf, die nur der kleinen Paola passen konnte. Er hielt sie wie ein Schild vor sich. „Ich gehe nur schnell duschen und dann …"

„Schatz", sagte Kerstin. „Soll ich dir einen Kaffee machen?"

Manzetti antworte nicht und schenkte ihr einen Blick, dessen Sprache nur seine Frau verstand.

„Ich hole dir besser einen Grappa." Kerstin verschwand kurz im Wohnzimmer und kam wenige Augenblicke später mit einem Glas gelben Ronergrappa wieder. „Quäl dich doch nicht", sagte sie und hielt ihm den duftenden Schnaps hin.

„Es tut mir so leid. Ich könnte auch versuchen, ich meine … der Urlaubstag morgen ist ja schon genehmigt", stammelte er, wobei er mittlerweile die Hände auf einer Stuhllehne abstützte.

Sie wollten nach Buckow in die Märkische Schweiz. Er selbst hatte es vorgeschlagen, dieses tolle Familienwochenende, das durch einen unterrichtsfreien Tag sowohl an Paolas Schule als auch an der von Lara überhaupt erst möglich wurde.

„Und du meinst, dass ich dich einfach so mitfahren lasse?" Kerstin legte die Arme um seine Hüfte. „Wer soll denn dann den Mord aufklären?"

„Du weißt schon davon?", stellte er seine Frage, die überflüssiger nicht sein konnte.

„Andrea, Brandenburg ist ein Dorf, und eine Leiche direkt vor dem Theater spricht sich hier schneller rum als ein Börsencrash."

„Trotzdem könnte ich Urlaub machen. Wenigstens den einen Tag. Es gibt doch noch andere Polizisten in dieser Stadt."

„Sicher gibt es die", bestätigte Kerstin. „Aber denk doch mal nach. Wärst du wirklich ganz bei uns, wenn Sonja oder gar Claasen die Ermittlungen übernehmen würden?"

„Ich muss es ja nicht erfahren" erwiderte er, garnierte seine Bemerkung aber mit einem Lächeln, denn er wusste, dass sie Recht hatte. Schließlich waren sie zwanzig Jahre verheiratet, und niemand kannte ihn besser als Kerstin.

„So siehst du aus, du italienischer Macho. Du würdest nie eine Frau die Ermittlungen führen lassen", sagte Kerstin mit gespielt vorwurfsvoller Miene und schlang ihre Arme noch fester um seine Hüften.

„Ach was", wehrte er ab. „Ich komme mit und basta."

„Das ist Mamas Wort", protestierte Paola, die neben ihren Eltern aufgetaucht war.

„Was ist Mamas Wort?"

„Basta. Das sagen nur Frauen, Papa."

Er nahm Paola auf den Arm. „Und welche?"

„Na, Mama und Oma Angela."

„Richtig, mein Engel", bestätigte Manzetti. „Nur wenn man weiblich ist und Manzetti heißt, sagt man basta. Wir beide tun so etwas nicht."

Paolas brauner Wuschelkopf fuhr herum und die hellwachen Augen suchten ihre Mutter.

„Lass ihn reden, Paola. Auch du bist weiblich und heißt Manzetti."

„Basta, Papa", beendete sie die Diskussion mit ihrem Vater. „Chiara oder Alexa?" Paolas braune Mandelaugen funkelten ihren Vater an, als sie sich weit nach hinten bog, um ihre beiden Puppen vor sich halten zu können.

Manzetti sah abwechselnd zu der einen, dann zu der anderen und verkrampfte zusehends, denn weder kannte er ihre Namen, noch verstand er die Frage seiner Tochter und war froh über die Hilfe seiner Frau.

„Chiara", empfahl sie und nahm Paola die schwarzhaarige Puppe aus der Hand. „Nimm Chiara mit, mein Liebling. Die war noch nicht in Buckow, und außerdem hat Papa sie dir geschenkt. So kannst du mit Chiara kuscheln und an ihn denken, denn er kann leider nicht mitkommen."

Paola, die bereits wieder auf ihren Füßen stand, schaute ihren Vater mit großen Augen an. „Du kommst nicht mit?", fragte sie mit einem Gesichtsausdruck, in dem erstaunlicherweise keine Trauer lag.

„Nein, leider nicht. Ich muss arbeiten." Er bemühte sich, seine Stimme so traurig wie möglich klingen zu lassen.

„Prima", tönte Paola zur Überraschung ihres Vaters. „Dann schlafe ich bei Mama, basta." Ohne weitere Worte und mit wippenden braunen Locken verschwand die jüngste Manzettitochter in ihrem Kinderzimmer, wo Alexa in hohem Bogen in die Spielzeugkiste flog.

Als seine drei Frauen eine halbe Stunde später durch den großen Torbogen gefahren waren, hatte er mit einer gewissen Verlegenheit hinter ihnen hergewunken. Sekunden später holte ihn dann schon die Gewissheit ein, dass er mindestens drei Tage einsam sein würde. Wie hielten es liebende Menschen aus, die sich nur am Wochenende oder noch seltener sehen konnten?

Einige Zeit verbrachte er mit Nichtstun, tigerte durch die ganze Wohnung und saß schließlich mit einem Blatt Papier, einem Bleistift und einem Glas Barolo bewaffnet am Schreibtisch, um in aller Ruhe über den Mord an der jungen Trompeterin nachzudenken. Aber das klappte irgendwie nicht, denn eine Stunde später saß er noch immer im Arbeitszimmer und starrte Löcher in die Luft. Das Blatt vor ihm zierten wilde Kreise und mehrere Reihen archaisch anmutender Strichmännchen.

Wenig später saß er in der Theaterklause vor einem weiteren Glas Rotwein.

„Guten Abend, Herr Manzetti", begrüßte ihn der Intendant des Brandenburger Theaters und reichte Manzetti seine warme Hand. Sebastian Hendel sah aus, wie ein Intendant auszusehen hat. Jeans, Poloshirt und ein braunes Kordsakko, aber er war eben auch der Intendant und kein Halbitaliener, der nie ohne Anzug aus dem Haus gehen würde. „Darf ich mich zu Ihnen setzen?", bat er und zog schon einen Stuhl zurecht.

„Ja, gerne." Manzetti sah zu, wie Hendel sich niederließ.

„Was macht Ihr Mörder?", fragte Hendel interessiert, nachdem er aus seinem Glas getrunken und sich über die feuchten Lippen geleckt hatte.

„Nichts."

„Nicht genügend Beweise?"

„Beweise? Wir wissen noch nicht mal, wer es war. Wem sollen wir da etwas beweisen?"

„Ich dachte, es sei der Zeitungsbote. Der Mario."

„Kennen Sie diesen Mario Schmidt?"

„Flüchtig", gab Hendel zu. „Nur eben so, wie man einen Zeitungsboten kennt."

Manzetti überlegte kurz. Er wusste nicht einmal, ob ihm eine Frau oder ein Mann die Zeitung brachte. Wie man eben den Zeitungsboten so kennt. „Er war es nicht."

Hendel nahm überrascht sein Glas vom Mund. „Das ist ja was ganz Neues. Und was machen Sie nun?"

„Ich weiß es noch nicht. Es sieht alles nach einer Aufführung aus, nach einer Inszenierung", verriet Manzetti und nahm Hendel scharf ins Visier. „Damit kann ich im Moment noch nicht soviel anfangen."

Der Intendant lachte kurz, aber heftig auf und machte damit alles andere als einen eingeschüchterten Eindruck. „Verdächtigen Sie deshalb etwa jemanden vom Theater?"

„Nein. Wie kommen Sie denn darauf?"

„Ihre Augen. Sie suchen etwas, und außerdem habe ich Sie hier in der Klause noch nie zuvor gesehen. Das kann doch kein Zufall sein."

„Ich sage es noch mal", betonte Manzetti. „Wir haben niemanden, auf den wir uns konzentrieren. Es ist alles noch viel zu verworren, und niemand von uns weiß, wo wir ansetzen können."

„Und ihr lustiger Mediziner, dieser Bremer?"

„Der ist kein Kriminalist. Er ist Gerichtsmediziner und erzählt mir lediglich, wann die Dame woran gestorben ist."

„Aber im Fernsehen sind doch Gerichtsmediziner so etwas wie der wichtigste Partner des Kommissars", glaubte Hendel zu wissen.

Oh Gott, dachte Manzetti, denn er hatte Schwierigkeiten, einen Intendanten in die geistige Nähe von Menschen zu bringen, die sogenannten Fernsehwahrheiten Glauben schenkten.

Während der kleinen Pause änderte sich plötzlich Hendels Stimmung. Er wurde mit einem Mal sehr ernst. „Sie war großartig und der ganze Stolz ihrer Eltern." Er setzte sich sehr aufrecht hin.

Manzetti hörte nur zu. Bereits bei ihrem ersten Zusammentreffen war ihm klar geworden, dass Hendel der Toten sehr nahe gestanden haben musste. Er beobachtete ihn sehr genau, er wollte sich nicht täuschen lassen, denn der Intendant schien über eine Eigenschaft zu verfügen, die man wohl als Gefühlswelt à la Chamäleon bezeichnen konnte.

„Sie war einfach nur Klasse. Sie war nicht nur sehr hübsch und sehr gebildet, sie war auch eine große Trompeterin."

„Könnte es vielleicht gerade damit zusammenhängen?"

„Womit?"

„Neid. Vielleicht war jemand neidisch auf ihr Können und hat sie deshalb aus dem Weg geräumt?"

„Sie meinen, um die Stelle als Solotrompeter einzunehmen?", fragte Hendel, während er durch heftiges Winken ein neues Glas bestellte.

„Ja."

„Das glaube ich nicht. Das passt nicht zu unserem Orchester. Die machen Musik miteinander, nicht gegeneinander. Nein. Keiner der Musiker kommt für Sie als Täter in Frage."

Davon war Manzetti allerdings noch nicht so überzeugt, verzichtete aber darauf, ihm zu widersprechen. „Sagt Ihnen die Zahl 50 etwas?"

„In welcher Hinsicht?"

„Hat die Zahl 50 irgendeine Bedeutung für Ihr Haus, für das Orchester oder explizit für Carolin Reinhard?"

Der Intendant schüttelte den Kopf. „Nicht dass ich wüsste. Aber ich werde mich erkundigen."

„Und ein Verehrer? Vielleicht kommt ein verschmähter Verehrer in Frage? Sie war sehr hübsch."

„Und an wen haben Sie da gedacht?" Hendels Augen verengten sich zu Schlitzen.

„Nicht an eine bestimmte Person. Aber an einen sehr gebildeten Täter. Einen Mann mit Kunstverstand."

„Warum das?", wollte Hendel jetzt wissen. Er fand langsam Gefallen an dem Gespräch und beugte sich leicht nach vorn.

„Ein Mann, weil der Tatort mit dem Fundort nicht identisch ist. Soviel können wir schon sagen. Also muss jemand die Leiche vor die Theaterklause getragen haben, und die junge Frau wog zu Lebzeiten knapp sechzig Kilo. Da muss man also gut zupacken können."

„Und warum gebildet und mit Kunstverstand?", stocherte Hendel nach und kam damit zu dem wesentlich interessanteren Teil der Frage.

„Eben wegen dieser Inszenierung, wenn ich das so ausdrücken darf. Sie lag auf einem Tisch und hatte ihre eiskalten Hände in einem Muff. Da kam Bremer und mir gleich die Idee von der sterbenden Mimi. Deswegen gebildet, denn mit La Bohème kann nicht jeder etwas anfangen."

„Che gelida manina", summte Hendel.

„Richtig. Alles andere passt allerdings nicht zu La Bohème."

„Was gibt es da denn noch für Auffälligkeiten?"

Normalerweise müsste Manzetti die Unterhaltung jetzt stoppen, denn es handelte sich um Täterwissen, was nicht unbedingt nach draußen gegeben werden sollte. Aber Hendel hatte einen sehr merkwürdigen Blick, seine Augen schienen ihn in weite Ferne zu tragen. Manzettis Erfahrungen drängten ihn zum Weitermachen, denn der Mann dachte sicherlich nicht ohne Grund so hochkonzentriert nach. Vielleicht konnte er ihm weiterhelfen.

„Unter ihrem Kopfkissen lag ein vergilbtes Blatt", sagte er und verschwieg wenigstens den biologischen Namen des Baumes, von dem es stammte. „Außerdem fanden wir auf ihrem Gesicht Rückstände von Gips und Olivenöl. Das passt natürlich gar nicht zu Mimi, und deshalb ist der Zusammenhang zu der Puccini-Oper vielleicht auch bloß eine verrückte Idee von uns."

„Nicht so voreilig, und alle Achtung, Herr Manzetti." Hendel erhob sogar sein Glas. „Und der Gedanke an die Bohème schoss Ihnen gleich am Tatort durch den Kopf?"

„Am Fundort", verbesserte Manzetti.

„Wirklich alle Achtung, mein Lieber. Sie sind auf dem richtigen Weg, wie mir scheint."

„Müsste dann nicht alles passen? Ein Mörder, der sich solche Mühe mit einem Bild gibt, das er quasi für uns, für die Öffentlichkeit kreiert, der hält sich an jedes Detail, denn er kopiert. Hier weichen aber sehr viele Dinge ab, und so wird vielleicht auch der Muff lediglich ein Zufall sein."

„Was weicht denn von La Bohème ab?", fragte Hendel mit hochgezogenen Augenbrauen. „Sie meinen, weil in Puccinis Oper Mimi an Weihnachten stirbt und nicht im November und weil im Libretto steht, dass Mimi ihr rotes Häubchen immer unters Kopfkissen legt und nicht ein vergilbtes Blatt?"

„Ja, genau." Manzetti glaubte plötzlich in den Augen des Intendanten ein Funkeln zu erkennen, das oftmals Vorbote genialer Gedanken ist.

„Das ist fantastisch. Ja, das ist sogar genial, es ist grandios", schwärmte der Intendant, stand auf und schloss den völlig überrumpelten Manzetti in die Arme. „Herr Manzetti, Sie haben es wirklich mit einem gebildeten Menschen zu tun. Mit einem sehr gebildeten sogar. Ich bin begeistert. Es geht gar nicht um Mimi!" Hendel brach fast in Euphorie aus. „Es geht hier um Franziska."

Manzetti konnte dem Intendanten nicht folgen. Der saß inzwischen wieder ruhig auf seinem Stuhl, auf den Manzetti ihn geschoben hatte. „Wer ist Franziska?", fragte er ihn.

„Die Vorlage sozusagen. Puccinis Vorlage. Der Komponist hat mit La Bohème einen alten Stoff aufgegriffen, mit dem sich schon andere beschäftigt hatten. Wie Sie wissen, handelt es sich bei den *Bohémiens*, den Zigeunern, wie man sie früher nannte, um Pariser Künstler, die mehr schlecht als recht existierten und als Maler, Komponisten oder Dichter von der Hand in den Mund lebten. In der Oper verliebt sich einer von ihnen, nämlich Rodolfo, in die Stickerin Mimi und die stirbt in der dramatischen Schlussszene an Weihnachten in der Wohnung ihres Rodolfo an Schwindsucht."

„Richtig", bestätigte Manzetti, der eigentlich etwas Neues erwartet hatte. „Nur passt das, wie gesagt, nicht zu unserem Mordfall", fügte er deshalb an.

„Nur nicht resignieren, Herr Manzetti", besänftigte Hendel und strich sich wie zur Einleitung des Schlussakkords mit beiden Händen durch seine Lockenpracht. „Das Libretto der Oper weicht nämlich in diesem Punkt von seiner Vorlage ab."

„Aha", gestand Manzetti seine Unwissenheit.

„Puccini hat sich durch den Roman *Bohème* zu seiner Oper inspirieren lassen."

Treffer, Schiff versenkt, dachte Manzetti und verglich sich bei seinen Ermittlungen mit einem Admiral, der das Meer durchpflügte, um die Flotte des Gegners aufzuspüren und zu vernichten.

„Das Buch sollten Sie unbedingt lesen", empfahl Hendel.

„Können Sie es nicht kurz zusammenfassen?", bettelte Manzetti, der zum Lesen eines Romans im Moment nicht die nötige Zeit besaß.

„Einverstanden." Hendel lächelte. „Bei Murger stirbt Mimi vollkommen undramatisch und allein im Krankenhaus. Das passt also auch nicht zu Ihrer Leiche." Hendel sah Manzetti durchdringend an und machte eine kleine Kunstpause. Dadurch puschte er zusätzlich und sicherlich nicht ganz ungewollt die Spannung an. „Aber bei Ihnen geht es ja auch nicht um Mimi, sondern um Franziska."

Manzetti konnte sich jetzt kaum noch zügeln. Am liebsten wäre er dem Intendanten an die Kehle gesprungen und hätte ihn solange geschüttelt, bis endlich jedes verdammte Wort aus ihm herausgesprudelt käme. „Ich kenne keine Franziska. Und in der

Oper La Bohème gibt es auch keine Figur mit diesem Namen", sagte er innerlich bebend.

„In der Oper nicht. Aber im Roman von Murger." Hendel baute wieder eine dramaturgische Pause ein, in der Manzetti jeden Muskel anspannte. Er war zum Sprung bereit. „Und?", flehte er schließlich.

„Franziska ist auch ein junges Mädchen, das sich mit einem Bohémien eingelassen hat. Wie Mimi stirbt auch sie an Schwindsucht und wie Mimi hatte auch sie immer kalte Hände, die sie in einem Muff wärmte. Che gelida manina. Aber Franziska stirbt wie Ihr Opfer an einem ersten November und … jetzt passen Sie auf, Herr Manzetti, … nachdem ihr ein welkes Blatt durch das geöffnete Fenster auf ihre Bettdecke gefallen war. Ein gelbes Blatt."

Hendel stand jetzt auf, machte einen Kratzfuß und verneigte sich vor Manzetti. Wieder und wieder senkte er seinen Kopf tief nach unten und strahlte bei jedem Auftauchen breiter.

„Haben Sie vielleicht auch eine Erklärung für die Gipsrückstände und das Öl?", fragte Manzetti in den eigenen Applaus hinein.

Hendel hatte eine. „In Murgers Roman hat Franziskas Geliebter das Gesicht der Toten mit Gips abgeformt", erklärte er. „Für die Ewigkeit meinethalben. Und um ihr nicht wehzutun, hat er es vorher mit Olivenöl eingerieben, um die getrocknete Maske schmerzfrei wieder abzunehmen."

„Von einer Toten?", wunderte sich Manzetti.

„Das war noch Liebe", schwärmte Hendel und hob beide Arme theatralisch zur Decke.

7

Sie glitten auf der A 10 in Richtung Potsdam. Manzetti schwieg schon den gesamten Samstagmorgen, und so konnte sich Sonja ganz aufs Fahren konzentrieren.

Er saß regungslos auf dem Beifahrersitz und starrte apathisch aus dem Fenster, wobei er fand, dass die Natur über Nacht einen anderen Anzug angelegt hatte. Alles war in stumpfes Grau getaucht, und die Sonne des letzten Tages spurlos verschwunden. Vielleicht war das der Grund für seinen Seelenzustand, und irgendwie passte das Wetter auch zu seiner jetzigen Mission.

Wenn er Glück hatte, würden die Eltern von Carolin Reinhard zu einem Gespräch bereit sein, anderenfalls würden beide mit zusammengepressten Knien nebeneinander auf dem Sofa sitzen, gefangen in einem tiefen Schockzustand.

„Schöne Weihnachten", sagte Sonja plötzlich und zerstörte damit die Ruhe und seinen Gedankenfluss.

„Hm", antwortete er deshalb kurz angebunden.

„Was hm?"

„Hm."

„Hörst du mir überhaupt zu?"

„Was?"

„Ob du mir zuhörst, habe ich gefragt. Andrea, du scheinst sehr weit weg zu sein. Bedrückt dich etwas?"

„Nein. Wie kommst du denn darauf?", wiegelte Manzetti ab und wagte einen Blick auf das Navigationsgerät. Noch dreiundzwanzig Minuten bis zum Ziel.

„Es sieht jedenfalls so aus. Worüber grübelst du denn? Oder darf ich das nicht wissen?", bohrte Sonja weiter, während aus dem Lautsprecher „Jingle Bells" erklang, was bei Manzetti Verwunderung hervorrief. Weihnachtslieder vor Totensonntag? Aber warum nicht? Es passte zu den Lebkuchen und Dominosteinen, die jeder Supermarkt seit September anbot.

„Ich denke über Weihnachten nach", behauptete er. „Es muss furchtbar sein, wenn man wenige Wochen vor dem Fest sein einziges Kind verliert. Ich beneide die Reinhards nicht." Dann verstummte er wieder.

An der Abfahrt Babelsberg verließen sie die Autobahn und reihten sich in den zähfließenden Verkehr ein. Unzählige Menschen waren zum Sterncenter unterwegs, dem Einkaufstempel schlechthin in der Region. Na klar, es war Wochenende und Monatsanfang, es hatte gerade Geld gegeben.

Sonja hielt vor einer roten Ampel. Neben ihnen stand ein Van, vollgepackt mit einer fünfköpfigen Familie, nebst Oma und Hund. Alle schauten in die Richtung, in die der Vater blickte, keiner von ihnen sah nach links oder rechts. Das nannte man zielstrebig.

Das Navi zeigte noch sieben Minuten. Aber ein Navi, dachte Manzetti, rechnet nicht mit Einkaufssamstagen. Ein Navi funktioniert wie die Familie im Auto. Zielstrebig.

„Denkst du an deine beiden Mädchen?", fragte Sonja und schaute sogar zu Manzetti hinüber.

„Nein", log er schroff. „Fahr du lieber. Es ist Grün."

Dann tauchte er wieder in seine Gedankenwelt ab. Tatsächlich hatte er kurz darüber nachgedacht, wie es ihm ergehen würde, sollten er und Kerstin eine der beiden Töchter zu Grabe tragen müssen. Aus Gründen des Selbstschutzes war er allerdings kontrolliert genug, um diesen Gedanken wegzuwischen, wie einen Kaffeefleck von der Schreibtischplatte. Und es waren auch nicht nur die Eltern des Mordopfers, denen seine Konzentration galt. Es war die Tote selbst, die ihm unendliches Kopfzerbrechen bereitete.

Vor knapp einer Stunde, als sie die Tür zur Wohnung von Carolin Reinhard hinter sich geschlossen hatten, war Manzetti auch der letzten Hoffnung beraubt worden, den Fall vielleicht doch etwas schneller lösen zu können. Carolin hatte ein Zimmer in einer WG mit drei anderen Theaterleuten, was bei einer jungen Musikerin nicht ungewöhnlich war. Ins Auge fiel allerdings die Einrichtung, oder besser das, was dort fehlte, was man eigentlich bei einer künstlerisch ambitionierten jungen Frau vermutet hätte. Nämlich Fotos. Im ganzen Zimmer fand sich kein einziges Foto. Nicht einmal eines aus Kindertagen mit glücklichen Eltern im Hintergrund, das wenigstens griffbereit in der Schublade lag.

Nichts dergleichen. Jede Erinnerung an ihre Familie schien wie ausgelöscht. Was konnte das bedeuten?

Entgegen der Ankündigung des Navi kamen sie erst nach weiteren fünfzehn Minuten vor dem Haus der Reinhards an. Das schlichte Gebäude passte in Form und Farbe zu den anderen Reihenhäusern und fiel nicht weiter auf. Es hatte nichts von dem Glanz des anderen Babelsbergs, das nur wenige Kreuzungen weiter lag und in dem die Villen früherer UFA-Stars standen. Marlene Dietrich oder Fritz Lang hatten dort gewohnt, und jene Häuser verströmten noch immer diesen Charme, den sie gewiss bereits besessen hatten, als noch niemand an Hollywood oder eine Oscarverleihung dachte. Die Reinhards dagegen wohnten im schlichten Teil der Stadt, in dem des Fußvolkes.

„Wie wollen wir es machen?", fragte Sonja, als sie auf die Klingel drückte.

„Lass mich bitte reden", lautete der knappe Kommentar von Manzetti.

*

„Bitte kommen Sie", forderte Herr Reinhard sie auf und trat neben der Tür zur Seite. „Man hat Ihren Besuch bereits angekündigt."

„Guten Morgen", grüßte Manzetti und reichte Manfred Reinhard unsicher die Hand. „Mein aufrichtiges Beileid."

Manfred Reinhard nickte nur und sah dann schnell nach unten.

Als er wieder aufblickte, bat er die Besucher mit aufrechter Haltung in den Flur und wies mit dem rechten Arm auf eine Tür. „Bitte hier entlang. Wir gehen in mein Arbeitszimmer."

Sie landeten in einem Raum mit niedriger Decke. Manzetti schätzte, dass zwischen ihm und der Decke lediglich zehn, höchstens fünfzehn Zentimeter lagen, und er glaubte fast, dass er sich jeden Augenblick den Kopf stoßen würde.

„Setzen Sie sich doch", bot der Hausherr an und blieb vorerst auf der Schwelle stehen.

Manzetti wählte einen einfachen Stuhl mit harter Holzlehne, wie auch Sonja, sodass für Reinhard der einzige Sessel blieb. Be-

vor Reinhard sich aber setzte, musste er eine Oboe von der Sitzfläche nehmen, die er vorsichtig auf den Boden legte, direkt neben den Notenständer. „Meine Frau hat heute morgen gespielt",
sagte er fast entschuldigend und sah zu Manzetti. „Bach, das lenkt
sie ein wenig ab."

„Ja", bestätigte Manzetti und bemerkte erst jetzt die tief-
schwarzen Augenränder in Reinhards Gesicht. Sie machten den
Mann älter, als es seiner gesamten Erscheinung entsprach. Sicherlich, Manfred Reinhard war bereits in einem sehr respektab-
len Alter, nämlich siebenundachtzig, aber darauf ließen weder
seine Haut noch die Körperhaltung schließen. Manfred Reinhard
war ein geradliniger, aufrechter Richter im Ruhestand, der seine
Grundeinstellungen gern auch durch seinen Habitus zur Schau
trug, hatte Manzetti im Vorfeld herausgefunden.

„Außerdem muss das Leben ja weitergehen", formulierte Reinhard in die Gedanken von Manzetti hinein. „Und meine Frau ist
noch berufstätig. Sie hat ein Engagement bei den Berliner Symphonikern für die kommenden Weihnachtskonzerte."

„Hat sie kein festes Orchester?", fragte Manzetti, dankbar für
die kleine Ablenkung und deshalb den Faden aufgreifend.

„Nein. Jedenfalls nicht mehr seit man beschlossen hat, das
Orchester in Potsdam aufzulösen." Reinhard wirkte fast so er-
leichtert wie Manzetti, und das wahrscheinlich aus demselben
Grund. „Uns kann das eigentlich egal sein", formulierte er etwas
leiser. „Aber was man damit den Menschen, und insbesondere
der Jugend antut, ist unverantwortlich. Musik ist nicht nur zum
Hören nebenbei da. Musik ist wie jede andere Kunstform seit
Urzeiten fester Bestandteil aller Kulturen. Sie trägt wesentlich dazu bei, dass wir uns von Schimpansen unterscheiden." Jetzt hob
Manfred Reinhard seine Stimme, sie schwoll an, war energischer
und passte somit zu seinem Plädoyer. „Musik ist ein verbinden-
des Element der Menschheit, nicht zuletzt auch, weil sie über alle
Sprachbarrieren hinweg Emotionen ausdrücken kann." Wieder
zu Manzetti gewandt, fuhr er mit mittlerweile glühenden Augen
fort, die wie Speerspitzen aus seinem ansonsten harschen Gesicht
herausragten. „Mozart, Beethoven, Schubert, … das sind doch

Kompositionen, die auf der ganzen Welt gespielt werden. Diese Musik versteht man in Amerika und in Australien. Selbst in Japan und Korea liebt man sie. Überall strömen die Menschen zu Konzerten mit klassischer Musik des alten Europas. Und wir vernichten die Orchester, weil sie angeblich zu viel kosten." Er sprach inzwischen wieder sehr leise, und der Glanz seiner Augen verblich. „Das ist doch Irrsinn." Dann saß er still in seinem Sessel und strich sich über die glatt nach hinten gekämmten Haare.

„Ich sehe das ähnlich", sagte Manzetti in die Pause hinein. „Ändern können wir das aber trotzdem nicht."

„Wir sowieso nicht, Herr Manzetti. Aber Sie haben Recht: Es ist, wie es ist."

„Ja", stimmte Manzetti ihm zu. „Aber deshalb sind wir leider nicht gekommen."

„Nein, natürlich nicht."

„Wie geht es Ihnen, Herr Reinhard?", fragte Manzetti.

„Mir? … Wie soll es mir gehen? Schlecht, sehr schlecht geht es mir." Seine Stimme flatterte. „Wir haben unsere einzige Tochter verloren. Wie soll es uns da gehen?"

„Kann ich Ihnen irgendwie helfen?", versuchte Manzetti den alten Mann zu beruhigen. Er wollte nicht der Auslöser eines Herzinfarktes sein.

Manfred Reinhard wurde nachdenklicher. „Nein, können Sie nicht. Finden Sie den, der das getan hat, und überstellen Sie ihn der Justiz", antwortete er in scharfem Ton, und Manzetti wurde augenblicklich klar, dass es sich nicht um eine Bitte, sondern um einen Befehl des Mannes handelte, der zuvor noch mit zittriger Hand über seine ausgebeulte Cordhose gestrichen hatte.

„Wir tun alles, was wir können." Er lockerte mit einer Hand seinen plötzlich viel zu engen Krawattenknoten. „Das verspreche ich Ihnen", fügte er sicherheitshalber noch hinzu, wohl auch, um den bohrenden Blick Reinhards abzuwehren.

„Das will ich hoffen." Der alte Richter schloss für einen kurzen Moment die Augen.

Das nutzte Manzetti sofort aus. „Darf ich Ihnen einige Fragen zu Ihrer Tochter stellen?"

Reinhard sah Manzetti wenig begeistert an.

„Natürlich nur, wenn es Sie nicht zu sehr belastet."

„Machen Sie nur", gestattete Reinhard und versuchte, sich bequemer hinzusetzen, ohne seine aufrechte Haltung aufzugeben. „Ich bitte Sie lediglich darum, meine Frau herauszuhalten. Sie ist sehr schwach, weil sie den Tod von Carolin einfach nicht akzeptieren will."

„Natürlich." Manzetti schlug ein Bein über das andere, hatte aber im Augenblick nichts gegen den Wunsch Reinhards einzuwenden. „Wie war das Verhältnis zwischen Ihnen und Ihrer Tochter?", fragte er.

„Gut. Sehr gut sogar. Sie war unser Ein und Alles, müssen Sie wissen. Und sie hat uns große Freude gemacht."

„In musikalischer Hinsicht?"

Reinhard zögerte. „Auch musikalisch", antwortete er nach kurzem Nachdenken. „Aber vor allen Dingen als Tochter. Sie war sehr liebevoll, sie hat uns nie Kummer bereitet. Und ja, sie war natürlich begabt."

„Wollte Carolin aus eigenem Antrieb Musikerin werden oder um in die Fußstapfen der Mutter zu treten?", Manzetti nickte mit dem Kinn zur Oboe, die noch immer neben Reinhard auf dem Boden lag.

„Es waren eher die Fußstapfen der Mutter."

„Herr Reinhard, wie war der Kontakt zwischen Ihrer Frau und Ihrer Tochter?"

„Gut, sehr gut sogar", sagte Reinhard bestimmt. In seinem Gesicht erschien um Mund und Nase ein harter Zug. „Aber das sagte ich doch schon. Wir waren stolz auf unsere Tochter und wir waren das, was man in Deutschland eine gutbürgerliche Familie nennt." Reinhards Augen begannen wieder zu funkeln. Anscheinend bäumte er sich nicht nur gegen die Fragen auf, sondern gegen die gesamte Situation. So jedenfalls empfand es Manzetti.

Tatsächlich fühlte sich Manfred Reinhard nicht wohl, was auch damit zu tun hatte, dass er es nicht gewohnt war, auf Fragen zu antworten, und er wollte das auch gar nicht mehr erlernen. Ein Richter stellte die Fragen, allenfalls kommentierte er die Fragen der anderen. Aber dieses Gespräch lief genau anders herum. Auch wenn er wusste, dass es die Pflicht des Polizisten war, er empfand sein Verhalten als respektlos.

Die gewünschte Wirkung seines veränderten Gesichtsausdrucks blieb nicht aus, denn Manzetti hatte augenblicklich ein komisches Gefühl im Bauch und zog es vor, dem Blick Reinhards auszuweichen. Er schaute zum Regal und dort auf eine Reihe von Fotografien, die links mit einem blonden Baby begann und rechts nach Bild zwanzig mit einer Trompeterin auf der Bühne der Berliner Philharmonie endete. Komisch. Was die eine Wohnung zu wenig hatte, schien in der anderen kein Ende zu nehmen.

Manzetti wusste nicht weiter, und als er die rechte Hand vom Oberschenkel nahm, hatte sie eine feuchte Stelle auf dem glänzenden Stoff hinterlassen. Sein Blick suchte Sonja, aber die saß wie erstarrt mit halb geöffnetem Mund mucksmäuschenstill auf ihrem Stuhl. Schließlich griff er in die Tasche seines Sakkos und blätterte dann in dem kleinen Block. Er bemerkte zwar Reinhards nagenden Blick, aber der verlor im Augenblick seine Eindringlichkeit, denn irgendwie konnte sich Manzetti mit beiden Händen an dem Papier festhalten. Jedenfalls innerlich.

„Herr Reinhard", begann er und sah den Mann geradeheraus an. „Ich habe erfahren, dass Carolin nicht ohne Grund aus Ihrem Haus ausgezogen ist. Stimmt das?"

Reinhard erhob sich ruckartig, stapfte zu seinem Schreibtisch und setzte sich auf den schweren Drehstuhl. „Warum fragen Sie das?" Die Mundpartie des pensionierten Richters wurde noch kantiger.

„Es interessiert mich, es muss mich interessieren", antwortete Manzetti mit nur noch wenig Unsicherheit in der Stimme.

„Und weshalb?" Reinhard brachte sich in eine erhöhte Position, indem er die Sitzfläche des Stuhls nach oben fahren ließ. „Sie glauben doch wohl nicht, dass wir sie hinausgeworfen haben", empörte er sich ziemlich lautstark.

„Nein, überhaupt nicht." Manzetti erhob sich und trat direkt vor den Schreibtisch, sodass er aus einer Höhe von einsfünfundachtzig zu Carolin Reinhards Vater hinabsehen konnte. „Aber ich muss mir ein Bild von Carolin machen. Und dazu gehört auch ihr Umfeld. Familie, Freunde, Bekannte. Sie verstehen das doch bestimmt."

Mehr musste Manzetti eigentlich nicht sagen, und er musste auch nicht seine Stimme erheben, denn das sollte ausreichender Appell an einen ehemaligen Juristen gewesen sein, noch dazu fast von oben herab vorgetragen.

Reinhard schwieg trotzdem und vermied es, zu Manzetti hochzusehen.

„Herr Reinhard, bitte. Es ist wichtig", beschwor Manzetti ihn und büßte damit ein Stück seiner Überlegenheit ein.

„Wir leben nur noch zusammen", sagte Reinhard nach einer weiteren Pause zögerlich und sah Manzetti jetzt an, als müsse er dringend um Absolution bitten. „Wir sind seit dreißig Jahren verheiratet. Das ist eine verdammt lange Zeit." Er ging wieder zu seinem Sessel zurück, wo er die Oboe vom Boden aufhob und dann bewegungslos in den Händen hielt.

„Sie haben sich also auseinandergelebt, wie man das heute nennt", stellte Manzetti fest und setzte sich wieder.

Reinhard nickte, dankbar für Manzettis Formulierung.

„Und Carolin? Wie ging sie damit um?"

„Sie zog irgendwann aus. Sie wollte allein sein und fand eine Wohnung in Berlin. Prenzlauer Berg, mit zwei Kommilitoninnen. Damit war es für uns alle leichter. Carolin kam nur noch einmal im Monat für ein paar Stunden, und dafür konnten meine Frau und ich uns gerade noch zusammenreißen, wenn Sie verstehen, was ich meine."

Er verstand. „Aber Sie haben Ihre Tochter vermisst, oder?"

„Wie kommen Sie denn darauf? Es war schließlich Carolins Wille, sie war erwachsen, und außerdem war sie ja nicht aus der Welt", versuchte Reinhard seine Gefühle herunterzuspielen.

Manzetti hatte bei seiner Frage an die Kamera denken müssen, mit der all die schönen Fotos von Carolin gemacht worden waren und hinter der bestimmt ein stolzer Vater gestanden hatte. Die kleine Galerie im Bücherregal erinnerte zu sehr an einen Altar.

„Trotzdem hat sie Ihnen gefehlt, oder?"

„Haben Sie Kinder, Herr Manzetti?" Reinhard sah den Polizisten abwartend an.

„Ja, zwei Mädchen."

„Fehlen die Ihnen nicht auch manchmal?"

Manzetti schwieg. Er würde jetzt nicht mit dem Richter seine eigenen Gefühle diskutieren. Es ging ihn nichts an, dass ihm seine Mädchen immer fehlten.

Plötzlich öffnete sich die Tür, und eine grazile Frau trug ein Tablett mit drei großen Kaffeetassen herein.

„Das ist meine Frau Eva." Reinhard erhob sich. Auch Manzetti und Sonja standen auf und grüßten kurz.

„Ich habe mir erlaubt, einen Kaffee zu kochen", sagte Eva Reinhard und streckte Manzetti das Tablett entgegen. Der nahm es ab und stellte es auf den kleinen Tisch.

Jetzt wurde es spannend. Frau Reinhard, dreißig Jahre jünger als der Gatte, sah alles andere als schlecht oder erschöpft aus, wie es Reinhard Glauben machen wollte. Hier stand eine Frau, die sicherlich um die Tochter trauerte, die aber keinen verzweifelten Eindruck machte und nun mit dem Leben haderte. Warum hatte ihr Mann sie aus allem raushalten wollen?

„Vielen Dank." Manzetti reichte Sonja eine Tasse. „Mein aufrichtiges Beileid, Frau Reinhard."

Sie nickte und setzte sich in den Drehstuhl, den sie allerdings vor den Schreibtisch zog und geräuschvoll nach unten fahren ließ. „Fragen Sie!"

„Wie bitte?", stotterte Manzetti überrascht.

„Fragen Sie mich, was Sie wollen. Deshalb sind Sie doch hier, oder?"

„Aber Eva …" Weiter kam Reinhard nicht, denn seine Frau erstickte seinen Einwand mit einem einzigen Blick. „Nun?" Sie sah wieder zu Manzetti, der kaum sichtbar mit dem Kopf schüttelte.

„Frau Reinhard, welchen Kleidungsstil bevorzugte Carolin?"

„Kleidung? … Jeans und Pullover."

„Und Kleider? Trug sie manchmal auch Kleider?"

„Nicht einmal im Sommer. Carolin trug immer Hosen. Ich glaube, dass sie auch gar keine Kleider besaß."

„Und Schürzen?"

Eva Reinhard sah zu Sonja. „Sie können ja fragen, was Sie wollen, aber was soll das?"

Sonja nahm die Tasse vom Mund. „Als man Ihre Tochter fand, trug sie ein wadenlanges Kleid, grau, mit Puffärmelchen. Ich tippe auf den Stil der vierziger oder fünfziger Jahre. Darüber hatte sie eine Schürze gebunden."

„Nein, das passt nicht zu Carolin."

„Frau Reinhard", sagte Manzetti und übernahm damit wieder das Zepter. „Wir haben die Vermutung, dass Ihre Tochter getötet wurde, um ... wie soll ich es sagen? Nun, wir haben Grund zu der Annahme, dass hinter dieser Tat eine ziemlich komplizierte Geschichte steckt und Ihre Tochter nicht zufällig Opfer wurde."

„Also, das ist ja ungeheuerlich. Was wollen Sie denn ...", begann Reinhard und erntete dafür den gleichen Blick von seiner Frau wie vor wenigen Sekunden.

„Sie meinen, dass es kein Zufall war, dass Carolin Opfer wurde?"

„Wir sind nicht ganz sicher. Aber es ist auch nicht ausgeschlossen. Die Fundstelle, die Aufmachung Ihrer Tochter, das ganze Drumherum, es gleicht alles einer sorgfältigen Inszenierung, und wir vermuten sogar Bezüge in die Welt der Oper."

„In welche?", fragte Eva Reinhard.

„La Bohème."

„La Bohème", wiederholte sie und sah in Gedanken versunken auf den Fußboden. „Nein, dazu fällt mir nichts ein", sagte sie, als sie den Kopf wieder hob. „Außerdem wurde Mimi nicht getötet, sondern starb an Schwindsucht."

„Das wissen wir und wir glauben auch, dass der Mörder sich nicht auf Puccini bezog, sondern auf Murger, also die literarische Vorlage für die Oper, und zwischen beiden gibt es bekanntermaßen gravierende Unterschiede."

„Das ist mir nicht bekannt", sagte sie leicht konsterniert. „Wenn ich Ihnen weiterhelfen soll, dann stellen Sie mir bitte präzise Fragen."

Manzetti überlegte kurz. „Ich habe vorhin schon mit Ihrem Mann darüber gesprochen." Er machte eine neue Pause, während der er zu Manfred Reinhard sah. „Wir haben von Kollegen Ihrer Tochter erfahren, dass sie das Elternhaus nicht ohne Grund verlassen hatte."

„Das stimmt", gab Eva Reinhard unumwunden zu und sah ebenfalls zu ihrem Mann, der still in seinem Sessel saß, kleine Schnipsel von einem Blatt Papier abriss und die zu winzigen Kügelchen drehte. „Mein Mann und ich sind seit achtundzwanzig Jahren verheiratet. Als wir uns kennen lernten ..." Weiter kam sie nicht, denn alle Augen starrten auf den Mann im Sessel, bis sich Sonja als erste aus ihrer Lähmung befreite, zu Manfred Reinhard stürzte und den krampfenden Körper zu bändigen versuchte, um, wie sie es auf der Polizeischule gelernt hatte, mit der Mund-zu-Mund-Beatmung zu beginnen.

8

Manzetti stand in der Küche. Es war schließlich Sonntag und Zeit zu frühstücken. Eigentlich ein schönes Ereignis, aber heute schmeckte es ihm nicht besonders, was nicht an den Brötchen lag, sondern daran, dass er allein essen musste. Nur noch heute, dachte er. Nur noch ein paar Stunden, dann endlich würden sie wiederkommen.

Bis dahin musste er sich noch ein bisschen mit dem Tod der Trompeterin befassen, sich vor allem einen Fahrplan für die nächste Woche machen. Ob er wollte oder nicht, ihm blieb nichts weiter übrig, als noch einmal nach Potsdam zu fahren, denn selbst wenn Richter Reinhard weiter auf der Intensivstation betreut wurde, so war doch ein Gespräch mit dessen Ehefrau möglich und eigentlich auch notwendig.

Er ging ins Zimmer seiner großen Tochter, um ein paar Blatt Papier zu holen, das Lara dort mit Sicherheit lose herumliegen hatte. Das Zimmer wirkte steril. Es verströmte nicht die wuselige Kindlichkeit mit unzähligem Spielzeug, es war mehr das Zimmer einer werdenden Frau. Das musste Kerstin gemeint haben, als sie neulich über Laras pubertäre Oxersprünge gesprochen hatte.

Manzetti nahm einen Bilderrahmen in die Hand. Hektor in voller Blüte. Hektor war das Lieblingspferd seiner großen Tochter, jener Hengst, dem Lara unendlich viel Zeit widmete. Er war nicht ganz aufmerksam, als er das Bild wieder abstellte, denn noch in dem Moment, da er sich umdrehte, fiel es polternd zu Boden. Die Splitter der Glasscheibe verteilten sich um seine Füße, und der Standbügel lag direkt vor ihm. Mist, dachte er.

Er bückte sich und legte die intakten Einzelteile des Bilderrahmens auf Laras Nachttisch. Dabei fiel ihm die winzige weiße Ecke eines Zettels auf, die zwischen Foto und Rückwand hervorguckte. Er stand wie festgenagelt.

Sollte er oder sollte er nicht?

Dann zog er den Zettel heraus und legte ihn verkehrt herum aufs Bett.

Wäre es nicht ein riesiger Vertrauensmissbrauch und durch nichts zu entschuldigen? Aber vielleicht nur, solange Lara davon nicht erfahren würde …

Nur Sekunden später rammte schon die erste Zeile einen spitzen Pflock in sein Herz. Sein halbitalienisches Blut geriet augenblicklich in Wallung, und in den Ohren stellte sich dröhnendes Pochen ein, wie er es noch nie zuvor erlebt hatte. Es war gewaltig, es haute den ansonsten so kräftigen Körper um, so wie ein Orkan ganze Bäume umknickt, als seien es Streichhölzer.

Oh Gott, ging es ihm durch den Kopf.

Manzetti stolperte ins Wohnzimmer, den Zettel in der zittrigen rechten Hand. Wieder versuchte er die erste Zeile zu lesen und wieder stockte er nach wenigen Worten. Angst stellte sich ein, eine böse Vorahnung, die von der jugendlich-krakeligen Handschrift ausging, die nicht die seiner Tochter war.

Manzetti setzte sich in den Sessel, nahm allen Mut zusammen und las die Zeilen endlich bis zum Ende.

„Du weißt, dass ich Dich liebe. Aber für eine Vaterschaft bin ich noch nicht reif. Ich werde das Geld für eine Abtreibung zusammenbekommen. Du musst Dich entscheiden zwischen dem Kind und mir."

Nur langsam kehrten seine Lebensgeister zurück. Er goss sich einen Grappa ein, den er aber nicht sofort trank. Rastlos tigerte er minutenlang durch die Wohnung, immer noch jenes dumpfe Dröhnen im Kopf, das erst nachließ, als er das Schnapsglas wieder in die Hand nahm und die Flüssigkeit ohne Genuss in sich hineinkippte.

Zum Teufel noch mal, dachte er. Das kann doch nicht wahr sein. Sie ist doch erst fünfzehn.

Manzetti saß wieder im Sessel und hielt die Grappaflasche umklammert wie ein Schiffbrüchiger ein Stück des gebrochenen Mastes. Er goss sich erneut ein, stand auf und öffnete die Balkontür. Luft. Er brauchte unbedingt frische Luft.

„Lara, was machst du?", sprach er ganz leise vor sich hin. „Was soll denn aus dir werden, Kind? Und wer hat dir das angetan?"

Er hatte etwas getan, was man eigentlich nicht tut, aber daran dachte er im Moment überhaupt nicht mehr. Ihm gingen andere

Worte durch den Kopf. Fingerbrechen, Prügelstrafe, Schwanz abschneiden, Blutrache. Dagegen war im Moment kein Kraut gewachsen, und seine deutsche Seite war zu schwach, um in dieser Situation der italienischen Paroli bieten zu können.

„Ich weiß, dass Sonntag ist. Trotzdem brauche ich dich", sprach er mit rüdem Tonfall ins Telefon. „Hol mich hier ab!"

Dann goss er sich noch mal nach und wartete.

„Was ist denn los?", fragte Sonja wenig später. Sie saß auf dem Fahrersitz und schaute aus verschlafenen Augen.

„Wir müssen nach Brielow", gab Manzetti die Marschrichtung an und stierte geradeaus durch die Frontscheibe.

„Was sollen wir in Brielow?"

Manzetti schwieg.

„Andrea, was sollen wir in Brielow?" Als sie wieder keine Antwort bekam, zog sie demonstrativ den Schlüssel ab. „Wenn du mir nicht sagst, was wir in Brielow sollen, dann fahre ich keinen Meter."

„Vergewaltigung." Er stierte weiter geradeaus.

„Vergewaltigung? Von wem?"

Manzetti antwortete wieder nicht.

„Andrea, hast du getrunken?", fragte sie, als seine Grappafahne ihre Nase erobert hatte.

„Fahr endlich", schrie er plötzlich. „Fahr zu diesem bescheuerten Reiterhof."

Sonja zuckte kurz zusammen und startete den Wagen. Erst fünfzehn Minuten später, als sie am Tor des Reiterhofes anhielt, traute sie sich, erneut eine Frage zu stellen.

„Was ist denn nun passiert?", formulierte sie ganz vorsichtig.

„Vergewaltigt", sagte Manzetti noch immer mit Tunnelblick. „Er hat sie vergewaltigt, das Schwein."

„Wen?"

„Lara." Endlich war es aus ihm raus. Er bekam feuchte Augen.

Sonja brauchte eine Weile. Auch sie musste die ungeheuerliche Nachricht erst verdauen. „Wo ist sie jetzt?", fragte sie schließlich.

„Na, in Buckow", antwortete Manzetti, und dann brachen alle Dämme. Sturzbäche quollen aus seinen Augen und Unmengen

Schleim verstopften seine Nase. Es dauerte mehrere Minuten, bis er wieder vernünftig reden konnte. Dann aber erzählte er Sonja das, was er bislang wusste.

„Und wie kommst du auf Vergewaltigung? Dafür gibt es doch überhaupt keine Anhaltspunkte. Es gibt auch noch Liebe. Auch unter Jugendlichen."

Einen solchen Gedanken konnte Manzetti im Augenblick nicht zulassen. Sie war doch seine Tochter, sein großer Engel, und sie hatte sich bislang noch immer an seine Vorgaben gehalten.

Als er wieder nicht reagierte, fragte Sonja: „Hast du mit Kerstin gesprochen?"

„Nein, wie denn? Sie ist doch auch in Buckow."

„Hast du sie nicht einmal angerufen?"

Manzetti schüttelte wie ein ertappter kleiner Junge den Kopf.

„Was willst du dann hier?"

„Ich will den Namen von diesem ..." Weiter kam er nicht, denn die Erregung wuchs wieder derart, dass er die Backenzähne gewaltig aufeinanderreiben musste, um nicht erneut loszuheulen.

„Sollten wir nicht erst mit Kerstin und vor allen Dingen mit Lara reden?"

„Wozu?" Er sah Sonja an diesem Sonntag zum ersten Mal in die Augen.

„Andrea, ich kann ja verstehen, dass du emotional aufgewühlt bist. Aber wir können doch hier nicht als neutrale Ermittler auftreten. Und Polizei funktioniert so nicht. Erinnere dich. Du warst es immer, der uns beigebracht hat, dass Gefühle an der Garderobe abzugeben sind."

„Sie ist doch meine Tochter", stammelte er. Seine Worte klangen eher wie ein hilfloses Wimmern.

„Eben genau darum." Sonja hielt nun das Zepter in der Hand, und ihr Chef hatte sich bei dieser symbolischen Übernahme nicht gewehrt. „Keine Chance, Andrea. Dieses Mal nicht. Außerdem bist du betrunken und würdest mehr Schaden anrichten, als wir beide zusammen verkraften können."

„Wo willst du hin?", fragte er, als Sonja die Autotür öffnete.

„Ich gehe jetzt da rein. Alleine. Und du wartest, bis ich wieder hier bin."

Manzetti schwieg wieder, nickte aber.

„Hast du mich verstanden? Du wartest, bis ich wieder hier bin."

„Ja", sagte er und vergrub das Gesicht in den fleischigen Händen.

Sonja brauchte nur knapp zehn Minuten, bis sie wieder in sein Sichtfeld kam.

„Nichts", sagte sie.

„Was nichts?"

„Nichts. Hier weiß niemand etwas von einem Freund."

„Was soll das heißen?", stocherte er weiter. „Sie muss hier jemanden haben. Wo denn sonst? Sie war immer nur zu Hause oder hier, nie woanders."

„Sie sagen, dass Lara sich ausschließlich um ihr Pferd gekümmert hat und alle Kerle abblitzen ließ. Außerdem hätten die jungen Männer …"

„Was?", platzte es aus Manzetti heraus.

„Außerdem hätten die jungen Männer Angst vor dir."

„Vor mir?"

„Ja, vor dir." Sonja sah zu Manzetti hinüber. „Wenn ich dich so sehe, kann ich mir das bildhaft vorstellen. Du siehst aus wie ein andalusischer Stier, obwohl du ja Italiener bist."

„So ein Blödsinn. Außerdem bin ich nur Halbitaliener."

„Nein, nein", beharrte sie auf ihrem Urteil. „Du siehst wirklich so aus. Rotunterlaufene Augen, und du schnaufst wie eine Dampflok."

„Aber die kennen mich doch gar nicht."

„Das nicht. Aber Lara war clever genug, um mit dir zu drohen."

„Mit mir?"

„Ja, mit dir. Ein anderes Mädchen hat mir gerade erklärt, dass sie jedem jungen Kerl bei der ersten Annäherung erzählt hat, ihr Papa sei ein heißsporniger italienischer Patron, dem nichts über die Familienehre gehe und der jedem, der ihr zu nahe komme, sofort einen Finger abschneide."

Manzetti betrachtete seine Hände. „Das sind doch Ammenmärchen."

„Zumindest erfüllten sie den Zweck, zu dem sie erfunden wurden."

„Aber sie wurde doch vergewaltigt", behauptete er, weil seine Engstirnigkeit einfach keinen anderen Schluss zuließ.

„Glaube ich nicht." Sonja musste überlegen, wie sie einen Halbitaliener, der von der eigenen Rage noch nicht weit genug entfernt war, davon überzeugen konnte, auf weibliche Eingebungen zu vertrauen. „Ich glaube es einfach nicht, dann hätte nämlich etwas anderes auf dem Zettel gestanden."

„Woher willst du das wissen?"

„Nennen wir es Intuition, okay?"

Manzetti blieb ruhig sitzen. Keine Geste, und auch nicht seine Mimik verrieten, woran er dachte. Dann sagte er plötzlich: „Unter Intuition versteht man die Fähigkeit gewisser Leute, eine Lage in Sekundenschnelle falsch zu beurteilen. Friedrich Dürrenmatt."

Mit so etwas hatte Sonja früher oder später gerechnet. „Lass uns Kerstin anrufen", lenkte sie deshalb von dem Thema ab. Und sie wusste, über welche Macht Kerstin Manzetti verfügen konnte.

„Warum?"

„Sie ist genauso involviert wie du."

„Wie ich?"

„Ja, wie du. Kerstin ist schließlich die Mutter von Lara."

„Also gut, ruf sie an."

„Ich?", fragte Sonja erschrocken.

„Ja, wer denn sonst? Du wolltest doch unbedingt, dass wir sie einbinden."

Sonja riss ihm sein Handy aus der Hand, das er ihr entgegenhielt, und stieg aus.

Nach wenigen Augenblicken saß sie wieder auf dem Fahrersitz und gab ihm das Telefon zurück.

„Und?"

„Was und?"

„Und, was hat sie gesagt?"

„Sie sind schon losgefahren und ich soll dich nach Hause bringen. In etwa einer Stunde werden sie da sein, und bis dahin solltest du deinen Rausch ausschlafen."

„Ich?"

„Ja, wer denn sonst? Ich bin stocknüchtern, Andrea."

„Ich habe keinen Rausch", behauptete er stock und steif und sah nach rechts aus dem Fenster.

„Das war nicht meine Idee. Kerstin meinte nur, dass es wohl besser wäre, wenn Paola dich ..."

„Schon gut", knurrte er und ließ sich ohne weiteren Kommentar nach Hause bringen.

Erst etwa zwei Stunden später wurde Manzetti wach. Er lag auf seinem Bett, wo auch sonst, und war mit der roten Wolldecke zugedeckt. Nur langsam und mit brummendem Schädel richtete er sich auf.

Draußen vor dem Fenster fiel Schnee, der erste in diesem Jahr. In dicken weißen Flocken fiel er schwer zu Boden, nicht hüpfend, nicht tanzend, nicht wirbelnd. Die gegenüberliegende St.-Annen-Promenade lag schon unter einer geschlossenen weißen Schicht.

Dann hörte er das Geklapper von Kochtöpfen. Ein Blick zur Uhr verriet, dass es fast Mittag war und Kerstin sicherlich kochen würde.

„Na, ihr zwei", sagte er zur Begrüßung und küsste seine Frau auf den Nacken.

„Hallo, Papa." Paola sprang begeistert an ihm hoch und hielt ihm mehlige Hände hin. „Wir machen Gnocchis." Auch die weißen Stellen an ihrer Hose zeugten davon.

„Das ist ja schön. Ich habe auch schon richtigen Hunger", gab er zu.

„Und deshalb müssen wir uns beeilen." Kerstin drehte sich um und wischte ihre Hände an einem Handtuch ab. „Du gehst dir die Hände waschen und deckst dann den Tisch, meine Liebe."

„Okay. Baust du dann mit mir einen Schneemann?", fragte Paola noch, bevor sie die Küche verließ.

„Ich?"

„Wer denn sonst, Papa? Das ist Vaterarbeit."

„Na, dann. Aber erst essen wir."

Als Paola im Bad verschwunden war, drehte sich Kerstin ganz zu Manzetti und verschränkte die Arme vor der Brust. „Was ist denn in dich gefahren?" Sie bohrte mit ihren Augen kleine Löcher in seine Stirn.

„Was meinst du?"

Kerstin schwieg. Sie räumte ihm noch ein bisschen Gelegenheit ein, sich zu finden, um so den Ernst der Lage vielleicht rechtzeitig zu erkennen.

„Also gut", gestand er. „Ich habe ein paar Grappa getrunken und hatte einen Schwips."

Kerstin schwieg weiter, und ihre Augen bohrten jetzt mit schmerzendem Nachdruck.

„Was glaubst du, wie ich mich fühle?", platzte es endlich aus ihm heraus. „Sie ist schwanger und verheimlicht uns das."

„Schrei hier nicht so rum", sagte Kerstin energisch. „Paola muss nicht jedes Wort hören."

„Entschuldige … Trotzdem, ich war außer mir. Kannst du dir das nicht vorstellen?"

„Oh doch, das kann ich", behauptete Kerstin und stieß zur Bestätigung die Luft hörbar aus der Nase. „Sonja hat es mir schließlich in allen Einzelheiten berichtet."

„Sonja?"

„Ja, Sonja. Und Gott sei Dank hat sie einen kühlen Kopf bewahrt. Du warst ja mit deinem italienischen Naturell dazu nicht in der Lage."

Jetzt musste sich Manzetti auf die Lippen beißen. Wenigstens solange, bis Kerstin sich wieder beruhigen würde, obwohl er sich schon sehr angegriffen fühlte. Aber er wusste, dass es klüger war nachzugeben. Das hatte er in ihren gemeinsamen Jahren bereits gelernt, und so sah er über Kerstins Schulter hinaus auf den Stadtkanal, dorthin, wo die dichten Schneeflocken in das dunkle Wasser tauchten.

„Sieh mich an, Andrea, und erkläre mir endlich, was das sollte!"

„Was denn?", fragte er und trat einen Schritt auf sie zu.

Wieder tiefes Schweigen. Keinen Laut gab sie von sich, nicht einmal die Augen bohrten mehr. So ließ sie ihm Luft zum Überlegen.

„Ist es denn nicht normal, dass ich mir als Vater Sorgen mache?"

„Sorgen wären normal. Aber du rennst in deiner Rage gleich los und polterst alles um, was dir in den Weg kommt."

„Aber begreifst du denn nicht, dass jemand unsere Tochter geschwängert hat?", flehte er seine Frau an.

„Hat das jemand?"

„Ich kann es dir beweisen." Er wollte ins Wohnzimmer gehen. „Ich habe einen Zettel gefunden."

„Gefunden?", fragte Kerstin mit eindeutiger Betonung. „Wenn du den meinst, dann kannst du hierbleiben." Sie griff in die Gesäßtasche ihrer Jeans und hielt ein kleines weißes Blatt hoch.

„Da steht es doch drauf", sagte er und kam zurück.

„Was steht da drauf?"

„Dass Lara schwanger ist."

„Dann lies mir das bitte vor." Sie reichte ihm das Papier.

Manzetti las erst noch einmal leise für sich.

„Was ist denn nun? Soll ich dir deine Brille holen?"

Er ließ die Hand mit dem Zettel sinken und sah Kerstin an. Und er begriff: Er musste sich eingestehen, dass er die Beherrschung verloren und nicht mehr gewusst hatte, was er tat.

„Um es abzukürzen, Schatz", Kerstin legte beruhigend die Hände um seine Hüfte, „sie ist nicht schwanger und sie hat auch in absehbarer Zeit nicht vor, es zu werden."

„Und der Zettel?", fragte Manzetti hilflos.

„Der ist von Nora. Die ist nämlich schwanger und hat ihn Lara gegeben, weil Nora auch einen Vater hat, der ihr ständig hinterherspioniert."

„Ich spioniere niemandem hinterher", protestierte er.

„Und wie bist du an den Zettel gekommen?"

„Das war ein Unfall", sagte er kleinlaut. „Das musst du mir glauben."

„Ein Unfall also. Aha."

„Ja, ein Missgeschick. Aber woher weißt du das alles?"

„Lara hat mit mir in Buckow über Nora gesprochen, und ich hätte dich eingeweiht, spätestens heute Abend. Wie bist du eigentlich auf eine Vergewaltigung gekommen?"

„Ich? Wer sagt das denn?"

Kerstin verdrehte nur die Augen.

„Das war wohl der Grappa", musste Manzetti eingestehen. „Ich konnte mir nicht vorstellen, dass Lara ... dass unser Kind ..."

„Was bist du für ein Kerl?", fragte Kerstin und ließ ein kurzes Lächeln zu. „Ihr Italiener poppt euch durch halb Europa und wenn die eigenen Kinder daran auch Freude entwickeln sollten, ruft ihr gleich nach dem jüngsten Gericht."

„Ich bin gar kein richtiger Italiener."

„Manchmal schon, mein Lieber. Was wolltest du eigentlich am Reiterhof?"

Manzetti sah zu Kerstin hinunter, sah ihr Gesicht, verstand ihre Körpersprache und schämte sich so, als wäre er hunderten Menschen ausgesetzt, die alle mit dem Finger auf ihn zeigten. Deshalb umging er die Antwort und stellte lieber eine Frage. „Wo ist sie denn?"

„Lara?"

„Ja."

„Bei Sonja."

Manzetti zog die Stirn kraus. „Brinkmann?"

„Wie viele Sonjas kennen wir denn?"

„Was will sie denn da?"

„Dir aus dem Weg gehen." Kerstin ließ ihn los und machte einen Schritt nach hinten.

„Warum das denn?", fragte er bestürzt.

„Darüber solltest du einmal in Ruhe nachdenken. Ganz allein und nicht übereilt. Aber vorher holst du bitte Paola, damit wir endlich essen können."

9

Sonja Brinkmann war vor achtundzwanzig Jahren als Nesthäkchen eines Lehrerehepaars in Potsdam zur Welt gekommen. Auch ihre beiden wesentlich älteren Schwestern hatten, der Familientradition folgend, den Beruf des Pädagogen ergriffen, die eine für die Grundschule, die andere mit Lehrberechtigung für die Sekundarstufe. Also wurde die kleine Sonja früh nach allen Regeln der alten und neuen Wissenschaften erzogen, was nicht lange auf Resultate warten ließ. Und die waren alles andere als das, was der Clan sich vorgestellt hatte.

Für den kleinen Familiennachkömmling stand nämlich sehr schnell fest, dass sie alles werden wollte, Maurer, Bäcker, auch Uhrmacherin und Straßenbahnfahrerin, nur eben nicht Lehrerin. Und diese Vorstellung hatte sich tief in sie eingegraben, so tief, dass sich in ihr automatisch alle Muskeln verkrampften, sobald sie nur auf die mögliche Karriere im Schuldienst angesprochen wurde.

Lass sie bocken, hatte es dann immer nur geheißen, und die kleine Sonja bockte, was das Zeug hielt, oft auch, weil es der einzige Ausweg für sie war. Und sie scheute sich nicht, dann mit allem um sich zu werfen, was die kleinen Hände zu greifen bekamen.

Irgendwann war es aber vorbei mit den Wutanfällen, denn spätestens, als die Abiturprüfungen langsam näher rückten, war es ernst geworden. Bocken half nun nicht mehr, es musste eine Alternative her, schleunigst, und vor allen Dingen eine, die mit Schulhäusern nichts, ja nicht einmal im Entferntesten etwas zu tun hatte.

Polizistin, hatte sie zu ihrem Vater eines Tages gesagt, Polizistin will ich werden.

Zuerst hatte sie geglaubt, dass der Vater sie nur akustisch nicht verstanden habe, als er aber betonte, dass er wohl nicht richtig gehört hätte, wusste Sonja, dass sie zu härteren Mitteln greifen musste. Und was war gnadenloser und beständiger, als der bloße Wunsch der Tochter?

Genau, ein Tattoo.

Sie brauchte dringend ein Tattoo, und zwar an einer so exponierten Stelle, die jedes Aber im Keim ersticken würde. Schon einen Tag später zierte ein faustgroßer Totenkopf ihren Nacken, zuerst einfarbig, später auch in kräftigem Grün und mit einer riesigen, roten Mick-Jagger-Zunge. Diese Zunge war bis heute das Ebenbild ihrer eigenen geblieben, die sie allen rauszustrecken pflegte, die irgendwie Zwang auf sie auszuüben begannen.

Als die Eltern endlich bereit waren, ihren Entschluss zu akzeptieren, wuchsen auch ihre Haare wieder und der Totenkopf verschwand unter einem langen blonden Pferdeschwanz. Aus dem ursprünglichen Berufswunsch, der wohl nicht mehr gewesen war als eine Notlösung, wurde bereits während des ersten Semesters eine richtige Berufung, und die mittlerweile wenig rebellische Sonja avancierte zu einer wahren Vorzeigestudentin. So hatte sie am Ende ihrer Ausbildung zu den fünf Absolventen gehört, die sich als Lohn für die Mühen ihre erste Stelle aussuchen durften. Und die Wahl fiel ihr nicht sehr schwer. Sie wollte unbedingt zu dem Hauptkommissar, dem sie in Brandenburg während der beiden Praktika bereits begegnet war, zu diesem Halbitaliener, der abstrakter dachte, als die vielen Dozenten an der Polizeischule.

Nun war sie schon fünf Jahre bei Manzetti und an seiner Seite von Jahr zu Jahr weiter gewachsen, bis sie irgendwann die unumstrittene Nummer zwei hinter ihm geworden war. Allerdings hatte sie einen richtigen Sprung erst gemacht, als sie im letzten Jahr direkt an der Lösung des Falles um die Münzmorde beteiligt gewesen war.

Manzetti wollte den Begriff *gewachsen* jedoch in diesem Zusammenhang nicht recht zulassen. Mutiert sei sie, wie er es manchmal formulierte, denn er musste sie in den letzten Monaten oft genug zügeln wie ein temperamentvolles Araberpferd. Ihr rebellischer Geist schlummerte offensichtlich nur und konnte immer mal wieder überraschend durchbrechen. Dabei wünschte er sich, dass sie mehr über seine Schulter schauen würde, wenn er sich an Recht und Gesetz hielt, und nicht immer nur dann aufmerksam war, wenn er in die Trickkiste der etwas unkonventionellen Art griff. Aber die gefiel der jungen Hobbyrebellin eindeutig besser.

„Wie geht es ihr?" Manzetti reichte Sonja einen Kaffee, den er zuvor aus dem Automaten in der Kantine gezogen hatte.

„Wen meinst du?"

„Na, wen wohl?", fragte er für Sonjas Geschmack etwas zu herrisch.

„Wenn du deine Tochter meinst, da mache ich von meinem Aussageverweigerungsrecht Gebrauch."

„Aha." Manzettis Stimme hatte einen nicht definierbaren Unterton angenommen. „Aber ich bin ihr Vater und die Kleine ist minderjährig. Klingelt da etwas bei dir?"

„Nein", sagte Sonja entschieden. „Sollte es? Soviel ich weiß, ist Kerstin ihre Mutter und zum Erhalt des Kindeswohls haben wir dir kurzzeitig das Sorgerecht entzogen."

„Wir?"

„Zumindest deine Frau und deine Tochter haben das getan. Aber ich bin mit der Maßnahme einverstanden."

„Hat Kerstin …"

„Hat sie." Sonja bedachte ihn mit einem scheelen Blick. „Sie sehen sich einmal am Tag und telefonieren regelmäßig."

„Geht es ihr nun gut?"

Sonja schwieg wieder. Sie war nicht gewillt nachzugeben, schließlich war sie in dieser Sache die Verbündete von Kerstin Manzetti.

„Was hast du über Carolin Reinhard herausgefunden?", fragte er und wurde damit übergangslos dienstlich.

Sonja rutschte an ihren Schreibtisch heran und nahm ein Blatt auf, von dem sie scheinbar ablesen musste.

„Carolin Reinhard wäre am Tag ihrer Ermordung dreißig Jahre alt geworden, denn sie wurde am 1.Novermber 1977 geboren. In Berlin. Und ihre Mutter starb kurze Zeit später."

„Aber dann …", stotterte Manzetti mit erhobener rechter Hand.

„Warte noch." Sonja las weiter. „Als Carolin ein halbes Jahr alt war, ging der Vater eine neue Beziehung ein, die schon vier Monate später in einer Ehe mündete. Ihr Vater war Richter und ihre

Stiefmutter ist Musikerin. Der Vater ist heute pensioniert, die Mutter ..." Sonja sah kurz auf und suchte Blickkontakt zu Manzetti, „ ...ich bezeichne sie mal als Mutter, weil das einfacher ist." Sie sah wieder auf den Zettel. „Also die Mutter spielt noch heute Oboe, meist in einem Berliner Orchester. Soviel ich in Erfahrung bringen konnte, begann Carolin bereits im zarten Alter von drei Jahren, Flöte zu spielen, dann Klarinette und schließlich mit acht Trompete, wobei sie auch blieb." Sonja stockte kurz und schüttelte den Kopf. Konnte man wirklich den Beruf eines Elternteils ergreifen?

„Vor gut einem halben Jahr zog Carolin aus der elterlichen Wohnung in Potsdam aus, zuerst nach Berlin und dann nach Brandenburg, wo sie mit zwei weiteren Musikern, einer Bühnenbildnerin und dem Wirt der Theaterklause in einer Wohngemeinschaft gelebt hat. Sie hatte mehrere wechselnde Beziehungen, worunter nichts Festes war, zuletzt mit einem Brandenburger Anwalt. Diese Geschichte endete vor drei Monaten."

„Und?"

„Du meinst den Anwalt?"

„Ja."

„Wie detailliert soll ich werden?"

„Das kannst du selbst entscheiden", bot Manzetti an und trank glucksend aus dem Becher.

„Sie wollte Liebe, er wollte nur vögeln."

„Hat er was Neues?"

„Seit der Trennung von Carolin Reinhard schon die vierte", sagte Sonja und winkte vielsagend ab.

„In drei Monaten?", fragte Manzetti verblüfft und pfiff durch die Zähne.

„Beeindruckt dich das? Wieso seid ihr Männer so? Wenn ihr in zwei Wochen drei Frauen flachlegt, dann seid ihr Helden, denen jeder andere Rammler anerkennend auf die Schulter schlägt. Du hättest bestimmt nicht gepfiffen, wenn Carolin in drei Monaten vier Lover gehabt hätte. Machen wir das, dann sind wir doch sofort Huren."

Manzetti vermied eine Antwort, sah Sonja nur abwartend an.

„Den können wir vergessen." Sie konzentrierte sich wieder auf ihren Zettel. „Der denkt nicht einmal mehr mit der letzten Gehirnwindung an Carolin Reinhard."

„Ja, das wird so sein", bestätigte Manzetti. „Es sieht also alles danach aus, als hätte unser Opfer eine gutbürgerliche Kindheit gehabt, an die sich eine vielversprechende Karriere anschloss. Bis, …, ja, bis sie aus der Wohnung ihrer Eltern auszieht."

„Wie kommst du darauf?", fragte Sonja, die diesen Schluss nicht nachvollziehen konnte.

„Sie wohnt bei ihrem Vater, der sie über alles vergöttert."

„Das erklärt die Bildergalerie in seinem Arbeitszimmer", flocht Sonja ein, um den Faden nicht zu verlieren.

Manzetti nickte nur. „Aus irgendeinem Grund zieht sie schließlich Hals über Kopf aus, ohne sich ein neues Nest gebaut zu haben. Sie geht in diese WG und bricht mit ihren Eltern."

„Wie kommst du darauf?"

Manzetti stellte den Kaffeebecher auf den Tisch. „Keine Erinnerungen. Keine Fotos, keine Briefe, keine Emails und auf dem Handy keine einzige SMS von oder an die Eltern. Es muss also irgendwas vorgefallen sein, was sie zu dieser Flucht veranlasst hat, und das muss so gewaltig sein, dass der alte Richter uns belügt und vielleicht auch deswegen mit einem Herzinfarkt zusammenbricht, als seine Frau beginnt, uns eine Erklärung zu liefern."

„Genau." Sonja strich die Ärmel ihres Pullovers hoch. „Also müssen wir unbedingt noch einmal zu Frau Reinhard."

„Richtig", bestätigte Manzetti und begann, seine Tasse am Henkel wie ein Kinderkarussell zu drehen. „Was hast du noch über Carolin Reinhard erfahren?"

„Sie hat gutes Geld verdient, denn sie war gefragt."

„Wie geht das?"

„Sie nennen es Mugge, was soviel heißt wie musikalisches Gelegenheitsgeschäft. Sie werden von überall und jedem zur musikalischen Umrahmung von Omas Achtzigstem oder von Juniors Jugendweihe, aber auch zu hochkarätigen Anlässen engagiert und kassieren keine schlechten Gagen. Gut und ehrlich verdientes Geld neben ihren eigentlichen Konzertverträgen. Und Carolin war in ihrer freien Zeit oft zu einer Mugge unterwegs."

„Ich sollte auch mal für irgendjemanden nebenbei ermitteln", warf Manzetti als Zwischenbemerkung ein. „Vielleicht für eine Versicherung. Das nenne ich dann Degge. Detektivisches Gelegenheitsgeschäft. Was meinst du?"

Sonja hatte nicht mehr als ein stummes Kopfschütteln dafür übrig.

„Was ist mit ihrer WG? Wann haben die Mitbewohner Carolin Reinhard das letzte Mal gesehen und wie kamen sie überhaupt miteinander klar?"

„Darum konnte ich mich noch nicht kümmern. Mache ich aber gleich."

„Ja, mach das", bestätigte Manzetti und bewegte sich schon zur Tür. „Ich gehe noch mal ins Theater und unterhalte mich mit dem Intendanten. Anschließend fahren wir dann nach Potsdam zu Frau Reinhard."

„Worüber willst du mit dem Intendanten reden?", fragte sie mit einem Augenaufschlag, der bedeuten sollte, dass sie gern mitwollte.

„Über vieles. Vor allen Dingen aber brauche ich seine Hilfe, weil ich die Stelle nicht finden kann, an der sich aus der Inszenierung des Mörders endlich das Motiv erkennen lässt." Er kam wieder zum Schreibtisch zurück, auf den er sich halb setzte. „Irgendwie kann ich keine rechte Beziehung zu diesem Stück bekommen. Da liegt eine junge Musikerin erstochen vor unserem Theater. Wir kommen mehr durch Zufall darauf, dass es etwas mit Puccinis Oper La Bohème zu tun haben könnte, bis wir vom Intendanten aufgeklärt werden, dass es sich nicht um die Oper, sondern um die literarische Vorlage, nämlich um Henri Murgers Roman handelt. Damit nicht genug, die Reinhard trägt ein Kleid und eine Schürze, die weder in das Paris des beginnenden neunzehnten Jahrhunderts passen, noch in unsere Zeit. Wenn überhaupt, dann wurden diese Art Kleider nach dem zweiten Weltkrieg getragen."

„Und da waren sie auch nicht unbedingt Mode", ergänzte Sonja. „Es handelt sich eher um Bekleidung, die in strengen Mädchenpensionaten anzutreffen war."

„Richtig", sagte Manzetti, der sich allerdings eingestehen musste, dass Mode, die mehr als fünf Jahre zurücklag, sich längst aus seinem Gedächtnis verabschiedet hatte. „Außerdem hat der Täter unserer Toten eine Halskette verpasst, die als Anhänger eine 50 trägt."

„Eine Kette?" Sonja hatte dieses Detail offenbar vergessen.

„Keine richtige Kette. Nur gemalt, aber deshalb umso bedeutender. Und als ob das noch nicht reicht, lügt uns der Vater der Toten die Hucke voll."

„Er hat nicht gelogen. Er hat nur einiges weggelassen", versuchte Sonja zu berichtigen. Das war auch so eine Manie von ihr. Alles musste beim richtigen Namen genannt werden und überaus akkurat sein. Vielleicht war das dem Einfluss ihrer Mutter geschuldet, die Deutsch an einem Gymnasium unterrichtete.

„Für mich gibt es da keinen Unterschied. Als Vater muss er doch daran interessiert sein, dass wir den Mörder seiner Tochter finden."

„Vielleicht ist genau das sein Problem? Vielleicht will er ja gar nicht, dass wir den Mord aufklären, jedenfalls nicht sofort. Vielleicht will er, dass wir dafür sehr lange brauchen."

„Welches Interesse könnte er daran haben? Der Mann ist siebenundachtzig. Viel Zeit kann er uns womöglich gar nicht mehr lassen, wenn er das Ergebnis noch erfahren will."

„Ist es nicht auch möglich, dass der Mann auf eigene Faust ermitteln will?"

„Wie soll das gehen?" Manzetti hatte als langjähriger Kriminalist für derartige Gedankengänge nicht viel übrig, zumal die Aufklärung solcher Kapitalverbrechen keine Privatangelegenheit war. Jedenfalls nicht in Deutschland. „Und ich sagte doch, der ist siebenundachtzig und seit vielen Jahren pensioniert. Außerdem liegt er im Krankenhaus."

„Er ist aber noch sehr gut beieinander, wenn man mal von seinem kleinen Gehfehler absieht. Und den Infarkt soll er ganz gut überstanden haben. Jedenfalls ist er außer Lebensgefahr."

„Das will ich hoffen, denn ich habe das Gefühl, dass er uns noch als Zeuge dienen muss." Dann fragte er: „Was für ein Gehfehler?"

Der war ihm in der Wohnung von Reinhards gar nicht aufgefallen.

„Er zieht das linke Bein ein ganz klein wenig hinterher. Wirklich nur ganz wenig. Ich glaube, dass diese Sache angeboren ist, denn das eine Bein war kürzer als das andere. Jedenfalls war eine Schuhsohle etwas dicker als die andere."

„Gut beobachtet", gab Manzetti zu. „Aber warum sollte er allein ermitteln wollen? Und kann er das überhaupt?"

„Unterschätz den Mann nicht. Der war mal Richter und besitzt mit Sicherheit immer noch Beziehungen, an die wir nicht einmal denken können."

„Möglich. Aber trotzdem, warum sollte er das tun?"

„Rache. Das klassischste aller Motive ist doch Rache", sagte Sonja.

Das leuchtete auch Manzetti ein, weil es seine italienische Seite ansprach, und deshalb war er sogar versucht, plötzlich Sympathien für Manfred Reinhard zu entwickeln.

„Könnte sein." Er rutschte wieder vom Schreibtisch. „Also, du kümmerst dich jetzt um die WG, und ich gehe ins Theater", sagte er in dem Moment, als das Telefon neben Sonja klingelte.

„Brinkmann." Sie schob einen Notizblock auf dem Schreibtisch in Position. „Ja, der ist hier, einen Moment bitte." Dann bedeckte sie die Sprechmuschel mit ihrer Hand und flüsterte Manzetti zu: „Da will dich jemand aus Hamburg sprechen."

„Mich?", fragte Manzetti, obwohl niemand weiter im Raum war.

„Ja, dich. Ist ein Kollege."

Er nahm den Hörer und meldete sich. „Manzetti. Was kann ich für dich tun?"

„Hallo, Kollege Manzetti. Mein Name ist Götz und ich bin beim Morddezernat in Hamburg." Seine sehr tiefe Stimme ließ bei Manzetti sofort das Bild von Jack Nicholson aufleuchten.

„Ich habe durch die Schwägerin meiner Frau erfahren, dass in eurem schönen Städtchen ein Mord passiert ist", sagte die Stimme des Oskarpreisträgers und wurde dafür nicht unbedingt in den engsten Freundeskreis von Hauptkommissar Manzetti auf-

genommen. Dem drängten sich sofort Assoziationen zu groß-
städtischer Überheblichkeit auf. Trotzdem vermutete er eine
interessante Botschaft, denn der Kollege würde wahrscheinlich
nicht nur aus Neugier anrufen. Manzetti drückte auf die Taste des
Telefons, die es Sonja erlaubte mitzuhören.

„Und dass die Tote eine Musikerin ist", fuhr der Großstadtkol-
lege gerade fort. „Wie die Schwägerin sagt, eine Symphonikerin
oder so. Jedenfalls jemand, der klassische Musik spielt. Wir hatten vor fünfzehn Jahren einen ähnlichen Fall wie den, der sich
letzte Woche bei euch zugetragen hat. Weiblich, in Kleid mit Puffärmeln und Schürze gekleidet, mit einem grünen Brieföffner erstochen. Nur kamen wir nicht ganz so schnell auf La Bohème wie
ihr", lobte Götz.

„Wie alt war eure Tote?", fragte Manzetti.

„Sie wurde exakt an ihrem dreißigsten Geburtstag ermordet."

Manzetti und Sonja sahen sich an. „Wie bei uns!"

„Das ist ja unglaublich! Das sind ja ganz erhebliche Übereinstimmungen. Deshalb wollte ich anbieten, euch unser Material zu
schicken. Ich kann alles per Datei senden, wenn ihr mir sagt wohin."

Sonja gab schnell ihre Email-Adresse durch und bedankte sich
brav.

„Keine Ursache", sagte Götz. „Wenn ihr euch eingelesen habt,
kann ich ja mal in euer schönes Städtchen kommen und ein bisschen mitmachen."

Manzetti schüttelte sofort den Kopf.

„Gerne", sagte Sonja.

„Ich bin überzeugt", waren die letzten Worte von Götz, „dass
wir denselben Mörder jagen."

10

„Heiliger Strohsack." Manzetti stierte wie gebannt auf den Monitor. Sonja klickte mit der Maus auf das nächste Bild. „Sie war ein ganz anderer Typ als Carolin Reinhard."

„Hoffentlich kommen meine Töchter nicht irgendwann so nach Hause." Manzettis Augen waren weit aufgerissen, und er schüttelte fassungslos den Kopf. Für das, was er da vor sich sah, war er einfach zu konservativ, und selbst Sonjas einfühlsame Worte vermochten nicht, ihn umzustimmen.

Sie hatten die Datei geöffnet, die ihnen der Hamburger Kollege ohne Verzug geschickt hatte, und ihrer Neugier gehorchend, mit den Fotos begonnen.

Hamburg hatte wirklich einen gleichen Mordfall wie Brandenburg, nur lag der eben schon fünfzehn Jahre zurück. Auch in der Elbmetropole hatte das Opfer auf dem Rücken gelegen, ein graues, etwa knielanges Kleid getragen und darüber eine Schürze, die so eng geschnürt war, dass die Brüste der Toten kaum mehr sichtbar gewesen waren. Ihre Hände hatte der Täter ebenfalls in einem Muff versteckt, und sie waren kälter als der übrige Körper. Genau in ihrem Herzen hatte ein grüner Brieföffner gesteckt.

Das waren die Gemeinsamkeiten.

Die Persönlichkeit des Opfers in Hamburg unterschied sich allerdings von dem in Brandenburg äußerlich in gravierender Weise. Birgit Walter hatte nichts von der Anmut einer Carolin Reinhard. Ihre Haare waren gefärbt, mit dem tiefsten Höllenschwarz, das der Handel angeboten haben musste, und sie waren gestylt wie die Mähne des Königs der Tiere. Auch bei der Schminke hatte Birgit nicht wirklich Einfallsreichtum bewiesen, hier folgte sie bei Augen und Lippen ebenfalls dem Ton der Haarfarbe. Dann war da noch ihr Schmuck. Eine Kreole pro Nasenloch, zwei im linken Ohr, drei im rechten, eine in der linken Augenbraue und sage und schreibe fünf in der rechten.

Wie Manzetti dem Textteil entnehmen konnte, hatte Birgit Walter kurz vor ihrem Tod in der Hafenstraße in Hamburg gelebt, war Teil einer WG sowie der dort ansässigen Punkszene. Gelegentlich produzierte sie sich sogar als Sängerin einer Band, deren Name Manzetti überhaupt nichts sagte.

„Geht es vielleicht gegen Wohngemeinschaften?", fragte Sonja.

„Glaube ich nicht. Oder siehst du einen Zusammenhang zwischen der merkwürdigen Verkleidung der Opfer oder ihren kalten Händen und einer WG? Das ist bestimmt nur ein Zufall." Manzetti war noch immer von dem Bezug zu La Bohème überzeugt. „Aber sie sind beide an ihrem dreißigsten Geburtstag ermordet worden. Diese Übereinstimmung und die Puccini-Oper sind unser Schlüssel. Wir müssen nur noch die Tür dazu finden."

„Und wie stellst du dir das vor?"

„Du kannst doch prima mit diesem Ding umgehen, oder?" Manzetti legte seine Hand auf eine Ecke des Monitors. „Frag ihn einfach aus über dein … über …"

„Google", half Sonja mit einem Augenzwinkern.

„Genau. Frag dein Google und sag mir, was du gefunden hast. Ich gehe ins Theater und bin in …", er sah kurz auf seine Uhr, „… in spätestens zwei Stunden wieder da."

*

Manzetti betrat die Probebühne und setzte sich sehr vorsichtig auf einen Stuhl, der ganz hinten an der Wand stand. Er schaute sich um. Auf dem Boden neben ihm, aber auch auf anderen Stühlen, lagen unzählige Geigenkästen, Koffer für Trompeten und Hörner sowie für all die anderen Instrumente des Orchesters, und alles, das fiel ihm auf, lag wild durcheinander. Außer ihm kam wohl niemand mit leeren Händen hierher.

Er sah sich weiter um in dem Raum, der ihn gefühlsmäßig eigentlich abstieß. Von der enorm hohen Decke fielen schwarze Wände, deren Farbe sich an den meisten Stellen schon ziemlich abgenutzt hatte, und trafen auf braune Dielen, die wiederum den Charme eines Scheunenbodens versprühten. Waren das die Bretter, die die Welt bedeuteten? Selbst die Heizkörper waren schwarz gestrichen, Birgit Walter hätte ihre helle Freude gehabt.

Ansonsten hatte er eine Perspektive, die ihm als Konzertbesucher nie begegnet war. Er sah die Musiker von hinten, in dicke Rollkragenpullover oder Strickjacken gehüllt, und plötzlich ging ihm auf, dass es sich um Menschen handelte, die ohne Frack und Abendkleid aussahen wie alle anderen auch. Nur einige Zöpfe verliehen ihren männlichen Trägern eine Aura der Extravaganz.

„Guten Tag, Herr Manzetti." Sebastian Hendel reichte ihm die Hand. „Man hat mir gesagt, dass Sie im Hause sind." Manzetti erwiderte den Gruß und kam kurz ins Grübeln. So schnell funktionierte hier die stille Post.

Bada ba bam. Die ersten Takte zogen Manzetti in eine andere Welt. Bada ba bam. Die Musiker folgten dem Taktstock des Dirigenten, jedenfalls nach Manzettis Geschmack. Der Dirigent jedoch schien das ganz anders zu sehen. Er war nicht zufrieden mit dem Auftakt, mit dem Motiv, bei dem auf die ersten beiden kurzen Orchesterschläge, die fast gewalttätig klangen, zwei nachstolpernde Halbtonschritte folgten, ganz so als würden die beiden Schläge an einem unauflösbaren Akkord hängen bleiben. Bada ba bam. Es hätte als musikalisches Motiv auch zu einer Gewalttat passen können, wobei die Gewalt aus dem Hinstürzen dreier Akkorde rührte, die wie das Fallen eines Beiles anmuteten.

„Bitte konzentrieren Sie sich", bat der Dirigent mit erhobenem Stock. „Der Auftakt. Hören Sie genau hin – Bada ba bam. Wenn der Auftakt nicht stimmt … Also bitte noch einmal."

Wieder Bada ba bam. „Sie haben ja enorm schnell reagiert", wandte sich Manzetti mit einem Blick über die Schulter an Hendel.

„Wieso?", fragte der lächelnd, ohne die Augen vom Dirigenten zu nehmen.

„Das ist doch der erste Akt aus La Bohème, oder?"

„Richtig", lobte der Intendant. „Aber so schnell wären wir nicht einmal, wenn wir es wollten. Das Orchester probt für eine Operngala, die demnächst aufgeführt wird, und die Planung dafür begann schon vor gut zwei Jahren. Wir müssen zum Beispiel die Sänger engagieren, und das geht nicht erst zwei Wochen vorher."

Manzetti hatte wirklich geglaubt, dass sie die Umstände des Mordes an Carolin Reinhard blitzschnell in ihr Programm einfließen lassen würden, um klingende Kasse zu machen. Aber er musste zugeben, dass er ein weiteres Mal die Komplexität eines Theaterbetriebes und vor allen Dingen die Mitarbeiter dort falsch eingeschätzt hatte.

„Stop, Stop, Stop", rief der Dirigent vom Pult herunter, auf dem er, für Manzetti ungewohnt, auf einem Stuhl saß. „Was ist das?" Sein Blick glitt über das Orchester, ohne dabei einen einzelnen oder eine Instrumentengruppe besonders zu fixieren. „Überirdisch ist das. Überirdisch und keine Baustelle." Der Dirigent stand auf und hob den Taktstock. „Also noch mal. Und nicht so schnell."

Das Orchester setzte wieder an, spielte das bekannte Bada ba bam und wurde erneut unterbrochen. „Piano bitte, ein Takt vor 6/8. Das, was Sie gespielt haben, war mindestens forte, ich möchte es piano haben, die leisen Töne, lassen Sie sich bitte nicht mitreißen, es muss aufblühen", forderte der Dirigent und hob wieder seinen Stock. Bada ba bam.

„Hätten Sie etwas Zeit für mich?" Manzetti erhob sich von seinem Stuhl.

Der Intendant nickte und bat ihn in sein Büro. Dort brachte die Sekretärin ihnen Kaffee. Manzetti legte seinen Mantel über eine Stuhllehne, öffnete sein Sakko und nahm an dem langen Beratungstisch Platz, seine Tasse vor sich in die richtige Position schiebend.

*

Sonja hatte während der letzten halben Stunde sämtliche Begriffe in den Computer eingegeben, die ihr für den Fall relevant erschienen, und sie durch verschiedene Suchmaschinen laufen lassen. Mehr als ein paar belanglose Notizen waren dabei aber nicht herausgekommen und zu mehr hatte ihr die Ausdauer gefehlt.

Sie wollte lieber auf die Straße, wie es in der Sprache der Polizei hieß. Sie wollte raus und ermitteln. Außerdem konnte ihr Oliver viel besser mit dem PC umgehen als sie, was bei einem Mann, der für die Computersicherheit einer großen Bank Verantwortung trug, auch nicht verwunderte. Also hatte sie ihm am Telefon in knappen Sätzen geschildert, wonach er suchen solle, und auf seine Frage, wie intensiv er denn nachforschen dürfe, lapidar geantwortet, dass er Dateien, auf die er stoße, ruhig knacken könne, wenn er nicht wieder vergäße, verräterische Spuren zu vernichten.

Sie selbst hatte sich derweil in die Goethestraße begeben und nun den Finger schon auf dem Klingelknopf. Was hatte Andrea gesagt? Finde etwas über diese WG heraus. Wie, hatte er leichtsinnigerweise nicht formuliert. Es blieb still. Sonja klingelte noch einmal, aber auch jetzt reagierte niemand. Entweder verfügten die Bewohner über einen ausgezeichneten Schlaf oder es war keiner zu Hause.

Als sie gerade versuchen wollte, die Tür mit ihrer EC-Karte zu öffnen, klapperten über ihr Schuhe durchs Treppenhaus. In dem Moment, in dem Sonja die Luft anhielt, stand auch schon ein älterer Herr neben ihr, auf dessen Arm ein Terriermischling hockte, der sogar einen selbst gestrickten Pullover trug.

„Da klingeln Sie vergeblich", sagte der Alte abwertend und versuchte mit den Augen zu erkunden, was Sonja hinter ihrem Rücken versteckt hielt. „Die sind nur nachts zugange. Dann, wenn andere Menschen schlafen."

„Ich bin von der Polizei und möchte zu Herrn Silbermann", stellte sich Sonja mit einem gekünstelten Lächeln vor.

Die Miene des Mannes hellte sich plötzlich auf und er bückte sich, um seinen Mischling auf dem Boden abzusetzen. Diesen Augenblick nutzte Sonja, um unauffällig ihre EC-Karte in der Jacke verschwinden zu lassen.

„Von der Polizei? Das wird ja auch Zeit, dass ihr euch mal um diese Zigeunerbrut kümmert. Wozu bezahlt man denn sonst seine Steuern?"

Obwohl Sonja nicht ganz sicher war, ob ihr Gesprächspartner jemals eine andere als die Hunde- und Mehrwertsteuer gezahlt hatte, ging sie auf seine Bemerkung nicht weiter ein. „Wissen Sie, ob jemand da ist?" Sie zeigte auf die Tür.

„Sind alle ausgeflogen", behauptete der Alte selbstsicher. „Der Letzte ist vor einer halben Stunde weggegangen."

Sonja nickte und verabschiedete sich, allerdings nicht ohne dem Hund über den Pony zu streicheln, was der mit einem giftigen Knurren quittierte.

Damit hatte sie sich aber auch von ihrem Vorhaben verabschiedet, sich auf illegale Weise Zutritt zur Wohnung von Carolin Reinhard zu verschaffen. Das hätte Andrea Manzetti sowieso nicht gefallen. Davon war sie überzeugt. Nicht wie im Film, hatte er ihr hin und wieder mit auf den Weg gegeben. Lieber gründlich nachdenken und Grauzonen ausleuchten, war sein Credo, was andere in der Abteilung allerdings verbotene Methoden nannten. Weil aber Manzettis Gedanken meistens wirklich so detailliert waren, kollidierte er entgegen den Weissagungen der Kollegen nur selten mit dem Gesetz, er touchierte höchstens hin und wieder Grenzpfähle, wie er es selbst auszudrücken pflegte.

Da sie also in der WG im Augenblick nicht weiterkam, eröffnete sich somit die Chance, doch an anderer Stelle zu ermitteln.

*

„Ich habe noch einige Fragen zu Carolin Reinhard", sagte Manzetti, als es an der Tür des Intendanten klopfte.

„Ja, bitte", rief Sebastian Hendel und nickte wohlwollend, als Sonja durch die Tür trat. Auch Manzetti nickte und nahm seinen Mantel vom Stuhl neben sich. Er hatte eigentlich schon viel früher mit ihr gerechnet, denn wenn sie sich erst mal in den Kopf gesetzt hatte, ihm zu folgen, war sie kaum mehr aufzuhalten.

„Ja, unsere Carolin", sagte Hendel und ging damit wieder auf die Bemerkung von Manzetti ein, wobei er eine Keksdose öffnete, die er gleich wieder zudrückte. Das machte er viermal und sah dabei unentwegt aus dem Fenster. „Sie stand in der Blüte ihres Lebens und dann kommt einfach jemand und löscht es aus. Das kann doch nicht wahr sein." Jetzt sah Hendel mit verzweifeltem Blick zu Manzetti. „Sagen Sie mir, dass das alles nicht wahr ist. Es ist bloß ein übler Scherz, oder?"

„Nein, leider ist das alles so passiert, wie Sie es bislang auch erlebt haben." Er konnte mit den ständigen Gefühlsschwankungen von Sebastian Hendel nicht viel anfangen. Manchmal war der Mann zu Tode betrübt, dann wieder ein feuriger Erzähler. Theater eben, aber trotzdem war Manzetti die Situation nicht geheuer. Er hatte nach Hendels letztem Auftritt, bei dem er den Eindruck erweckt hatte, genügend Abstand zu dem Tod eines Ensemblemitgliedes gefunden zu haben, gehofft, nunmehr ganz sachlich ein paar Fragen stellen zu können und das Theater mit den entsprechenden Antworten wieder zu verlassen. Aber daraus wurde wohl nichts.

Manzetti schob Sonja seinen Kaffee hin und lehnte sich dann tief ausatmend zurück. „Haben Sie eine Ahnung, warum jemand Carolin getötet hat?"

Der Intendant hob hilflos die Hände. Das sollte wohl so viel bedeuten wie, nein, die habe ich nicht. Hendel hatte die Frage irgendwie befürchtet. Sie machte ihm Angst, weil er keine Antwort wusste. Unter den Theaterleuten wurde darüber in jeder freien Minute diskutiert, aber es blieb bei wilden Spekulationen, die aus der Feder eines billigen Drehbuchautors stammen konnten. „Ich habe keine Erklärung, wir alle haben keine Erklärung."

„Sie sagten mir am Donnerstag, dass Sie nicht glauben, es könne etwas mit …", Manzetti rang nach dem richtigen Wort, „etwas mit Stellenneid zu tun haben."

„Davon bin ich noch immer überzeugt. Wie schon gesagt, sie machen Musik miteinander, nicht gegeneinander."

„Und von außen? Kann nicht jemand außerhalb des Orchesters scharf auf die Stelle des ersten Trompeters gewesen sein?", fragte Sonja, die sehr aufmerksam zugehört hatte.

Hendel schüttelte den Kopf. „Nein. Die Stelle war doch gar nicht vakant."

„Ja eben", sagte Manzetti. „Aber jetzt ist sie es, und darauf könnte doch der Täter hingearbeitet haben."

„Ich verstehe." Hendel schob die Keksdose bis zur Mitte des Tisches, wo er sie endlich losließ. „Sie meinen, dass jemand Carolin getötet hat, um sie quasi zu beerben."

„So in etwa", bestätigte Sonja und zog die Keksdose mit einem fragenden Blick zu sich heran.

„Bedienen Sie sich!"

Sofort schoss Manzettis fleischige Hand in die Dose.

„Nein, ich glaube wirklich nicht, dass sie jemand beerben wollte", sagte Hendel.

„Aber es ist auch nicht ganz ausgeschlossen", wandte Sonja ein, wobei jetzt auch sie ihre Hand in die Dose tauchte. „Hat sich in der Vergangenheit jemand um diese Stelle beworben? Und wie viele Konkurrenten hat Carolin Reinhard eigentlich aus dem Rennen geworfen, als sie hier erste Trompeterin wurde?"

Hendel dachte kurz nach. „Ob sich jemand in der letzten Zeit beworben hat, kann ich Ihnen nicht sagen. Da müssen wir den Dirigenten fragen. Aber Konkurrenten hatte Carolin damals nicht. Wir haben uns ja an sie gewandt. Es hat keine Ausschreibung gegeben, weil wir sie unbedingt wollten. Ihre Art, Musik zu machen, passte genau zu unserem Orchester."

Diese Alternative war also erst einmal gestrichen. Manzetti war zwar kein Hellseher, aber auf Neid als Motiv hätte er sowieso nicht unbedingt ein Vermögen gewettet.

„Es gab in Hamburg ein ähnliches Verbrechen", sagte Sonja plötzlich. „Auch eine junge Frau an ihrem dreißigsten Geburtstag, und auf die gleiche Art und Weise wie Carolin Reinhard aus dem Leben befördert, nur eben schon vor fünfzehn Jahren. Und sie trug eine fünfunddreißig um den Hals."

Manzetti legte seine rechte Hand auf den Arm von Sonja, die sofort verstummte, während seine Gedanken gerade das Gespräch mit dem Intendanten überholten. Das konnte doch kein Zufall sein: Addierte man nämlich zu der fünfunddreißig um den Hals von Birgit Walter die vergangenen fünfzehn Jahre, so kam man im Ergebnis auf fünfzig, auf die Zahl, die Carolin Reinhard um den Hals trug. Was war also vor fünfzig Jahren passiert? „Gab es aus musikalischer Sicht irgendein Ereignis vor fünfzig Jahren, das mit La Bohème zu tun hat?"

„Das kann ich Ihnen nicht sagen. Was Zahlen angeht, und insbesondere Jahresdaten, bin ich ein richtiger Dilettant. Aber wir können uns gerne an meinen Computer setzen", bot Hendel an und erhob sich schon mal.

Manzetti und Sonja folgten ihm zum Schreibtisch, wo der Intendant den Monitor in eine Position brachte, die es allen ersparte, sich den Hals zu verrenken.

Hendel ließ die Finger gekonnt über die Tastatur springen. Er gab *La Bohème* und *1957* ein und startete mit einem Mausklick die Suchmaschine. Die Ergebnisliste war imposant. 35.900 Einträge wurden angezeigt, wobei es sich bei den meisten um Aufnahmen aus dem Jahr 1957 handelte, etwa eine von der Callas für 28,45 € bei Amazon.

Hendel konkretisierte die Suche durch die Eingabe aller möglichen Begriffe, das brachte Manzetti jedoch nicht weiter. Es gab keinerlei Hinweise auf ein Verbrechen oder auf Ereignisse, die nach ihrem augenblicklichen Erkenntnisstand mit den zwei Morden zu tun haben könnten.

„Wie hieß eigentlich die Tote in Hamburg?", wollte Hendel wissen, als Manzetti schwieg um zu grübeln.

„Walter. Birgit Walter."

„Und diese Birgit Walter war auch Musikerin?"

Manzetti musste schmunzeln. „Schon. Sie gehörte aber in eine ganz andere Welt." Dabei breitete er die Arme aus.

„Die da wäre?", fragte Hendel.

„Punk."

„Ist auch Musik", betonte der Intendant mit einem Blick, der Manzetti verriet, dass er das sogar ehrlich meinte.

„Wenn Sie das sagen", entgegnete Manzetti, der in dieser Hinsicht nicht ganz so tolerant war, was auch seine Tochter Lara von ihm behauptet hätte.

„Was gibt denn der Name Birgit Walter und Punk her?", fragte plötzlich Sonja und schob Hendel gekonnt samt Stuhl zur Seite. Dann tippte sie blitzschnell auf die Tasten. „Sieh an!" Sie zog ihre Brauen hoch. „Was haben wir denn da?"

Manzetti und Hendel versuchten, quer zu lesen, während Sonja die Zeilen nach oben wegrollen ließ.

Birgit Walter war eine späte Punkerin gewesen. Sie wurde, wie auch Carolin Reinhard, in ein ganz normales bürgerliches Elternhaus hineingeboren, lernte als kleines Mädchen brav, die Flöte zu spielen, stieg dann später um auf Klarinette, blieb aber entgegen Carolin Reinhard bei diesem Instrument. Sie studierte an einem soliden Konservatorium und hatte ihr erstes Engagement in Hamburg. Dorthin zog sie im Alter von zweiundzwanzig Jahren aus Dortmund, wo ihre Eltern wohnten, eine Mitarbeiterin des Jugendamtes und ein Feuerwehrmann. In Hamburg hatte sie dann nicht nur die Hafenstraße kennen gelernt, sondern auch deren Bewohner, und schließlich verliebte sie sich in ein solches Exemplar, was wohl auch ihr Aussehen erklären dürfte. Sie stieg folgerichtig aus dem Orchester aus und tauchte ganz in das Hafenstraßenmilieu ein, auch musikalisch.

„Woher stammt dieser Artikel?" Manzetti zeigte mit dem Finger auf den Bildschirm.

„Drei Wochen nach dem Mord im Hamburger Abendblatt erschienen", las Hendel vom Bildschirm ab.

„Die haben gründlich recherchiert."

„Was erwarten Sie bei einem Mord und bei Reportern, die nicht darauf warten, dass ihnen die gebratenen Tauben in den Mund fliegen. Das ist doch für die Presse ein gefundenes Fressen, oder?"

Das musste auch Manzetti zugeben. Er überflog die Zeilen noch einmal. „Sie sagten gerade, der Artikel sei drei Wochen nach dem Mord erschienen", bemerkte Manzetti fast beiläufig. „Woher wissen Sie denn, wann Birgit Walter umgebracht wurde?"

Hendel antwortete nicht. Er zog die Maus aus der Hand von Sonja und markierte mit dem Cursor eine Stelle unterhalb der großen Überschrift.

„Muss ich wohl übersehen haben", gab Manzetti zu und tätschelte entschuldigend die Schulter des Intendanten. „Ich wollte Sie nicht wirklich verdächtigen. War nur so ein Reflex."

„Schon in Ordnung." Hendel schien fast ein bisschen geschmeichelt. „Ich wäre aber auch enttäuscht gewesen, wenn Sie mich nicht irgendwann zu den Verdächtigen gerechnet hätten."

„Was kann das bedeuten?", fragte Manzetti wieder ganz beim Thema. „Zwei Orchestermusikerinnen. Beide an ihrem dreißigsten Geburtstag und beide mit Bezügen zu La Bohème. Wäre das hier ein Spiel, würde ich an dieser Stelle meinen letzten Joker ziehen und wahrscheinlich anschließend mit dem bisherigen Gewinn nach Hause gehen. Oder entdecken Sie den Faden, der uns aus dem Labyrinth führt?"

Hendel zuckte mit den Achseln. „Nein. Aber vielleicht hat es nur am Rande mit La Bohème zu tun, oder vielleicht auch gar nicht. Wenn Sie sich erinnern, ist La Bohème keine Oper, in der es um Mord und Totschlag geht. Da wäre Carmen viel geeigneter. Mimi aber kommt eher durch Zufall in diese Künstlerkreise, weil sie nämlich im selben Haus wohnt wie Rodolfo. Allerdings ist sie durch die spartanischen Verhältnisse gesundheitlich schwer angeschlagen und stirbt schließlich an Schwindsucht, weil ihr ausgemergelter Körper der Krankheit nichts mehr entgegensetzen kann. Und selbst für den Fall, dass wir mit unserer Theorie richtig liegen und es hier nicht um die Oper, sondern um den Roman von Murger geht, ändert sich eigentlich nicht viel. Mimi heißt dann Franziska und stirbt auch an Schwindsucht, nur eben an einem ersten November und nicht an Weihnachten."

„Was vielleicht gar keine Bedeutung hat", warf Sonja ein. „Denn Täter, die selbst nach fünfzehn Jahren so detailgetreu töten, halten sich an jeden kleinen Punkt. Wäre also der erste November Bestandteil seiner Inszenierung gewesen, dann hätte er auch Birgit Walter an diesem Datum umgebracht. Es geht ihm wahrscheinlich aber nicht um ein bestimmtes Datum, sondern um ein bestimmtes Ereignis, nämlich den dreißigsten Geburtstag."

Manzetti ging ein paar Schritte bis zum Tisch. Dann drehte er sich abrupt um. „Warum nicht Puccinis Variante, sondern die von Murger?" Er vergrub die Hände tief in den Hosentaschen. „Was war Murger für ein Mann und warum sollte er für unseren Täter interessanter sein als Puccini?"

Auch Hendel bewegte sich jetzt vom Computer weg zu seinem Bücherregal. Dort zog er ein kleines Büchlein heraus, auf dessen Umschlag La Bohème – Libretto stand. Er blätterte die ersten Seiten um und überflog dann einige Zeilen. „Hier", sagte er plötzlich. „Henri Murger war selbst ein solcher Idealist, wie es seine Romanhelden waren", las er laut vor. „Murger kam aus kleinen Verhältnissen und verfügte deshalb nur über eine geringe Schulbildung. Er strebte aber danach, auf Grund seiner literarischen Fähigkeiten in den sogenannten Schriftstellerhimmel aufgenommen zu werden."

„Was ihm ja letztlich auch gelang", unterbrach Manzetti.

„Richtig", kommentierte Hendel und klappte das Büchlein zu. „Deshalb ist seine Hauptfigur Rodolfo ja auch ein Dichter. Man könnte also annehmen, dass wir es mit einer uralten Zielstellung zu tun haben."

„Die da wäre?", fragte Manzetti.

„Der Olymp. Jeder Künstler will in den Olymp. Vielleicht auch Ihr Mörder?"

„Und warum wartet er dann fünfzehn Jahre?" Manzetti hatte noch nicht ganz zu Ende geredet, als ihn ein böser Gedanke heimsuchte.

Der Intendant setzte sich an den großen Tisch und legte den Kopf in die Hände. „Auf diese Frage habe ich nun auch keine Antwort mehr."

Sonja schob ihren Stuhl etwas zurück und stand auf. „Mein Chef fragt sich eigentlich: Was, wenn der Täter gar nicht fünfzehn Jahre gewartet hat?"

„Malen Sie nicht den Teufel an die Wand!"

„Das habe ich nicht vor", räumte Manzetti ein. „Aber solange wir nichts Genaues wissen, gehen wir davon aus, dass es nur zwei gleich gelagerte Verbrechen gibt. Wir werden sie aufklären. Und Sie können mich vielleicht bei einer anderen Sache unterstützen."

„Und die wäre?"

„Mario Schmidt, der autistische Zeitungsbote." Bittend sah er zu Hendel.

„Wie kann ich Ihnen da helfen?", fragte der Intendant, der schon wieder die Keksdose mit beiden Händen festhielt.

„Ich erkläre es Ihnen." Manzetti machte eine kurze Pause und fuhr dann fort: „Mario ist womöglich unser einziger Zeuge. Seit dem Morgen, als er die Leiche gesehen hat, ist er sehr verstört."

„Hat er die Leiche wirklich gesehen?", wollte Hendel an dieser Stelle wissen und kippelte mit seinem Stuhl gegen die Wand.

„Davon gehe ich aus, denn das würde erklären, wie die Schlüssel unter den Tisch kamen, auf dem Carolin Reinhard aufgebahrt lag."

106

„Und was soll ich nun tun?" Hendel bugsierte den Stuhl wieder in die Waagerechte.

„Mario spricht nicht, jedenfalls nicht mit uns. Und er kommuniziert zurzeit auch nicht mit anderen Menschen. Ich bin aber der Meinung, dass man ihn öffnen könnte."

„Und wie wollen Sie das anstellen?"

Manzetti setzte sich wieder neben Hendel. „FC." Dann erklärte er mit wenigen Worten, was sich hinter der Abkürzung verbarg.

„Ich kann noch immer nicht meinen Part erkennen", sagte Hendel resigniert, der inzwischen darauf brannte, helfen zu dürfen.

„Mario liebt klassische Musik und ganz besonders Ihr Orchester."

„Und da sollen wir so etwas wie der Katalysator sein?", fragte Hendel mit einem Gesicht, das kurz vor einem Heureka stand.

„Richtig." Manzetti freute sich, dass der Intendant so schnell begriffen hatte. „Wir bringen Mario mit einem Spezialisten hierher und versuchen, ihm während einer Probe zu Beethovens 5. Symphonie seine Informationen zu entlocken."

„Warum ausgerechnet die Fünfte?", wollte Sonja wissen.

„Da war er schon einmal zur Probe hier. Vielleicht schafft das eine vertraute Atmosphäre."

„Und das funktioniert?", fragte Hendel nur noch ein bisschen skeptisch.

„Das weiß ich nicht genau. Aber wir müssen alles versuchen, denn niemand kann vorhersagen, wie viel Zeit uns der Mörder bis zum nächsten Mal gibt."

11

Am nächsten Tag stand Manzetti an einem Tresen und fixierte das Pappschild, auf dem gebeten wurde, seine Krankenkassenkarte und 10 € für die Praxisgebühr bereitzuhalten, sofern man diese noch nicht bezahlt habe.

„Guten Tag", grüßte er die Sprechstundenhilfe ungeniert, obwohl sie noch gar nicht zu ihm aufgesehen hatte. „Mein Name ist Manzetti und ich möchte zu Frau Manter."

„Haben Sie einen Termin?" Sie sah ihn verkniffen an, während sie ohne weiteren Kommentar ihre geöffnete Hand vor ihm auf den Tresen legte. Ihre Stimme klang genervt. Den schlechten Eindruck konnte auch ihre angenehme Altstimme nicht wiedergutmachen.

„Nein", antwortete Manzetti kurz, knapp und verärgert, aber durchaus wahrheitsgemäß.

„Waren Sie schon mal hier? Wenn nicht, muss ich Ihnen gleich sagen, dass Frau Doktor keine neuen Patienten mehr annimmt. Und wenn doch, dann sollten Sie doch eigentlich wissen, dass unsere Termine schon jetzt bis in den März reichen."

Manzetti lachte kurz auf, denn er fühlte sich Gott sei Dank vollkommen gesund, und kommentierte völlig unsentimental: „Das kann schon sein. Ich möchte trotzdem zu Frau Manter, und bis März kann ich nicht warten. Ich habe es nämlich eilig."

„Das haben hier alle. Geben Sie mir Ihre Karte, dann sehen wir weiter."

„Hören Sie, gute Frau", sagte Manzetti leise, aber deutlich angespannt. „Ich möchte zu Frau Manter, jetzt gleich und ohne Karte. Wenn das nicht geht, habe ich selbstredend Verständnis dafür, aber dann bestelle ich Frau Manter zu mir."

„Frau Doktor macht keine Hausbesuche."

Manzetti griff jetzt in eine Innentasche des Sakkos und holte den Dienstausweis heraus, den er in ihre zappelnde Hand legte.

Plötzlich schien „Frau Neuhaus", den Namen las Manzetti von der üppigen Brust der Dame ab, aus ganz anderem Holz geschnitzt zu sein. „Kommen Sie dienstlich, Herr Kommissar?", wollte sie, nun äußerst höflich, wissen.

Manzetti nickte. Zu mehr war er angesichts der zu seinen Gunsten geänderten Hackordnung nicht bereit.

„Setzen Sie sich bitte noch einen kleinen Moment. Ich sage Frau Doktor nur kurz Bescheid", säuselte „Frau Neuhaus" und schwebte von dannen.

Manzetti setzte sich in das Wartezimmer, direkt neben eine Frau, die trotz wohliger Temperaturen in dem Raum noch immer ihren Hut und einen Schal trug.

„Sind Sie der Polizist aus der Zeitung?" Sie hatte wohl den letzten Artikel über den aktuellen Fall in der MAZ gelesen, in dem Manzetti mit Bild abgelichtet war.

„Der bin ich, und ich heiße Andrea Manzetti."

Als die Dame den Namen hörte, einen, der nicht unbedingt so klang wie Müller oder Lehmann, drückte sie ihre Handtasche mit der Geldbörse dichter gegen ihre Brust und sah zur gegenüberliegenden Wand.

Nach weiteren zehn Minuten wurde er dann endlich in das Behandlungszimmer der Ärztin vorgelassen.

„Ich nehme an, dass Sie wegen der Sache vor dem Theater kommen?" Frau Manter eröffnete das Gespräch im Stehen und bot Manzetti mit hochgehaltener Glaskanne einen Tee an. „Mehr als das, was ich Ihrer Kollegin bereits nach dem Fund der Leiche erzählt habe, kann ich auch heute nicht beisteuern."

Ihr stand noch deutlich die Peinlichkeit ins Gesicht geschrieben, sich mit ihrem Ehemann auf offener Straße gestritten zu haben. Manzetti aber war das egal, deshalb war er schließlich nicht gekommen. Er befand sich auf einer ganz anderen Mission, von der er zutiefst überzeugt war, auch wenn Claasen die Meinung vertrat, dass man auch anders an die Aussage kommen könnte und dass Manzettis Vorhaben jedem gesunden Menschenverstand spottete. Aber was war heutzutage schon gesund? „Ich komme nicht wegen Ihrer Aussage, sondern, weil ich Sie um Ihre Hilfe bitten möchte."

„Wie sollte gerade ich Ihnen helfen können?" Sie setzte sich interessiert Manzetti genau gegenüber.

„FC", sagte er. „Ich habe in einer medizinischen Fachzeitschrift einen Beitrag darüber gelesen. Der stammt sogar von Ihnen, wenn ich mich nicht täusche."

„Wo haben Sie denn den ausgegraben? Der ist doch uralt."

„Schon. Aber deswegen nicht weniger beeindruckend. Ein Arzt hat ihn mir gegeben, als wir über einen möglichen Zeugen sprachen." Und nun fiel Manzetti wieder ein, dass er äußerst beeindruckt gewesen war, als Bremer einen mehrere Jahre alten Beitrag ohne langes Suchen sofort gefunden hatte. Und das in seinem Chaosbüro.

„Wenn Sie deshalb kommen, gehe ich davon aus, dass Ihr Zeuge Autist ist."

„Ja", bestätigte Manzetti. „Und er redet nicht."

„Das ist für Autisten nicht ungewöhnlich."

„Auch das ist mir nicht fremd. Aber unser Problem besteht darin, dass der Zeuge, seitdem er vermutlich die Leiche der Musikerin gesehen hat, völlig verstört ist. Er kommuniziert sozusagen auch nicht mehr auf den Wegen, die er bislang nutzte."

„Es geht um Mario Schmidt, nicht wahr?"

„Ja. Aber woher wissen Sie das denn?" Manzetti machte aus seiner Verwunderung keinen Hehl.

„Herr Manzetti, wie viele Autisten gibt es denn in dieser Stadt?" Sie hatte Recht, und deswegen hätte er sich die Frage auch sparen können. „Ich will ehrlich zu Ihnen sein." Sie schlug ein Bein über das andere. „FC funktioniert nicht bei allen Patienten, und es kann sehr lange dauern, bis sich erste Erfolge einstellen. Haben Sie so viel Zeit?"

Manzetti zuckte infolge erster Skepsis mit den Achseln.

„Wenn es sich um Mario handelt, dann hat er demnach den Hausarzt gewechselt?"

„Wieso?" Manzetti konnte mit dieser Frage nichts anfangen.

„Sie sprachen von einem Arzt, der Sie auf den Artikel aufmerksam gemacht hat. Bislang war Mario bei Frau Dr. Pichelbauer in Behandlung."

„Das weiß ich nicht, und der Arzt, der mir die Empfehlung gegeben hat, ist auch nicht sein Hausarzt."

„Sondern?"

„Es war Dr. Bremer, ein Gerichtsmediziner."

„Dr. Bremer", wiederholte sie mit einem Gesicht, das aussah, wie nach dem Biss in eine Zitrone. „Dr. Bremer hatte also mal einen lichten Moment, eine Phase ohne den ganzen Schnaps, den er sonst in sich hineinkippt. Oder ist er etwa mittlerweile trocken?" Dann stand sie auf und ging mit wiegendem Gang zu einem metallisch glänzenden Aktenschrank.

„Sie kennen Dr. Bremer?", fragte Manzetti verwundert.

„Flüchtig. Wir wurden uns mal vorgestellt." Sie vermied jeden Blickkontakt zu Manzetti.

„So, so", sagte er, als sie sich wieder setzte. Sein Gespür flüsterte ihm, dass da mehr als eine Vorstellung gewesen war. „Bei welcher Gelegenheit war das denn?"

„Sind Sie wegen Dr. Bremer oder wegen Mario Schmidt gekommen?"

Manzetti hatte den gefährlichen Zwischenton sofort wahrgenommen und entschied, im Interesse seiner Ermittlungen weitere Nachfragen vorerst zurückzustellen. Sein Blick fiel auf den kleinen Hefter, den Frau Manter inzwischen auf ihren Schoß gelegt hatte und auf dem mit großen roten Buchstaben Marios Nachname stand. „Natürlich, es geht um Mario Schmidt."

„Wie Ihnen sicherlich nicht entgangen ist, gehört Mario zu meinen Patienten ... Trotzdem ... Oder vielleicht auch genau deshalb weiß ich nicht so recht."

„Was wissen Sie nicht?"

Sie blätterte in Marios Akte. „Ich will Sie nicht mit all den Details langweilen. Außerdem dürfte ich Ihnen die sowieso nicht mitteilen."

Auch das wusste Manzetti natürlich und ihm war klar, dass er eine Entbindung von der ärztlichen Schweigepflicht bräuchte, die er allerdings in einem Mordfall ohne weiteres bekommen würde. „Darum geht es auch gar nicht. Ich will gar nichts über ihn wissen. Ich will *nur*, dass Sie ihn mittels FC zum Reden bringen."

„Nur?", fragte Frau Manter mit einer abwehrenden Handbewegung, als hätte Manzetti einen doppelten Salto aus dem Stand verlangt. „Sie sind gut. Ich kann mir nämlich nicht vorstellen, dass das klappen wird. Herr Manzetti", ihre Stimme nahm nun einen vertraulichen Ton an, „Mario kann nicht lesen und schreiben, was bei FC Grundvoraussetzung wäre. Er wird es auch nicht in den nächsten Tagen erlernen. Und falls, ich betone, *falls* wir es doch hinbekommen, dass er mit uns kommuniziert, würde er es, wie soll ich mich ausdrücken, würde er es vermutlich auf eine Art und Weise tun, die wir nicht verstehen. Wie soll das also funktionieren?"

Manzetti zog die Schultern hoch und schaute Frau Manter mit Augen an, die signalisieren sollten, dass er nicht nur zuhörte, sondern noch immer auf ihre ärztliche Kunst baute. „Können Sie es nicht trotzdem probieren?"

„Und wie stellen Sie sich das vor? Ich bin zwar seine Ärztin, aber er vertraut mir leider nicht uneingeschränkt. Und das ist die Grundvoraussetzung. In Potsdam zum Beispiel leben Zwillinge, die über ihre Mutter kommunizieren. Selbst der Vater der beiden hat nicht diesen Zugang. Aber bei Mario können wir das ausschließen. Ich nehme an, Sie sind über seine familiäre Situation informiert?"

Manzetti nickte. „Und eine andere Person?"

„An wen haben Sie dabei gedacht?"

„Den Zivi. Der scheint sich mit ihm intensiv zu beschäftigen."

„Meinen Sie?", fragte Frau Manter. „Der Mann ist engagiert, aber er übertreibt, insbesondere, was seinen Zugang zu Mario betrifft. Wenn es nämlich so wäre, wie er es oft genug darstellt, dann hätte er auch jetzt Zugang zu Mario. Den hat er aber gerade nicht, oder?"

Da hatte sie natürlich absolut Recht, und Manzetti erschrak, weil er selbst diesen Schluss nicht gezogen hatte. Er hatte sich zu sehr auf diesen Strohhalm fixiert. Sie aber hatte scharf und logisch analysiert. Dabei ging ihm plötzlich eine Frage durch den Kopf. Konnte Frau Manter als Psychologin nicht nur den Zivi, sondern auch ihn und seine Gedanken durchschauen? Sofort nahm er seinen verräterischen Blick von ihren Beinen, die sie noch immer übereinandergeschlagen hatte und die nur bis zum halben Oberschenkel von dem schwarzen Rock bedeckt waren.

„Und Arno? In der Wohngemeinschaft, in der …"

Er brauchte nicht weiterzusprechen, sie schüttelte schon intensiv den Kopf.

„Letzter Versuch", kündigte er an. „Der Zivi sagte mir, dass Mario sehr gerne klassische Musik hört und oft Gast bei den Proben der Brandenburger Symphoniker war. Dort soll es regelmäßig zu Zwiegesprächen, wenn ich das so sagen darf, zwischen ihm und dem Dirigenten gekommen sein, die von gegenseitigem Respekt getragen waren. Mario hat sein Orchester geliebt, sagt der Zivi. Vielleicht ist es denkbar, dass die Musik ihn öffnet und er sich dem Dirigenten auf eine Weise anvertraut, die der entschlüsseln kann?"

Frau Manter überlegte kurz und hielt dabei die Augen geschlossen. Manzetti indessen drückte die Daumen so stark auf die Zeigefinger, dass sie augenblicklich weiß wurden.

„Denkbar ist alles, auch wenn die Erfolgschancen gegen null tendieren", sagte sie schließlich. „Aber einen Versuch ist es wert. Obwohl es verrückt ist."

Manzetti entkrampfte sich und legte sein dankbarstes Lächeln auf. „Ich könnte es nicht treffender ausdrücken."

12

Sonja parkte ihren Mini in der Jahnstraße und wollte gerade aussteigen, als sie einen Mann erblickte, der mit Händen in den Manteltaschen an der Ecke zur Zieglerstraße stand. Er drehte ihr den Rücken zu und konzentrierte sich offenbar voll und ganz auf die gegenüberliegende Straßenseite, genauer gesagt, auf den Eingang des Von-Saldern-Gymnasiums.

Ein Spanner oder ein Perverser hätte sich nicht anders verhalten, aber da Sonja ihn erkannte, tat er ihr leid, wie er dastand und von seiner Liebe zerfressen wurde. Aber es half nichts, auch wenn an dieser Liebe niemand Zweifel hatte. Er sollte lernen zu vertrauen und loszulassen, und er sollte sein italienisches Ego endlich unter Kontrolle bringen.

Plötzlich drehte sich Manzetti um und lief einige Meter genau in Sonjas Richtung, sodass sie sich blitzschnell hinter dem Lenkrad verstecken musste, aber aufatmen konnte, als ihr Chef kurz vor ihrem Auto in die kleine Pizzabäckerei verschwand. Dann bog Lara mit zwei Freundinnen um die Ecke, in eine intensive Unterhaltung vertieft.

Um zu verhindern, dass Lara auch in die Pizzeria ging, stieg Sonja schnell aus und rief ihr lauthals entgegen: „Lara, beeil dich bitte, ich habe heute nicht viel Zeit." Dazu winkte sie wild mit beiden Armen.

Manzetti, der die Situation aus nächster Nähe beobachtete, sah seine Tochter in den Mini steigen und das Auto in die Zieglerstraße verschwinden. Als er sich fragte, wie lange Sonja wohl schon dort gestanden hatte, war er ihr plötzlich sehr dankbar.

*

„Wie geht es Ihrem Mann?"

„Den Umständen entsprechend, sagen die Ärzte." Frau Reinhard hatte Manzetti zwar den Kopf zugewandt, musste aber die Augen fast geschlossen halten, weil sie vom grellen Licht der Neonbeleuchtung auf dem Flur des Ernst von Bergmann-Klinikums sehr geblendet wurde. „Ich wollte gerade für einen Moment in die Cafeteria. Möchten Sie mich vielleicht begleiten?"

Manzetti nickte und ging stumm neben der kleinen Frau her, der momentan nichts von ihrem Leid anzumerken war, ja die sogar fast ein wenig erleichtert wirkte. Das traute sich Manzetti aber nicht weiterzudenken, geschweige denn zu erfragen. Stattdessen beschränkte er sich auf ein freundliches „Und wie geht es Ihnen?", als beide vor einem mittelmäßigen Cappuccino saßen.

„Mir? … Es geht so", antwortete sie, begleitet von einem hörbaren Seufzer.

„Sie haben im Augenblick viel zu ertragen. Erst der Tod Ihrer Tochter und nun der Herzinfarkt Ihres Mannes." Manzetti hob seine Tasse, tastete aber mit den Augen jeden Winkel ihres Gesichts ab.

„Nicht dass bei Ihnen ein falscher Eindruck entsteht, aber beides trifft mich nicht so heftig, wie Sie glauben mögen."

Das war eine Antwort. In dieser Deutlichkeit hatte er sie nicht erwartet, sie brachte seinen gesamten Plan durcheinander. Deshalb schwiegen beide für einen Augenblick, bis er sich räusperte und ganz von vorne anfing. „Ihr Mann sagte mir, dass Sie beide getrennt leben. Deshalb trifft der Infarkt Sie sicher nicht mehr so sehr?"

Frau Reinhard sah von der Tasse direkt in Manzettis Augen. „Das könnte so sein." Sie senkte die Stimme, als sie fortfuhr: „Ist es aber nicht … jedenfalls nicht ausschließlich."

„Was ist es dann?"

Sie sah wieder auf die Tasse und zuckte nur mit den Schultern. „Ich weiß es selbst nicht."

„Und Ihre Tochter? Wie ist es mit ihr?"

„Das weiß ich auch nicht." Sie strich mit dem rechten Daumen unentwegt über die glatte Oberfläche des Tassenhenkels. „Als ich Manfred kennen gelernt habe, war Carolin gerade ein halbes Jahr alt. Er suchte eigentlich nicht mich, er suchte eine Mutter für seine Tochter, denn er hatte überhaupt keine Zeit für sie. Wenn er mal nicht im Gericht war, musste er angeblich unbedingt auf den

Golfplatz. Nicht wegen des Sports, hat er immer beteuert. Wegen der Kontakte."

„Dann war Carolin gar nicht Ihr gemeinsames Kind?" Manzetti fragte, obwohl er die Antwort ja kannte. Er hatte sich leicht nach vorn gebeugt und stützte die Unterarme auf dem Tisch ab.

„Carolins Mutter starb kurz nach der Geburt." Eva Reinhard tat ihm den Gefallen zu bestätigen, was Sonja bereits herausgefunden hatte.

„Hat sie davon gewusst?"

„Carolin?"

Manzetti nickte und atmete so flach, dass selbst er nichts davon hörte.

„Nein. Das haben wir ihr verschwiegen."

„Warum?"

„Mein Mann wollte das so. Er meinte, dass es für ihre Entwicklung schädlich sei, wenn sie erführe, dass ihre Mutter früh nach der Geburt gestorben sei. Sie könnte Schuldgefühle entwickeln, weil sie glaubte, sie sei an ihrem Tod Schuld. Manfred hat allerdings immer behauptet, dass er es ihr schon noch irgendwann erzählen werde. Später eben." Mit traurigem Blick fügte sie hinzu: „Das haben wir wohl nun verpasst."

Manzetti wollte das nicht kommentieren und ließ eine kurze Zeit verstreichen. „Hatten sie ein gutes Mutter-Tochter-Verhältnis?"

„Nein, auch wenn ich den Schein gewahrt habe, ich habe es nicht geschafft, ihr wirklich wie eine Mutter zu sein. Unsere Beziehung kann man wohl kaum als liebevoll bezeichnen", sagte sie nüchtern.

„Wie konnte das dreißig Jahre lang funktionieren?"

„Manfred hat es ihr immer damit erklärt, dass Töchter sich eher zu den Vätern hingezogen fühlten und Söhne eben zu den Müttern. Carolin hat es irgendwann geglaubt und schließlich hatte sie ja ihn, der sie über alles liebte, sofern er da war."

Manzetti registrierte jedes Wort und musste unwillkürlich an Murgers La Bohème denken, wo der Liebende Öl benutzte, um der geliebten Toten nicht weh zu tun, als er ihr Gesicht mit Gips abformte. Er sprach den Gedanken aber nicht aus. „Ist Carolin Ihretwegen ausgezogen?"

„Nein. Das hätte sie noch länger ertragen, denn zum Ausziehen war sie viel zu bequem. Sie hatte zu Hause doch alles, und ihr Vater hat sie mit Geld und Geschenken überschüttet, um sich von den Fehlern freizukaufen, die er ihr gegenüber gemacht hat. Sie brauchte nie das eigene Geld anzufassen, sie kannte die Funktionsweise einer Waschmaschine nicht, und sie kümmerte sich auch ansonsten um nichts. Das Hotel Papa mit seinen Haushaltshilfen bot ihr einen Rund-um-die-Uhr-Service."

„Und warum ist sie aus diesem Schlaraffenland dann doch geflüchtet?"

„Das fing vor etwa einem Jahr an. Manfred hatte einen Brief erhalten, den er auffällig vor uns verbergen wollte, und fuhr eine Woche später nach Düsseldorf. Jedenfalls behauptete er das. Er wolle alte Richterkollegen am dortigen Amtsgericht treffen. Er hatte dort ja früher gelebt und gearbeitet, war erst in den siebziger Jahren beruflich nach Berlin gekommen."

Da Eva Reinhard eine kurze Pause einlegte, fragte Manzetti fordernd weiter. „Und das haben Sie nicht geglaubt?"

Sie schüttelte den Kopf. „Ich fand den Zugfahrschein und auch die Hotelrechnung in seinem Sakko. Er war in Dortmund."

„Sie könnten sich aber doch in Dortmund getroffen haben." Manzetti konnte noch nicht viel mit den Andeutungen seiner Gesprächspartnerin anfangen.

„Ich glaube das einfach nicht. Mit der falschen Ortsangabe wollte er bloß etwas verschleiern." Ihr Kopfschütteln wurde nun heftiger. „Als er wiederkam, war er nämlich irgendwie verändert. Er sprach erst tagelang überhaupt nicht, schloss sich in seinem Arbeitszimmer ein und später begann er, Carolin sogar hinterherzuspionieren."

„Woher wissen Sie das?"

„Weil er es wie ein Dilettant angestellt hat. Er ließ sogar die Rechnung der Detektei offen liegen, die er für die Schnüffelei engagiert hatte. Das ewige Kontrollieren konnte Carolin wohl irgendwann nicht mehr aushalten."

Manzetti musste schmunzeln, auch wenn er nicht so richtig wusste, worüber. „Wissen Sie noch, wie der Detektiv hieß?"

„Nein", sagte sie. „Aber es war einer aus Potsdam."

*

Wieder zurück in Brandenburg, blätterte Manzetti im Telefonbuch von Potsdam. Beim Buchstaben D stoppte er den Seitenlauf mit dem rechten Daumen und ließ die Augen bis zum Stichwort „Detektei" gleiten. Die ersten beiden sagten ihm nichts, bei der dritten erkannte er den Namen, konnte sich aber nicht an deren Arbeitsfelder erinnern. Erst über die vierte wusste er Bescheid und rief dort an.

„Guten Tag", meldete sich eine piepsige Mädchenstimme. „Detektei Wendland, was kann ich für Sie tun?"

„Ist der Chef da?", fragte Manzetti, ohne seinen Namen zu nennen.

„Einen kleinen Augenblick", sagte die piepsige Stimme, wohl daran gewöhnt, dass man ihr gegenüber nicht über die Probleme sprach, wegen der man die Hilfe eines Detektivs in Anspruch nehmen wollte. Wohl auch ein Hinweis auf Diskretion.

„Wendland", verkündete nach wenigen Augenblicken eine rauchige Männerstimme.

„Ich habe gehört, dass Sie der Beste sein sollen." Manzetti verstellte seine Stimme.

„Aha." Wendland reagierte sehr verhalten.

Manzetti ließ einige Sekunden verstreichen, bis er mit seinem kräftigen Bariton forderte: „Finden Sie einen Optiker, der günstiger ist als Fielmann."

Wendland musste nur kurz überlegen, dann hatte er die Stimme erkannt. „Vergessen Sie's. Außerdem arbeite ich nicht für die Bullen."

„Hallo, Michael", eröffnete Manzetti nun ernsthaft das Gespräch.

„Hi, Andrea. Ist schon wieder ein halbes Jahr rum?"

Michael Wendland war bis vor fünf Jahren selbst Polizist gewesen, bis ihm ein „Missgeschick" passiert war, das allerdings nur er so nannte und das Claasen keine andere Wahl gelassen hatte, als ihn zu feuern. Nach einem längeren Urlaub in Asien hatte er dann die Detektei Wendland gegründet und sofort großen Zulauf gehabt, nicht zuletzt wohl deshalb, weil er über eine solide Ausbildung bei der Polizei verfügte, und vielleicht auch, weil er tonnenweise amerikanische Detektivkrimis verschlang. Bei ihren halbjährlichen Treffen in irgendwelchen Kneipen warfen Manzetti und andere alte Freunde von Michael nicht nur Dartpfeile, sondern wurden mit Geschichten aus dem Detektivalltag versorgt. In ihnen gab Wendland zum Besten, mit welchen Methoden, die er bei Raymond Chandler oder Dashiell Hammett ausgeliehen hatte, er erfolgreich seine neuen Fälle gelöst hatte.

„Ein halbes Jahr ist noch nicht rum, aber trotzdem könnten wir uns mal wieder treffen."

„Worum geht's denn?", fragte Wendland schon interessierter.

„Du brauchst doch nicht wirklich einen billigen Optiker?" Dazu lachte er lauthals und hustete auch gleich noch ein halbes Dutzend Zigaretten durch den Hörer.

„Nein, ich möchte dich um einen anderen Dienst bitten."

„Der da wäre?"

Manzetti zögerte noch einmal kurz. „Kannst du dich mal in eurer Szene umhören?"

„In welcher Szene?", fragte Wendland verdutzt.

„Na, bei deinen Kollegen."

„Szene nennst du das?" Wendland war hörbar pikiert. „Das ist übelstes Polizistendeutsch. Alles, wo nicht Polizei dran steht, ist für euch Szene. Hausbesetzerszene, Drogenszene, Kinderschänderszene, Hausfrauenszene und nun auch noch Detektivszene."

„So habe ich es doch gar nicht gemeint", räumte Manzetti entschuldigend ein.

„Gut", gab Wendland nach. „Und was willst du nun genau?"

„Kannst du herausfinden, wer von den Detektiven in Potsdam schon einmal für einen Vater ermittelt hat, der seine Tochter überwachen lassen wollte? Das Ganze ist etwa ein bis eineinhalb Jahre her."

„Andrea, was soll das denn? Wenn du jemanden brauchst, der dir einen Gefallen tut, dann sag es doch direkt und rede nicht so um den heißen Brei herum."

„Ich? Um den heißen Brei? Ich weiß überhaupt nicht, was du plötzlich hast?" Manzetti hatte keine Ahnung, worauf sein alter Freund hinauswollte.

„Du suchst jemanden, der Lara observiert, oder?"

Jetzt musste Manzetti schlucken. „Lara? Wie kommst du denn darauf?"

„Brandenburg ist ein Dorf, Andrea. Die Spatzen pfeifen von den Dächern der Direktion, dass Lara nach einem Streit mit dir ausgezogen ist und nun bei Sonja Brinkmann wohnt."

Manzetti konnte es nicht fassen. Was ging andere Leute sein Privatleben an? Damit erklärten sich andererseits aber auch die Blicke einiger Damen, insbesondere auf den Fluren der Verwaltung, die seit einigen Tagen irgendwie anders waren. „Beruhige dich Micha. Ich beabsichtige nicht, meine Tochter überwachen zu lassen."

„Gut, wie heißt nun der Vater?"

„Reinhard. Manfred Reinhard und er war mal Richter."

„Kenne ich", kam es von Wendland ohne jegliches Zögern. „Den Auftrag hatte ich sogar selbst."

„Was wollte er denn über seine Tochter wissen?"

„Das, mein Lieber, ist fürs Telefon zu delikat. Ich habe noch bis gegen sieben Uhr zu tun, könnte aber um acht in Brandenburg sein, es sei denn, du fährst endlich selbst Auto."

„Nein, nicht einmal in hundert Jahren."

„Okay. Dann bin ich um acht bei dir, und du öffnest schon mal den besten Barolo, den du hast."

„Geht in Ordnung." Er legte zufrieden den Hörer auf.

*

Manzetti hatte einen preiswerten Barolo geöffnet. Er war der Meinung, dass ein deutscher Gaumen, wie ihn Michael Wendland haben musste, den Unterschied zu einem teuren Barolo sowieso nicht herausschmecken würde. „Zum Wohl!" Er hob das Glas mit dem tiefroten Getränk in Richtung seines alten Freundes.

Michael Wendland trank einen kleinen Schluck und behielt den Wein lange im Mund, bevor er ihn hinunterschluckte. „Du bist geizig geworden, mein Lieber."

Manzetti kniff die Augen zu engen Schlitzen zusammen. „Wieso? Wir trinken Barolo."

„Aber den billigsten", stellte Wendland fest und hielt das Glas gegen das Licht der Deckenlampe.

Manzetti war verblüfft. „Das schmeckst du?"

„Na klar." Jetzt roch Wendland sogar am Glas. „Ganz eindeutig ein Wein, der keine zehn Euro kostet."

Manzetti konnte es nicht glauben. Früher, zum Beispiel bei den Weihnachtsfeiern der Direktion, hatte man Michael mit Wein jagen können. „Was ist denn mit dir los? Du bist ein Einheimischer, also weintechnisch ein Barbar. Du willst mir doch nicht erklären, dass du ein kulturelles Manko von mehreren tausend Jahren in einem historisch winzigen Zeitraum von ein paar Wintern ausgeglichen hast?"

„Keine Angst", gestand Wendland und gab Manzetti damit sein Vertrauen in seine Menschenkenntnis zurück. „Ich esse immer noch lieber Schnitzel als Nudeln und ziehe ein kaltes Pils einem pisswarmen Rotwein vor." Wendland grinste und stellte das Glas vor sich auf den Tisch. Es war noch fast voll. „Aber ich bin kein Beamter mehr, und in der Welt da draußen ist es üblich, dass man seinen Geschäftspartnern zumindest an Weihnachten etwas schenkt. Ich verschenke Wein, und Frau Lange kauft genau den hier im Supermarkt. 9,95 die Flasche."

„Willst du lieber ein Bier?"

„Ich dachte schon, dass du nie mehr fragen wirst."

Manzetti brachte ihm ein kühles Bier und stieg dann sofort in das verabredete Gesprächsthema ein. „Was wollte Reinhard von dir?"

Wendland machte es sich auf dem Sofa in Manzettis Arbeitszimmer bequem. „Ich sollte seine Tochter überwachen, und zwar rund um die Uhr."

„Und weshalb? Hat er nicht gesagt, was du herauskriegen soll-test?"

„Nein, anfangs nicht. Er tischte mir eine Geschichte auf, die ab-surd war und die ihm nicht mal ein Anfänger geglaubt hätte. Aber er stellte ein fantastisches Honorar in Aussicht."

„Wie viel?"

Wendland hielt kurz inne, legte den Kopf schief. „Andrea, das fällt unter das Beichtgeheimnis."

„Wie viel?", wiederholte Manzetti scharf.

„Fünfzigtausend."

„Für eine einfache Observation?"

„Plus Spesen", betonte Wendland.

„Und was verbarg sich nun hinter dem Auftrag wirklich? Nie-mand bezahlt für eine Observation fünfzigtausend."

Wendland trank sein erstes Bier aus und öffnete mit dem Feu-erzeug gleich die zweite Flasche. „Richtig. Aber als ich ihm klar-gemacht hatte, dass ich seine Tochter nicht schützen könne, ohne zu wissen, worum es geht, es also denkbar wäre, dass sie trotz-dem …" Er trank aus der Flasche und strich sich mit der freien Hand vielsagend über den Kehlkopf.

„Ich dachte, du solltest sie nur überwachen?"

„Du hast doch wohl selbst gemerkt, dass mehr dahintersteckte, oder?" Wendland sah skeptisch zu Manzetti. „Andrea, fünfzig-tausend ist der Preis für Personenschutz von VIPs."

„Aber Carolin Reinhard war keine VIP."

Wendland stellte die Bierflasche neben das noch immer fast volle Weinglas. „Wie viel würdest du für den Schutz von Paola ausgeben, wenn sie bedroht wird?"

Manzetti sah seinen alten Freund, der offenbar seine Gedanken lesen konnte, nur an.

„Siehst du!" Er lehnte sich mit seiner dritten Flasche zurück. „Er hatte eine panische Angst um seine Tochter. Er hätte mir jeden Preis bezahlt, glaub es mir. Aber er hat mir nie erzählt, wer das Leben seiner Tochter bedrohte."

„Und du hast nicht gefragt?" In Manzettis Worten schwang eine gehörige Portion Vorwurf.

„Na, na, na. Ich bin kein Polizist mehr. Ich bin für meine Kundschaft da und tue das, wofür die bezahlt. Nicht mehr und nicht weniger. Verstehst du das?"

Manzetti nickte, schwieg aber ansonsten.

„Er hat mir erzählt, dass jemand hinter seiner Tochter her sei und dass dieser jemand vermutlich einen Killer beauftragen könnte."

„Hast du wirklich nicht gefragt?"

„Doch", gab Wendland schließlich zu. „Aber der Alte hat mir nichts erzählt. Nur, dass es um eine Sache gehe, die fast fünfzig Jahre her sei."

„Mehr nicht?"

Wendland schüttelte den Kopf. „Nein. Ich durfte nicht mit der Tochter reden, hat er angeordnet. Aber das hätte ja sowieso nichts gebracht, denn wenn die Geschichte vor fünfzig Jahren begonnen hat, hätte sie mir sicherlich nicht helfen können. Sie war doch zu dem Zeitpunkt noch nicht einmal geboren."

Manzetti schüttelte den Kopf. „Wo ist dein Ehrgeiz geblieben, Michael?"

„Mein Ehrgeiz heißt jetzt, Geld zu verdienen, und da muss ich einige Prinzipien der Polizeiarbeit über Bord werfen."

„Ja, sicherlich", gestand Manzetti ihm zu. „Hast du trotzdem etwas herausbekommen?"

„Dafür war die Zeit zu knapp. Reinhard kam nach zwei Wochen zu mir, genau zu dem Zeitpunkt, als seine Tochter nach Brandenburg zog, und hat den Vertrag aufgelöst."

„Und das Geld?", wollte Manzetti wissen.

„Das konnte ich behalten. Er hat gesagt, das sei ein Vorschuss auf weitere Aufträge und er käme wieder, wenn seine Tochter dreißig werde."

Manzettis Augen weiteten sich. „Und?"

„Was und?"

„Und, kam er wieder?"

„Nö", sagte Wendland. „Ich bin doch erst am Sonntag aus dem Urlaub gekommen. Vielleicht war er bei einer anderen Detektei."

13

Die nächsten Tage verliefen ohne weiteren Erkenntniszuwachs. Über die dienstliche Schiene hatte Manzetti eine Anfrage nach ähnlichen Verbrechen in ganz Europa gestartet und wartete nun auf die Ergebnisse, um im Austausch mit anderen ermittelnden Kollegen vielleicht einem Täter auf die Spur zu kommen, der nach einem ähnlichen Muster an weiteren Orten gemordet hatte. Bisher hatte er allerdings noch keine Rückmeldung erhalten und nun machte er sich nicht mehr viel Hoffnung.

So saß er in seinem Büro und sah regungslos aus dem Fenster. Die Herbstsonne war bereits an seinem Zimmer vorbeimarschiert und musste gerade irgendwo bei Claasen ihren Dienst tun. Aber morgen würde sie wiederkommen, so versprach es jedenfalls der Wetterbericht, dessen letzte Worte, die Vorhersage eines sonnigen Samstags, Manzetti noch aufgeschnappt hatte. Allerdings würden die Temperaturen in der Nacht unter Null fallen.

Sein Blick wanderte vom Fenster zum Telefon. Nichts. Der schwarze Kasten blieb vollkommen still, was Manzetti mit einem lauten Seufzer quittierte. Typisch für solche Technik. Wenn sie klingeln soll, dann tut sie es nicht, aber in den Momenten, in denen man Ruhe brauchte, da bimmelte ein Telefon gewöhnlich ohne Pause.

Er schaute zur Uhr auf seinem Schreibtisch. Das wohl siebte oder achte Mal in den letzten fünf Minuten.

Ruckartig schob er plötzlich den Stuhl nach hinten und ging zu einem kleinen Sideboard, wo er in dem Stapel der CDs wühlte. Eine zog er klappernd heraus und las auf der Suche nach einer bestimmten Information die Angaben auf der Cover-Rückseite durch. Dann sah er erneut auf die Uhr, blies alle Luft geräuschvoll aus der Lunge und ließ sich lustlos zurück in den Stuhl fallen.

Die Spielzeit der 5. Symphonie von Beethoven betrug also keine drei Stunden. Die waren längst um. Warum klingelte das Telefon nicht?

Um sich zu beruhigen, nahm er einen Stapel Papier, die Anzeigen des vorherigen Tages, und las sich kurz in die jeweiligen Texte ein, bevor er verfügte, welche Abteilung welchen Fall bearbeiten sollte. Nach weiteren fünf Minuten war er endlich ganz in diese Arbeit abgetaucht.

Intensiv beschäftigte er sich mit der Anzeige gegen einen jungen Mann, der auffällig geworden war, weil er mit der Schuhspitze Hakenkreuze in den Sand gezeichnet hatte und dabei von Passanten beobachtet worden war. Solche Leute gab es leider überall, nicht nur in Brandenburg. Das Protokoll dieses Vorfalls füllte mehrere Seiten, inklusive einer ausführlichen Personenbeschreibung. Der junge Mann hatte sich Bilder tätowieren lassen, die nun bis in alle Ewigkeit bläuliche Zeugen seiner Gesinnung sein würden.

„All Cops Are Bastards", stand mit riesigen Lettern zwischen seinen Schulterblättern, was eigentlich schon schrecklich genug war. Aber die Unterarme waren noch schlimmer. Viel schlimmer, wie Manzetti meinte.

88. In breiter, unübersehbarer Kontur, und jede Zahl zehn Zentimeter hoch. 88, das war nicht einfach eine Zahl, die hatte ja eine Bedeutung, eine schreckliche Bedeutung. Wie viel Fanatismus, gepaart mit unendlichem Hass auf alle anderen Menschen musste man in sich tragen, um sich dieses Symbol in die Haut meißeln zu lassen? Es musste ein Hass sein, der immerfort lodert und jederzeit ausbrechen kann, so wie es der von Idiotie getragene Geist dieser Zahlenkombination verlangte.

Mitten in seine Gedanken klingelte endlich das Telefon.

„Manzetti", meldete er sich erwartungsvoll.

„Haben Sie Zeit?", fragte eine Männerstimme, mit der Manzetti jetzt nicht gerechnet hatte.

„Eigentlich nicht", antwortete er deshalb. „Aber was ist denn passiert?"

„Mario hat was aufgeschrieben", sagte Bremer und wischte mit dieser Erfolgsmeldung Manzettis Lethargie augenblicklich vom Tisch.

„Was?" Er hielt kurz den Atem an, vergaß sogar die Frage, was Bremer mit Mario zu tun hatte.

„Wir würden gerne jetzt zu Ihnen kommen."

Das „Na klar" hörte Bremer schon nicht mehr, denn bevor es die Kehle des Hauptkommissars verlassen hatte, erklang bereits der monotone Dauerton in Manzettis Ohr.

Keine zehn Minuten später saßen Frau Manter, Bremer und Sebastian Hendel an Manzettis Beratungstisch, auf den Sonja Tassen und Kekse verteilt hatte.

„Herzlichen Glückwunsch", gratulierte die Ärztin Manzetti. „Ich hätte nicht gedacht, dass es funktionieren wird, aber Mario hat sich mitgeteilt."

„Und? Was hat er gesagt?" Manzetti hatte seine Augen vor Ungeduld und Neugierde weit aufgerissen.

„Nichts", mischte sich Bremer ein. „Gesagt hat er nichts, und ob er etwas zu unserem Fall geäußert hat, steht noch in den Sternen."

Manzetti richtete seinen Blick wieder auf Frau Manter, sah aber gerade noch, dass der Intendant mit den Schultern zuckte.

„Was soll das denn nun bedeuten?", fragte Sonja, die enttäuscht den Kugelschreiber vor sich auf den Block legte.

„Er öffnet sich. Mehr nicht", stellte Frau Manter klar. Manzetti sank ein wenig in seinem Stuhl zusammen.

Er musste überlegen. Mario war seine große Hoffnung. Mario in Verbindung mit dem Orchester und „FC". Ganz hatte ihn der Mut noch nicht verlassen, doch begann er, langsam zu entschwinden. Er brauchte im Moment nichts dringender, als die Aussage von Mario Schmidt. „Wann wird er endlich reden?" Er drehte einen kleinen Löffel zwischen Daumen und Zeigefinger.

„Das weiß ich nicht." Die Ärztin nahm Manzetti den Löffel weg, legte ihn neben ihre Tasse. „Wir müssen Geduld haben. Aber es funktioniert. Er öffnet sich dem Orchester und er scheint wirklich unendlich viel Vertrauen zum Dirigenten zu haben."

Manzetti angelte sich Sonjas Kugelschreiber und drehte nun den zwischen den Fingern. Dann erinnerte er sich an den Artikel in der Fachzeitschrift. „Er muss ja gar nicht reden. FC bringt ihn zum Schreiben, oder? Hat er nichts aufgeschrieben?"

Bremer schüttelte den Kopf, und Frau Manter nahm Manzetti auch den Kugelschreiber weg, den sie wieder auf den Schreibblock vor Sonja legte. „Nichts, womit wir etwas anfangen könnten." Sie blickte in die enttäuschten Augen von Manzetti. „Ich glaube aber, dass er uns irgendwann etwas mitteilt, das für Sie wichtig ist. Ich bin schon jetzt glücklich, denn Mario hat meine Arbeit heute enorm vorangebracht."

Bremer beugte sich zu ihr und streichelte kurz ihre Schulter. Das nahm Manzetti gar nicht wahr, lediglich Sonja war die Geste nicht entgangen. Manzetti hatte sich verbissen, er war in einem Tunnel, konnte nicht mehr nach links und nicht nach rechts ausweichen.

„Können wir es nicht noch einmal versuchen?" Er sah mit bettelnden Augen zu Hendel.

„Von mir aus ja", versicherte der Intendant. „Das Orchester macht mit und würde sogar Überstunden akzeptieren."

Davon war Manzetti ausgegangen. Schließlich ging es um ein ehemaliges Mitglied des Ensembles. Dann erinnerte er sich an das Telefongespräch mit Bremer. „Sie sagten doch vorhin, dass Mario etwas aufgeschrieben hat. Was war das denn?"

Frau Manter schlug einen Notizblock auf und schob ihn vor Manzetti. Er zog den Block zu sich heran und starrte auf das Gekritzel, wie auf ein unlösbares Bilderrätsel. Unzählige Linien, Kreise und Kreuze verteilten sich über das gesamte Blatt. Damit konnte wirklich niemand etwas anfangen. Nur oben in der Mitte waren ganz schwach Ziffern zu erkennen.

Manzetti schob den Block so zwischen die anderen, dass jeder Marios Schreibversuche sehen konnte, und fragte: „Was kann das bedeuten?"

Nach einer ziemlich langen Pause beschrieb Sonja, was alle anderen auch erkannt haben mussten. „Ich sehe 1 2 1 0. Davon gehen alle Linien ab, an die sich Kreise und Kreuze anschließen."

Sebastian Hendel nickte stumm.

Manzetti starrte Frau Manter an, die gerade Bremers Brillenetui vor seinem nervösen Zugriff in Sicherheit brachte.

„Das ist erst der Anfang", betonte sie in der Hoffnung, Manzetti zu beruhigen, ihm aber auch gleichzeitig weiter Mut zu machen. „Wie Sie wissen, kann Mario weder lesen noch schreiben. Jedenfalls nicht so, wie wir es können. Wahrscheinlich beginnt er ja erst damit, was wir sicherlich Herrn Wagner zu verdanken haben. Vielleicht ist er in der Lage, uns zu helfen?"

Manzetti sah Sonja auffordernd an: „Hol ihn bitte her!"

„Wer ist Herr Wagner?", wollte sie überrascht wissen.

„Der Zivi aus dem betreuten Wohnen", erklärte Manzetti und machte eine eindeutige, rotierende Handbewegung, worauf Sonja aufstand und den Raum verließ.

„Und nun?", fragte Hendel, der den Notizblock in der Hand hielt. „Es sieht so aus, als habe Mario von dieser Zahl aus alle Linien weggeführt und in einem Feuerwerk enden lassen."

Bremer nahm sich den Block. „In einem Feuerwerk? Ich kann kein Feuerwerk erkennen."

„Zeigen Sie mal." Fast entriss Manzetti Bremer den Block. „Ich auch nicht", sagte er. „Oder doch. Die Sterne könnten ein Feuerwerk sein … Das meinen Sie doch?" Er sah wieder zum Intendanten.

„Ja. Vielleicht hat diese Zahl, wofür sie auch immer stehen mag, etwas bei ihm ausgelöst? Etwas, das mit seinem jetzigen Zustand in Verbindung steht."

„Eine Jahreszahl vielleicht?" Manzetti legte den Block wieder in die Mitte des Tisches.

Bremer nahm die Hand vom Kinn. „Zwölfhundertzehn. Was war da?"

Schließlich klappte Frau Manter den Block zu. „Das sind doch alles bloße Spekulationen, die uns nicht weiterbringen. Wir müssen warten, bis er mehr aufschreibt. Nur dann fügt sich unter Umständen ein Bild zusammen."

„1 2 1 0." Manzetti wollte einfach noch nicht aufgeben. „Wann kann Mario wieder zu den Musikern?"

„Frühestens morgen", stellte die Ärztin in Aussicht und trat damit gleichzeitig auch auf die Euphoriebremse.

„Warum nicht heute?", stocherte Manzetti unerbittlich weiter.

„Er ist völlig fertig." Bremer beschrieb Mario, dessen Schweiß und die Nervosität, die den jungen Mann mit zunehmender Dauer der 5. Symphonie ergriffen hatte.

Manzetti hatte das Gefühl, als würde er um Meilen in seiner Arbeit zurückgeworfen werden. Er wollte nicht bis morgen warten.

Endlich kam Sonja mit dem Zivi, den man sofort vor den Notizblock setzte. Lange blieb Christian Wagner still, während fünf Augenpaare jede seiner Regungen verfolgten. „Mario kann noch keine Buchstaben schreiben", erklärte er schließlich. „Er kriegt das motorisch nicht hin. Deshalb ersetzen wir beim Üben alle Buchstaben durch Ziffern und Zahlen. Es könnte also 1-2-10 oder 12-10 heißen."

Mitten in diesen Satz riss Manzetti seinen Stuhl nach hinten und war mit einem Sprung an seinem Schreibtisch. Er kam mit ein paar Blättern wieder und ordnete sie mit den Händen über dem Beratungstisch. „12 10 stehen wofür im Alphabet?"

„L und J", sagte der Zivi.

„L und J", wiederholte Manzetti. „Das könnten Initialen sein. Und wenn er sie während der Probe aufgeschrieben hat, dann meint er damit einen Musiker." Er schaute entschuldigend zu Hendel.

„Aber woher soll er ihre Namen kennen?", versuchte der Intendant Unheil von seinen Orchestermitgliedern abzuwenden.

„Wir haben uns nach jeder Probe noch mit den Musikern in die Klause gesetzt. Meist auf eine Limo, obwohl Mario lieber ein Cola gehabt hätte", erklärte Christian Wagner.

„Dann hat uns Mario den Namen des Täters aufgeschrieben", behauptete Manzetti und setzte sich. Sofort waren alle Augen wieder auf den Notizblock gerichtet.

Schnell ergriff Sonja die Initiative. „Herr Hendel, haben Sie einen Musiker, dessen Initialen L und J lauten und der vor fünfzehn Jahren ein Engagement in Hamburg hatte?"

Hendel musste lange überlegen, bis er antworten konnte. „Da fällt mir nur Louis Junge ein. Aber der heißt eigentlich Frank und hat den Namen Louis nur bekommen, weil er famos Jazztrompete spielt. Aber diesen Spitznamen dürfte Mario nicht kennen."

„Und wenn doch?", fragte Bremer.

„Dann scheint alles zu passen. Welches Instrument spielt Junge bei Ihnen im Orchester?", bohrte Sonja weiter.

„Er ist der zweite Trompeter."

„Na bitte", kommentierte Bremer. „Doch Neid als Motiv."

„Das passt nicht." Hendel sah achselzuckend zu Sonja. „Louis ist fünfundzwanzig, war also vor fünfzehn Jahren erst zehn. Außerdem ist Brandenburg seine erste Station."

Während die anderen drei diskutierten, starrte Manzetti wie gebannt auf die Strafanzeige, die er von seinem Schreibtisch geholt hatte. Er war eingetaucht in eine Welt, die noch nebulös war, aus der sich aber bereits erste Schwaden verabschiedeten. Die Klause. Natürlich, ging es ihm immer und immer wieder durch den Kopf.

Frau Manter beteiligte sich nicht am Rätselraten der anderen. Sie sah abwechselnd in Manzettis Gesicht und dann auf seine Hände. Ganz behutsam nahm sie den kleinen Löffel neben ihrer Tasse und steckte ihn zwischen seinen Daumen und den Zeigefinger, wo er sich sofort wie eine Windmühle zu drehen begann.

„88", sagte Manzetti ganz leise, worauf alle anderen sofort verstummten. „Hier in der Anzeige steht 88. Wofür?"

Sonja überlegte kurz und antwortete dann ihrem Chef, der noch immer starr auf das Papier blickte, so, als hätte er seinen Körper für einen kurzen Augenblick verlassen. „Wenn es um Nazis geht, dann steht 8 für den achten Buchstaben im Alphabet. Also heißt es Heil Hitler."

„Die 8 meint ein ganzes Wort: Heil oder auch Hitler. Die Zahl steht also für mehr als einen Buchstaben ..." Noch einen ganz kleinen Moment zögerte er, und dann riss der Nebel endlich auf. Manzetti sah Sonja mit unbeweglichen Augen an und forderte sie auf: „Sprich L und J schnell aus!"

„L ….. J", sagte sie, obwohl sie nicht wusste, was Manzetti damit bezweckte.

„Schneller!", forderte er.

„L ... J."

„Noch schneller!"

„L . J." Sonja war total verwirrt und blickte sich Hilfe suchend um.

„LJ", sprang Sebastian Hendel ein und erschrak plötzlich. Dann verschloss er mit beiden Händen seinen Mund und wurde leichenblass. Als er die Hände wieder herunternahm, kam endlich das Wort aus seinem Mund, auf das Manzetti die ganze Zeit hingearbeitet hatte.

„Elliott."

14

Elliott Silbermann. Es lief Manzetti kalt den Rücken runter, aber was war diese Information wert? Niemand konnte schließlich mit Bestimmtheit sagen, dass Mario Schmidt auch genau das meinte, was Manzetti und Sonja aus der Zahlenkombination 1210 herausgelesen hatten. Möglicherweise war hier viel zu sehr der Wunsch Vater des Gedankens. Manzetti war erfahren genug, um nicht leichtsinnig zu werden. Vielleicht war nämlich unter 1210, also unter L und J „liebe Jana" oder „lauter Jahrmarkt" oder etwas noch Verrückteres zu verstehen.

Trotzdem war der Gedanke an die Täterschaft von Silbermann verlockend. Sehr sogar, denn er mochte den jungen Gastwirt nicht besonders. Er erinnerte sich an den Morgen nach dem Leichenfund in der Theaterklause. Waren Sebastian Hendel und Margarethe Hofmann nach seiner Einschätzung im Großen und Ganzen recht nette Menschen, so traf dieses Urteil auf Elliott Silbermann nicht unbedingt zu. Aber reichte sein Gefühl an dieser Stelle? Nie und nimmer. Gefühle mussten bei Ermittlungen an der Garderobe abgegeben werden. Grundlagenvorlesung erstes Semester.

Selbst wenn sich hinter 1210 wirklich der Name Elliott verbergen sollte, was konnte Manzetti dem Wirt der Theaterklause vorwerfen? Etwa, dass ein Autist seinen Namen verschlüsselt auf ein Blatt Papier gekritzelt hatte? Wohl kaum, und Claasen würde zu Recht die Fassung verlieren, wenn der von seinen Überlegungen erführe.

All das ging Manzetti durch den Kopf, als er zur Goethestraße unterwegs war. Er hatte den längeren Weg über die Jahrtausendbrücke und das Heineufer gewählt und gehofft, dass ihm der Fußmarsch die nötige Zeit zur Besinnung bescheren würde, um Antworten auf die Fragen nach dem Täter zu finden. Aber davon war er momentan noch meilenwert entfernt, denn das Einzige, was er auf dem Asphalt der Uferpromenade fand, war schmieriger Hundekot, den Herrchen oder Frauchen sicherlich aus Versehen liegengelassen hatten.

In Höhe des Restaurantschiffes griff er zum Handy und wählte die Nummer von Wendland. „Hallo Michael. Ich brauche deine Hilfe."

„Schon wieder? Du scheinst ganz schön am Arsch zu sein." Wendland hustete in den Apparat. Als sich die Lunge des Detektivs wieder beruhigt hatte, schilderte Manzetti sein Anliegen. Er brauchte einen Rat, irgendeine Idee, wie er Elliott Silbermann unter Druck setzen konnte.

„Mach's wie Dashiell Hammett. Das müsste auch in Brandenburg klappen."

„Geht das nicht etwas genauer?"

„Also, pass auf", sagte Wendland, während Manzetti auf der Bauchschmerzenbrücke stehen blieb, einer kleinen Fußgängerbrücke, die zum Erstaunen vieler Touristen wirklich so hieß. Er blickte auf die Havel hinaus, wo ein Dutzend Enten, wohl in Erwartung von staubigen Brotkrumen, sofort auf ihn zuschwammen. Aber Manzetti nahm sie gar nicht wahr, er lauschte den Ausführungen seines Freundes.

„Wenn ich es richtig verstanden habe, dann ist dieser Autist dein Zeuge. Ist das so?"

„Ja", bestätigte Manzetti, obwohl das noch immer nur eine Vermutung war.

„Das musst du aber deinem Täter nicht unbedingt aufs Brot schmieren. Gib ihm durch die Blume zu verstehen, dass ihr andere Zeugen habt, die ihn gesehen haben."

„Und wie soll das funktionieren? Wenn ich ihn auf der Grundlage unserer bisherigen Ergebnisse auch nur indirekt als Täter bezeichne, dann bekomme ich riesigen Ärger, falls er es doch nicht war. Verfolgung Unschuldiger. Das müsstest du doch am besten wissen."

„Mach dir nicht in die Hosen. Wenn es schiefgeht, stelle ich dich sofort ein", versprach Wendland und musste augenblicklich wieder husten.

„Das kannst du nicht bezahlen", entgegnete Manzetti, der keine Lust hatte, wegen irgendwelcher amerikanischen Krimihelden seinen Beamtenstatus zu riskieren. „Aber erzähl mir trotzdem von deinem Hammett."

„Mach ich doch … Du lässt ihn also wissen, dass er unter Verdacht steht. Vielleicht fragst du einen seiner Bekannten sehr auffällig nach dem Alibi dieses Gastwirts. Dadurch machst du ihn nervös und er beißt leichter an. Dann setzt du dich an einem Sonntagabend in seine Kneipe, und ich schicke dir nacheinander drei Leute, die sich lediglich an einen Tisch hocken, nichts bestellen und dir eindeutig zunicken, wenn Silbermann hinter dem Tresen auftaucht."

„Und was soll das werden?"

„Stell dich doch nicht so an. Wenn er es war, dann rennt er sofort zu seinem Anwalt oder so."

„Das klingt mir sehr weit hergeholt", warf Manzetti ein und stieß mit der Schuhspitze einen kleinen Stein ins Wasser. „Das kann in einem Buch oder im Film klappen, aber hier in der Realität?"

„Hammett, mein Lieber, das ist die Realität. Es wird funktionieren, vertrau mir."

„Und wenn er seelenruhig hinter dem Tresen stehen bleibt?"

„Dann musst du dir einen anderen Mörder suchen."

Während Manzetti weiterlief und mittlerweile in die Havelstraße eingebogen war, dachte er intensiv über den Vorschlag seines alten Freundes nach. Sollte er es wirklich probieren? Michael Wendland war ein ausgesprochener Freund des amerikanischen Krimis und konnte auf das kleinste Stichwort von unzähligen Räuberpistolen berichten, bei denen er auf genau die Methoden aus Detektivromanen zurückgegriffen hatte. Lesen bildet, behauptete er deshalb immer, wenn auch mit einem Augenzwinkern. Aber der Erfolg seiner Arbeit gab ihm Recht.

*

„Guten Tag", sagte Manzetti, als ihm ein schwarzgekleideter Mann die Tür öffnete. „Mein Name ist Manzetti und ich komme von der hiesigen Polizei."

„Treten Sie ein", bat der Mann, der sich als Oliver Kurz vorstellte und im Hauptberuf Fagottist der Brandenburger Symphoniker war.

Manzetti folgte ihm in die Wohnung, die bereits im Flur unmissverständlich darauf hinwies, dass man mitten in eine WG geplatzt war. Einige Sekunden später saßen sie an dem großen runden Küchentisch, auf dem merkwürdige Gerätschaften standen.

„Wollen Sie einen Kaffee?", fragte der Musiker.

„Gerne", antwortete Manzetti und zog seinen Mantel aus.

„Ihre Kollegen waren schon zwei Mal hier. Was wollen Sie denn noch?" Oliver Kurz stellte einen Kaffeepott vor seinen Besucher. „Sie möchten bestimmt zum x-ten Mal das Zimmer von Carolin sehen, oder?"

„Nein", sagte Manzetti, nachdem er einen Schluck getrunken und sich bei der Gelegenheit gleich die Zunge verbrannt hatte. „Ich möchte mit Ihnen über Ihre WG reden. Geht das?"

„Na klar", sagte Oliver Kurz und spannte einen hellen Holzspan in eine Art Schraubstock. Dabei hatte er ein Auge geschlossen, denn von der Zigarette in seinem Mund stieg beißender Qualm hoch.

„Was machen Sie da?", fragte Manzetti interessiert.

„Rohre." Endlich drückte er die Zigarette in dem überlaufenden Aschenbecher aus. „Ich bin Fagottist und damit bis ans Ende meiner Musikerzeit zum Rohrebauen verdammt."

„Und wofür brauchen Sie die Rohre?"

Ohne Manzetti anzusehen, öffnete der Musiker ein kleines schwarzes Etui, das innen wie eine Schmuckschatulle mit dunkelrotem Samt ausgeschlagen war.

„Ah, Mundstücke." Manzetti glaubte, den Inhalt des Kästchens erkannt zu haben.

„Es sind Rohre. Bei den Blechbläsern nennt man es Mundstücke, bei uns Hölzern heißen die Dinger Rohre und rauben mir irgendwann den letzten Nerv." Oliver Kurz steckte sich eine neue Zigarette an und begann sofort zu husten. Nach Manzettis Empfinden kam er damit dem unausweichlichen Erstickungstod langsam näher und er überlegte, wie ein Fagottist mit dieser Lunge Tonlängen von etwa einer Minute halten konnte.

„Es geht", sagte Kurz unvermittelt, und Manzetti konnte ihm zum ersten Mal direkt in die Augen sehen. Sie waren schön und von einem Blau, das künstlich wirken würde, wäre es noch kräftiger.

„Können Sie Gedanken lesen?" Manzetti war sichtlich überrascht.

„Das nicht, aber viele meiner Freunde rätseln, wie ich bei meinem Zigarettenkonsum noch ordentlich spielen kann. Auf Ihrer Stirn stand eben auch diese Frage, oder habe ich mich getäuscht?"

„Haben Sie nicht", gab Manzetti zu. „Aber jetzt erklären Sie mir auch, wie man solch ein Rohr baut?"

„Erst einmal gibt es nicht *das* Rohr." Oliver Kurz lehnte sich in seinem Stuhl zurück. Seine Augen verrieten, dass er aufgeschlossener war als noch vor zwei Minuten, was sicherlich auf Manzettis Interesse an seiner Arbeit zurückzuführen war. „Natürlich könnte man meinen, alle Rohre seien gleich, denn alle sind aus Bambus, Schnur und Messingdraht, aber es gibt durchaus Unterschiede und fast jede Spielsituation braucht ein eigenes Rohr."

Manzetti zog die Augenbrauen zusammen und legte den Kopf schief.

„Ich erkläre es Ihnen. Passen Sie auf", fuhr Kurz mit einem sympathischen Lächeln fort. „Weihnachten zum Beispiel. Da spielen wir oft in Kirchen, und die sind bekanntermaßen sehr kalt. Da brauche ich ein sehr leichtes Rohr, weil das Spielen in der Kälte sowieso schon sehr anstrengt. Ich muss also bei der Herstellung sehr viel abhobeln." Er beugte sich kurz nach vorn und hob ein massives Metallwerkzeug an. „Das ist der Hobel, auf dem ich ein gevierteltes Bambusrohr so lange bearbeite, bis es die richtige Stärke hat."

Manzetti nahm sich ein schon gehobeltes Stück Bambus. Es war sehr dünn, und er konnte ungefähr begreifen, was der Musiker gemeint hatte.

„Dann schneide ich es auf die richtige Länge und nehme an den Seiten einiges weg, bis das Stück die gewünschte Form besitzt."

Manzetti schüttelte ungläubig, aber auch anerkennend den Kopf, und mit jedem weiteren Wort wuchs seine Achtung vor diesen Musikern. Unglaublich, was sie hinter den Kulissen betrieben, um dem Publikum den absoluten Klanggenuss zu bescheren.

„Irgendwann wird das Stück gefaltet und die Biegestelle aufgeschnitten … Vorher muss ich es natürlich mit Schnur umwickeln und mit Draht arretieren."

„Meine Güte", staunte Manzetti. „Wie lange brauchen Sie denn für ein Rohr?"

„Knapp drei Stunden. Aber nicht jeder Versuch glückt auch."

„Und wie lange können Sie das Rohr dann benutzen?"

„Eine Woche lang." Kurz war nun in seinem Element. „Aber ich brauche ja mehrere, wie ich Ihnen erklärt habe."

„Und kaufen? Können Sie die nicht kaufen?"

Jetzt zog Oliver Kurz seinerseits die Augenbrauen zusammen. „Könnte ich, aber das klingt nicht. Sie würden Ihren Eintritt zurückfordern. Bei uns Profis muss alles stimmen, und nicht jeder Musiker kommt mit jedem Rohr klar. Ich zum Beispiel brauche eines mit einem steilen Querschnitt, damit ich nach leisen Passagen sofort und ohne Übergang laute und kräftige Töne spielen kann."

Die Pause, in der sich der Musiker eine neue Zigarette ansteckte, nutzte Manzetti für ausgiebiges Lob und auch für die Überleitung zu einem anderen Thema. „Spielen Sie auch außerhalb des Orchesters?"

„Na klar. Das macht fast jeder von uns. Ich spiele noch in einer Jazzband Saxophon und ansonsten bei Kammerkonzerten."

„Und Carolin? Hat die auch die eine oder andere Mugge gehabt?"

„Carolin war sogar sehr begehrt. Sie hat fast mehr außerhalb als mit dem Orchester gespielt."

„Auch direkt vor ihrem Tod?"

„Ja. Da haben wir bei einer Geburtstagsfeier gespielt. Ein reicher Geschäftsmann wurde zum Fünfzigsten von seiner Frau damit beschenkt. Das war nicht schlecht und hat sich auch noch gelohnt."

„Finanziell, meinen Sie?"

„Ja", bestätigte Kurz und fügte mit einem lustigen Augenzwinkern hinzu: „Und alles wird selbstverständlich versteuert."

„Ja, sicher. Das ist aber nicht meine Abteilung. Mir geht es ausschließlich um den Mord."

„Wer macht so etwas?", fragte Kurz plötzlich und sah Manzetti auffordernd an.

„Das wissen wir noch nicht. Aber wir haben eine heiße Spur", log er. „Hatte Carolin Feinde oder Neider?"

„Nein. Das glaube ich nicht. Sie war sehr beliebt und wirklich ausgesprochen nett. Feinde hatte sie nicht."

„Gab es vielleicht Streit innerhalb der WG?"

„Den gibt es immer mal, aber doch nicht so einen, der zu diesem Ergebnis führt."

„Wieso ist Carolin in die WG gezogen? Wie ich hörte, lebte sie vorher in einem gut betuchten Elternhaus."

„Das schon." Kurz goss sich einen neuen Kaffee ein. „Sie auch?", fragte er Manzetti, der den Kopf schüttelte und seine verbrannte Zunge gegen die Schneidezähne drückte.

„Ich glaube, sie hatte Stress mit ihrem Vater."

„Der hat sie aber über alles geliebt, wie mir scheint", entgegnete Manzetti. „Er hat sogar eine richtige Bildergalerie in seinem Arbeitszimmer. Nur Fotos seiner Tochter."

„Das war ja das Problem. Er hat ihr die Luft zum Atmen genommen, sie begluckt wie eine Henne. Sogar einen Detektiv soll er auf sie gehetzt haben. Da wäre ich auch ausgebrochen."

„Und wie stand Carolin zu ihrem Vater?"

„Sie hat ihn nur noch unmöglich gefunden. Carolin wollte vorerst auch nicht mehr über ihn reden. Sie hat uns sogar angedroht auszuziehen, falls wir sie darauf ansprechen."

„Gedroht? Mit ihrem Auszug?", fragte Manzetti erstaunt.

Oliver Kurz zuckte mit den Schultern und lächelte süffisant. „Sie war sehr hübsch und hatte eine tadellose Figur." Mehr sagte er nicht, aber es reichte aus, um die entsprechenden Fantasien bei Manzetti auszulösen.

„Trotzdem verstehe ich das nicht", kam Manzetti zum Thema zurück. „Ein Vater, der seine Tochter so liebt, der Dutzende Bilder von ihr aufstellt, der muss doch um ihr Wohl besorgt sein. Und dazu gehört doch auch, irgendwann loszulassen."

„Was meinen Sie, wie viele Leute ganze Altäre für ihre Kinder herrichten? Da würde sogar die katholische Kirche blass werden.

Zum Beispiel unser Intendant. Sebastian hat eine Wand seines Büros mit den Bildern seiner drei Kinder förmlich tapeziert." Manzetti konnte sich an den Anblick dieser Fotos erinnern. „Oder Margarethe, die ist noch schlimmer", behauptete Kurz. „Die hat in ihrer Wohnung einen richtigen Tempel für ihre Tochter errichtet. Schauen Sie sich den mal an, dann wissen Sie erst, was Mutterliebe ist."

„Mache ich bei Gelegenheit", versprach Manzetti und leitete dann zu seinem eigentlichen Anliegen über.

„Wo war denn Ihr Mitbewohner Silbermann in der Nacht, als Carolin getötet wurde?"

„Elliott?" Der Musiker musste kurz überlegen. „In seinem Lokal, nehme ich an. Aber genau weiß ich das auch nicht, denn ich war in Berlin und bin erst gegen sieben Uhr mit dem Zug in Brandenburg angekommen. Müssen wir jetzt etwa alle ein Alibi nachweisen?"

„Nein, Sie nicht." Eine bessere Frage hätte der Musiker gar nicht stellen können, um seinem Vorhaben ein entsprechendes Gewicht zu verleihen. „Aber Elliott Silbermann werde ich danach fragen müssen."

„Ist der etwa verdächtig?" Unbändige Neugier stand Kurz ins Gesicht geschrieben.

Jetzt zuckte Manzetti nur scheinbar gelangweilt mit den Schultern. „Zumindest haben mehrere Zeugen … Aber lassen wir das. Ich werde mit Herrn Silbermann selbst reden."

Nach Manzettis Meinung war die Lunte gelegt und brannte auch schon, und so konnte er sich verabschieden, wobei er sich nochmals für die Unterweisung in Sachen Rohr bedankte.

„Wissen Sie, ich hätte mit dem Reinhard auch nicht zusammenleben wollen", kam Oliver Kurz noch einmal auf Carolins Vater zurück, als Manzetti schon in der Tür stand. „Das ist doch ein reaktionäres Schwein."

„Woher wissen Sie das?" Manzetti wandte sich ihm erneut zu.

„Als Carolin noch bei ihren Eltern lebte, hat ihr Vater uns nach einem Kammerkonzert mal zu einem Glas Wein eingeladen. Irgendwie kam die Diskussion auf Frauenhäuser und dabei vertrat er eine Meinung, die ich einem ehemaligen Richter nicht unbedingt zugetraut hätte."

„Und die wäre?"

„Er sagte allen Ernstes, dass viele Frauen doch selbst schuld seien, wenn die Männer gewalttätig würden und sie dann in solche Häuser fliehen müssten. Hätten sie nur eine ordentliche Erziehung erhalten, dann würden sie ihre Rolle in der Ehe kennen. Er ging sogar so weit, zu behaupten, dass diese Frauen nicht Opfer geworden wären, wenn man sie während der Kindheit in einem Erziehungsheim untergebracht hätte."

„Was?", fragte Manzetti sichtlich schockiert.

„Ja, weil sie dort gelernt hätten, sich vernünftig zu benehmen." Manzetti musste kurz überlegen, bevor er eine weitere Frage stellen konnte. „War diese Auseinandersetzung der Anlass für Carolins Auszug aus dem Elternhaus?"

„Nein. Die Einladung lag schon länger zurück. Und ich glaube, wir anderen waren wesentlich entsetzter als Carolin. Besonders Margarethe war stark erregt. Sie hatte große Mühe sich zurückzuhalten und ihm nicht an den Hals zu gehen. Aber mit ihrer Meinung hat sie nicht hinter dem Berg gehalten. Mein lieber Mann."

15

Manzetti saß im Arbeitszimmer und stierte zum Fenster hinaus auf den Stadtkanal. Es war trüb da draußen und es schien sogar ein bisschen zu nieseln. Genau in solchen Situationen wünschte er sich in den letzten Jahren immer häufiger in seine toskanische Heimat zurück. Wie schön wäre es jetzt in San Gimignano, dort die Sonnenstrahlen genießend, fernab der mitteldeutschen Novembertristesse!

Negativ auf seine Stimmung wirkten sich aber auch die vielen Fragen nach seiner großen Tochter aus, die in seinem Kopf kreisten. Sie war jetzt genau eine Woche weg, die längste Zeit, die er seit Laras Geburt ohne sein Kind hatte aushalten müssen. Irgendwie kam er sich vor, als sei er in einen tiefen, schwarzen Brunnen gefallen, dessen kalte Wände all seine Hilfeschreie absorbierten.

„Woran denkst du?", fragte Kerstin, die mit ihrem schwarzen Satin-Kimono bekleidet ins Zimmer trat und sich die nassen Haare trockenrieb.

„An unsere Große." Manzetti sah weiter auf den Stadtkanal hinaus.

Kerstin setzte sich rittlings auf seinen Schoß und küsste seinen Mund, nachdem sie gegen einigen Widerstand sein Gesicht zu sich gedreht hatte.

„Das ist strafbar", jammerte er, als Kerstin ihre Lippen von den seinen wieder gelöst hatte.

„Was ist strafbar?"

„Vergewaltigung. Das ist Vergewaltigung." Sein Flehen erstickte in den nach Shampoo duftenden Haaren, als sie sich nach vorn beugte und langsam begann, an seinem rechten Ohr zu knabbern.

„Das ist nicht strafbar", flüsterte sie mit der Stimme eines Vamps. „Das ist bitter notwendig." Dann öffnete sie den Gürtel ihres Kimonos und ließ ihn über die Schulter nach unten gleiten. Sie hatte sich nicht die Mühe gemacht, einen Slip anzuziehen, schob ihren Mann auf das kleine Sofa und ließ ihm in der weiteren Folge keine Chance zur Gegenwehr.

Erschöpft, aber mit strahlenden Augen räusperte sich Manzetti nach einer halben Stunde und umkreiste Kerstins Brüste mit dem Nagel seines rechten Zeigefingers. „Wann kommt Paola von ihrer Freundin zurück?"

Sie drehte den Kopf zum Bücherregal, in dem eine kleine goldene Uhr stand, ein Geschenk von Manzettis deutschem Großvater. „In einer halben Stunde."

„Dann ist es halb elf. Was macht ihr dann noch?"

Kerstin lag noch immer auf dem Rücken, stützte sich aber nun auf beide Ellenbogen. „Wir werden Lara abholen und zum Umzug gehen."

„Zu welchem Umzug?", fragte er vollkommen ahnungslos.

„Heute ist der 11.11. Jeder normale Mensch weiß, dass um 11:11 Uhr die Karnevalszeit beginnt, und da gibt es einen Umzug mit dem Prinzenpaar."

„Ach ja." Manzetti hatte selbst als Kind keine Freude an diesem Klamauk gehabt. Nicht einmal der venezianischen Variante hatte er etwas abgewinnen können, als seine Eltern ihn fünfjährig dorthin geschleppt hatten.

„Und dann kommt ihr hierher?"

„Paola und ich ja. Sie freut sich schon auf ihren Vater, obwohl ihr die Nacht bei Jessica auch gefallen haben dürfte."

„Und Lara? Kommt die nicht?" Manzetti war so angespannt, dass er unwillkürlich die Fingernägel in die Handinnenfläche drückte, wo sie tiefe rote Furchen hinterlassen würden.

„Noch nicht, Andrea", sagte Kerstin in einem Ton, der keinen Widerspruch zuließ. Dann stand sie auf, und Manzetti hörte ihre nackten Füße über das Parkett schweben, bis die Badtür ins Schloss fiel.

Und er blieb zurück mit seinen Gedanken und mit all seinen Fragen. Ihm schien, dass das Absicht war, dass Kerstin ihn bewusst mit sich allein ließ. Doch alles stille Nachdenken brachte ihn nicht weiter. Er fing immer wieder an derselben Stelle an. Zu der Zeit, als Lara nach seiner Meinung angefangen hatte, sich stark zu verändern. Manzetti interpretierte das neue Verhalten seiner Tochter als Metamorphose eines Kindes, das kurz vor dem

Schlüpfen erschrak, weil es sich dem Ende eines langen Entwicklungsprozesses näherte.

Kerstin hatte dazu nur profan gesagt, dass Lara eine Frau werde.

Und weiter? Ja, und weiter war er mit seinen Überlegungen bisher nie gekommen, was sich auch an diesem Sonntag nicht ändern sollte. Er hatte ja einen Fall, in den er flüchten konnte.

Eine Stunde später saß er an einem Tisch in der Theaterklause, von wo er ohne Verrenkungen den Tresen im Blick hatte. Vor ihm standen ein Milchkaffee und ein wohlduftender Grappa.

Am Rande seines Blickfeldes saßen zwei Typen, von denen der eine unaufhörlich und mit wilder Gestik auf den anderen einredete. Der aber, ein großer Mann mit wehender Lockenpracht, ließ sich von seinem kleinen, ständig an einem weißen Seidenschal ziehenden Begleiter nicht aus der Ruhe bringen. Ehekrach, dachte Manzetti und kniff unweigerlich für einen winzigen Moment die Augen zu.

Mehr Gäste waren nicht in der Klause und die Kellnerin somit zum Polieren von diversen Gläsern verurteilt. Nach dem zweiten Grappa sah Manzetti endlich den Mann hereinkommen, auf den er gewartet hatte. Elliott Silbermann band sich eine Schürze um die Hüfte und postierte sich hinter dem Tresen neben seine Kellnerin.

Das Spektakel konnte also beginnen. Manzetti griff zu seinem Handy, und nur zwei Minuten später trat ein älterer, seriös gekleideter Herr durch die Tür, schaute kurz zu Manzetti und setzte sich dann an einen Tisch, der zwischen Tresen und dem Polizisten stand. Er legte weder den Mantel ab, noch trennte er sich von seinem Hut. Nach fast exakt dreißig Sekunden, noch bevor die Kellnerin zu ihm getreten war, erhob sich der Mann wieder, ging zwei Schritte zurück, nickte in einer überdeutlichen Geste Manzetti zu, und verschwand so leise, wie er gekommen war.

Manzettis Augen krallten sich an Silbermann fest. Der stand regungslos hinter dem Tresen und wich seinem Blick zunächst aus. Egal, ging es Manzetti durch den Kopf. Ich bin noch nicht fertig mit dir, bleib bloß da stehen und beweg dich nicht, dachte er und drückte sich selbst und der Idee von Michael Wendland unter dem Tisch die Daumen.

Und genau in diesem Moment quietschte die Tür auch schon das zweite Mal, als eine dickliche Frau, vielleicht Anfang fünfzig, eintrat und sich genau auf den Stuhl setzte, den der ältere Herr zuvor benutzt hatte. Auch sie legte ihren Mantel nicht ab, ergriff ihre Tasche, als die Kellnerin sich zu bewegen begann, und stand auf, noch bevor ihr ansehnliches Hinterteil den Stuhl überhaupt anwärmen konnte. Beim Verlassen des Lokals blieb sie kurz stehen, nickte Manzetti entschieden dreimal zu und trat dann wieder in den Nieselregen.

Manzettis Augen wechselten sofort wieder hinter den Tresen, wo Silbermann der Kellnerin etwas zuflüsterte, woraufhin die sich in Richtung Küche entfernte. Dann sah Elliott Silbermann Manzetti direkt in die Augen.

Hatten Oliver Kurz und Silbermann über Manzettis Besuch in der WG reden können? Er hoffte es, weil sonst dieses ganze Spektakel hier nichts wert und bestenfalls unter Karnevalsposse zu verbuchen war.

Aber vielleicht war ja schon etwas passiert. Silbermann wich nun Manzettis Blick nicht mehr aus, was heißen konnte, dass seine Psyche zu arbeiten begann. Hatte sein tiefstes Ich, sein Mörder-Ich, Kontakt aufgenommen, Kontakt zu seinem Jäger? Noch schien er allerdings über genügend Selbstbeherrschung zu verfügen. Aber Manzetti hatte noch eine Trumpfkarte, eine Frau, die Sebastian Hendel ihm empfohlen hatte und die gerade durch die Tür trat.

Sie ging nicht einfach hinein, sie stöckelte wie auf einem Laufsteg auf Manzetti zu und blieb erst an seinem Tisch in einer Pose stehen, die sogar die beiden Streitenden vom Nachbartisch für einen Augenblick ihren Zickenkrieg vergessen ließ.

Als die Schöne sich jedweder Aufmerksamkeit sicher war, gab sie Manzetti sogar die Hand, und das in einer Art und Weise, wie es Marlene Dietrich nicht besser hinbekommen hätte, und der Hauptkommissar war versucht, einen Handkuss anzudeuten. Und er entschloss sich augenblicklich, nachher unbedingt den Intendanten anzurufen, um allumfassende Absolution für seine Zweifel an der Leistung deutscher Schauspielschulen zu erbitten.

Die Dame zog inzwischen unter den Blicken aller Anwesenden einen Handschuh aus, stellte ihre Handtasche vor Manzetti auf den Tisch und entnahm ihr ein silbernes Brillenetui, mit einer Grazie, die kaum mehr zu übertreffen war. Mit einer fast hochadlig zu nennenden Geste setzte sie sich die rahmenlose Brille auf die Nase und sah anschließend zum Tresen.

Sofort zeichnete sich auf ihrem Gesicht tiefes Entsetzen ab. Wie zur Unterdrückung eines Aufschreis presste sie eine Hand vor ihren Mund. Gebannt folgte Manzetti dem Auftritt der jungen Berliner Schauspielschülerin, wurde erst durch das Klacken ihrer flüchtenden Absätze aus seiner Konzentration gerissen und drehte sich blitzschnell zu Silbermann um.

„Na bitte", sagte er zu sich selbst. „Hab ich's doch gewusst." Mit einem Lächeln schaute er in die weit aufgerissenen Augen der Kellnerin, die gerade eben von ihrem Chef fast über den Haufen gerannt worden wäre.

16

Sein Team saß am Montag mit schlechter Laune und hängenden Köpfen in Manzettis Büro und leckte die Wunden, die Silbermanns Flucht allen gerissen hatte. Sonja und auch Köppen waren zwar vor und hinter der Theaterklause postiert gewesen, aber der Gastwirt war ihnen trotzdem durch die Lappen gegangen. Er war in die Wollenweberstraße gerannt, und als Sonja die Straße endlich einsehen konnte, war er wie vom Erdboden verschluckt gewesen. Daran änderte auch Manzettis Wutausbruch nichts.

Jetzt trommelte der Hauptkommissar mit den Fingern auf der Tischplatte herum und schwieg. Er fand, dass er im Begriff war, den Fall allenfalls durch schieres Glück aufzuklären, was ihm natürlich nicht sonderlich gefiel. Also musste er sich auf seine deutsche Seite besinnen und endlich Nägel mit Köpfen machen.

Gut eine Stunde später bog ein ziviler Dienstwagen der Brandenburger Polizei in Babelsberg in eine triste Straße ein und hielt vor dem Haus der Familie Reinhard.

Sonja stellte den Motor ab. „Soll ich im Auto warten?"

„Warum? Komm lieber mit rein. Wer weiß, was Reinhard sonst später behauptet. Er hat mich schon einmal belogen und wird uns vielleicht eine neue Geschichte auftischen wollen."

Die Tür wurde von Frau Reinhard geöffnet, die dann die beiden Polizisten bis in den Garten begleitete. „Manfred, du hast Besuch", sagte sie so laut, dass er es unmöglich überhören konnte. Mit einem freundlichen Lächeln und der Bemerkung, dass sie üben müsse, zog sie sich ins Haus zurück.

Manzetti machte zwei Schritte nach vorn, bis er mit seinen Schuhen auf dem noch nassen Rasen stand. „Guten Morgen, Herr Reinhard." Er wartete auf eine Entgegnung des Hausherrn. Der aber drehte sich nicht einmal um. Er stand zwischen mehreren Rosenstauden und drapierte verfilzte Netze um die Pflanzen, auf die er anschließend Rindenmulch kippte.

„Wie geht es Ihnen?", versuchte Manzetti erneut, das Gespräch in Gang zu bringen, obwohl er längst darüber unterrichtet war, dass sich der Herzinfarkt letztlich als bloßer Schwächeanfall entpuppt hatte. Deshalb stand der Richter nun ganz gut bei Kräften in seinem Garten.

„Ich hätte noch einige Fragen, die ich Ihnen gerne stellen würde." Noch immer reagierte Reinhard nicht, er nahm offenbar nicht einmal Notiz von seinen Gästen. Deshalb stakste Manzetti jetzt über den Rasen hin zu dem alten Mann. „Wollen Sie nicht lieber mit mir reden, als mit der Presse?"

Reinhard verteilte weiter Rindenmulch, und Manzetti stand noch immer wie ein billiger Hausierer in dessen Garten.

„Herr Reinhard, bitte. Wir sind ziemlich dicht dran und haben bereits einen Tatverdächtigen. Wir werden also über kurz oder lang alles zum Motiv erfahren."

Manfred Reinhard blieb noch immer stumm. Nur das metallische Klicken der Gartenschere drang zu Manzetti, dem langsam die Nässe des Rasens durch die feinen Lederschuhe drang. Deshalb stiefelte er wieder zurück auf die Terrasse und musste nun recht laut sprechen. Was kümmerte es ihn, wenn die Nachbarn mithörten. Reinhard hatte es durch sein Verhalten provoziert.

„Elliott Silbermann. Sagt Ihnen dieser Name etwas? Ein junger Mann, etwa in dem Alter, in dem auch Ihre Tochter war. Wir haben herausgefunden, dass Silbermann vor gut einem Jahr eine Fahrt nach Dortmund gemacht hat."

Reinhard hörte auf zu schneiden, redete aber immer noch nicht.

„Elliott Silbermann sagt Ihnen also etwas", kommentierte Manzetti, dessen Tonfall zunehmend rauer wurde. „Wie ich erfahren habe, waren Sie zur selben Zeit auch in Dortmund. Ein Zufall?"

„Kann sein." Zwar sprach Reinhard endlich, blieb aber bewegungslos wie eine Betonsäule.

„Kann sein? … Und warum haben Sie nach Ihrer Rückkehr einen Privatdetektiv mit dem Schutz Ihrer Tochter beauftragt?"

Jetzt drehte sich Manfred Reinhard ganz langsam um. Er steckte die Gartenschere ohne jede Hektik in eine Tasche seiner schmutzigen Arbeitsjacke und tat einen Schritt nach vorn. Seine Augen suchten den direkten Kontakt zu denen von Manzetti.

„Schicken Sie sie weg", bat er, ohne seinen Blick zu verändern.

Manzetti drehte sich zu Sonja und bat sie, ins Haus zu gehen.

„Was haben Sie mir zu sagen?", fragte Manzetti, als er mit dem alten Richter allein war.

„Setzen wir uns", bot Reinhard an und deutete auf eine Bank, die hinter Manzetti an der Hauswand stand. „Warten Sie, ich lege eine Decke darauf."

Nach zwei Minuten kam Reinhard wieder durch die Tür, unter dem Arm eine alte Wolldecke und in den Händen eine Flasche Wurzelpeter und zwei Gläser. „Sie auch?"

Manzetti nickte.

„Woher wissen Sie von dem Detektivauftrag?"

„Ich bin Polizist."

„Ja, ja … Es ist richtig, dass ich vor gut einem Jahr in Dortmund war. Genauer in der Oesterholzstraße."

Manzetti zog ein Diktiergerät aus seiner Manteltasche und hielt es sichtbar vor Manfred Reinhard, der sofort bestätigend nickte: „Machen Sie nur!"

Manzetti stellte das Gerät auf den Tisch.

„Also, ich war in Dortmund, in der Oesterholzstraße. Ein gottverlassener alter Ziegelbau, den hohe Mauern umgeben."

„Ein Gefängnis?"

Reinhard zuckte kurz mit den Schultern, bevor er antwortete. „Nein, ein Hort der Umerziehung junger Mädchen, die endlich ein wertvolles Mitglied der Gesellschaft werden sollten."

„Würde man zu solch einem Bau heute nicht Jugendarrest sagen?"

„Nein. Heute nennt man es wie damals Kinderheim."

Beide Männer schwiegen eine ganze Weile. Erst als Reinhard die Gläser erneut gefüllt hatte, stellte Manzetti die nächste Frage. „Wann war damals?"

„Damals war 1957."

Manzetti stockte der Atem. Dann trank er schnell das Glas aus und hielt es anschließend dem Richter hin, der es ohne jedes Zittern wieder füllte. „Deshalb also die Zahl 50 um den Hals Ihrer Tochter?"

Reinhard nickte. „Ja. Ich habe nach dem Treffen alle Hebel in Bewegung gesetzt, um das Schlimmste zu verhindern. Aber ich habe es nicht geschafft." Jetzt rannen zwei dicke Tränen über die Wangen des Juristen. „Ich habe nach dem Krieg Jura studiert und eine Stelle als Richter in Dortmund bekommen. Hauptsächlich Familiensachen, und ich hatte eine gute Zusammenarbeit mit dem dortigen Jugendamt. Die brachten mir junge Mädchen und Buben, die durch ihr Umfeld gefährdet waren, und ich wies sie in ein Heim ein."

„Und weiter?"

„Weiter bin ich nach Düsseldorf gekommen, habe mich dann irgendwann nach Berlin versetzen lassen und meiner alten Heimat den Rücken gekehrt. Bis ich …", er musste tief Luft holen. „Bis ich vor einem Jahr einen Anruf bekam und nach Dortmund bestellt wurde."

„Und da sind Sie so einfach hingefahren?", fragte Manzetti ungläubig.

„Was sollte ich denn machen? Die Frau hat mir am Telefon gedroht."

„Eine Frau?"

„Ja, eine Frau. Ich weiß aber nicht, wer sie ist. Bei unserem Treffen trug sie eine Perücke und eine Sonnenbrille."

„Und?", fragte Manzetti, dessen Ungeduld mit jeder Sekunde wuchs.

„Nichts und … Sie ging mit mir zu diesem Heim. Für gefallene Mädchen, geführt von Vincentinerinnen, einem Orden barmherziger Schwestern vom heiligen Vinzenz von Paul."

„Und was passierte dort?" Manzetti konnte noch immer keinen Bezug zu Carolin Reinhard herstellen. Was hatte die junge Musikerin mit einer Sache zu tun gehabt, die fünfzig Jahre zurücklag?

„Sie hat mich beschimpft und erneut bedroht. Diese Frau steckte offensichtlich voller Hass. Sie hat gesagt, dass sie uns das Gleiche antun werde, was wir ihr damals angetan hätten. Auge um Auge, Zahn um Zahn."

„Warum sind Sie nicht zur Polizei gegangen?"

Reinhard sah auf, zuckte aber bloß mit den Schultern.

„Herr Reinhard, das verstehe ich nicht. Sie werden bedroht und ergeben sich dann Ihrem Schicksal? Was ist das denn für ein

Quatsch? Da steckt doch noch mehr dahinter, oder sollte ich mich an dieser Stelle irren?"

„Es ist nichts weiter. Und wie hätten Sie die Frau denn finden wollen?"

Manzetti glaubte dem alten Mann kein Wort, aber was sollte er tun? Hier kam er nicht weiter, musste also etwas anderes ansprechen. „Sie sagten: Was *wir* ihr angetan haben. Wer ist *wir*?"

„Das habe ich noch nicht herausgefunden", räumte Reinhard ein und putzte sich die Nase.

Manzetti holte seinen Notizblock heraus und blätterte darin. Er konnte sich denken, wer *wir* ist. „Kennen Sie eine Birgit Walter?"

„Nein, wer soll das sein?", fragte der Richter und sah zu Manzetti.

„Auch eine Musikerin, die vor fünfzehn Jahren auf die gleiche Weise getötet wurde, wie Ihre Tochter. Nur eben in Hamburg."

17

Es war Sonjas Idee. Sie hatte in stundenlanger Kleinarbeit alles in ihren Computer getippt, was sie zu diesem Fall bislang hatten, und dann gemeinsam mit ihrem Oliver eine komplizierte Suchstrategie entwickelt, die jegliche Verknüpfung von Personen, Orten oder Zeiten miteinander aufspüren konnte. Bei Birgit Walter und Carolin Reinhard hatte sich nach einem langen Suchlauf ein kleines profanes Fenster geöffnet und die frohe Botschaft verkündet. Treffer, hieß die in Arial und Schriftgröße 16. Treffer!

Der Computer hatte die Gemeinsamkeiten der beiden jungen Frauen erkannt, die über ihre Ermordung an ihrem dreißigsten Geburtstag hinausgingen. Es gab zu ihrer Überraschung auch einen Zusammenhang zwischen Carolins Vater und Birgits Mutter.

„Sie waren beide an der Inhaftierung von Kindern und Jugendlichen beteiligt", verkündete Sonja und rieb sich müde die Augen.

„Sie sind nicht inhaftiert worden. Sie kamen in ein Heim", korrigierte Manzetti, der aber Verständnis für Sonjas Wortwahl hatte. Sie war auf Grund ihres Alters eben noch dichter dran am Schicksal von Jugendlichen.

Schließlich hielten sie eine Liste von achtzehn jungen Mädchen in der Hand, die ihnen die Dortmunder Kollegen sehr schnell zur Verfügung gestellt hatten und die lediglich die Mädchen aufzählte, die durch Manfred Reinhard und Marianne Walter in das Heim in der Oesterholzstraße eingewiesen worden waren.

Achtzehn Namen, achtzehn Schicksale. Aber leider hatte man ihnen keinerlei Hinweise geben können, wo die Frauen heute aufzufinden waren. Ihre heutigen Familiennamen und ihre aktuellen Adressen hatten auch sie auf die Schnelle nicht ermitteln können.

Aber man hatte ihnen die kopierten Seiten eines Tagebuches mitgeschickt. Es handelte sich offenbar um die Niederschriften eines jungen Mädchens, das über ihre sieben langen Jahre im Heim berichtete. Es war hinter einem Mauerstein einer Zimmerwand versteckt, wo man es vor einigen Jahren bei Umbauarbeiten gefunden hatte.

Der Name des jungen Mädchens war nicht bekannt, er ging auch nicht aus den Aufzeichnungen hervor. Aber Köppen, den Manzetti beauftragt hatte, das fast vierhundert Seiten umfassende Tagebuch zu lesen, war in den Einträgen auf den Namen ihrer Freundin gestoßen. Ihrem Schicksal, so wie die unbekannte Schreiberin es dargestellt hatte, ging er dann besonders nach, denn sie war 1957 in das Heim gekommen. Das alles hatte zwei volle Tage gedauert, aber es hatte sich gelohnt. Sie hielten nun viele Seiten Bericht in den Händen. Sonja fasste sie zusammen.

„Unsere Unbekannte hatte also eine Freundin, die Gisela hieß. Die kam 1957 ins Heim und nimmt von da an eine zentrale Rolle in dem Tagebuch ein." Sonja unterdrückte ein Gähnen. „Und das einzige Mädchen, das 1957 in das Kinderheim dieser barmherzigen Schwestern gebracht worden war und den Vornamen Gisela trug, war eine gewisse Gisela Goldberg." Sie nippte an ihrem Kaffee.

„Warum konzentrieren wir uns so auf das Jahr 1957?", fragte Köppen.

„Wir gehen von 1957 aus, weil uns die Zahl fünfzig an Carolins Kette, die fünfunddreißig bei Birgit und auch die Bemerkung von Manfred Reinhard quasi dazu zwingen." Sonja bekräftigte ihre Aussage durch ein heftiges Nicken, das jeden Widerspruch im Keim erstickte, und fuhr dann fort. „Also, Gisela Goldberg kam im Februar 1957 in dieses Heim und blieb bis …" Sie stockte, denn sie musste kurz zwischen ihren Zetteln wühlen.

Manzetti saß währenddessen an seinem Schreibtisch und hielt ein Foto hoch, das eines dieser Heimmädchen in Anstaltskleidung zeigte. Das Mädchen war etwa vierzehn oder fünfzehn Jahre alt, trug ein wadenlanges Kleid mit Puffärmeln, das bis oben zugeknöpft war, und darüber eine Schürze, unter der ihre Brust flachgedrückt wurde.

„Zumindest wissen wir nun, dass die Bekleidung der beiden Toten nichts mit La Bohème zu tun haben soll, sondern offenkundig mit diesem Heim", bemerkte Manzetti. „Der Mörder hat

Carolin Reinhard und Birgit Walter vielleicht in diese Kleider gesteckt, um auf die Anstalt hinzuweisen." Er legte das Foto wieder hin.

„Und ich glaube, sie trugen sie bereits, bevor sie getötet wurden", sagte Köppen und ging zu einer Magnettafel. Dort zeigte er auf ein Bild, das bei Bremer im Institut aufgenommen worden war. Darauf war Carolin Reinhard auf einem Metalltisch liegend zu sehen.

„Schauen Sie sich die Stichwunde an. Der Stichkanal geht durch die Schürze bis ins Herz. Wäre dem Opfer die Kleidung post mortem angezogen worden und hätte der Täter dann erst den Brieföffner eingestochen, hätte es nicht mehr diesen Blutfleck gegeben."

„Das stimmt", lobte Manzetti. „Also hat der Täter seine Opfer wohl nicht überrascht und sofort getötet, sondern für einen gewissen Zeitraum gefangen gehalten." Er betrachtete Sonja, die noch immer zwischen den Zetteln die richtige Information über Gisela Goldberg suchte, und fuhr dann fort: „Warum sprechen wir eigentlich immer von einem Täter? Warum nicht von einer Täterin?"

„Und an wen denkst du dabei?"

„An eine dieser Heiminsassinnen natürlich. Sie könnte mit Elliott Silbermann irgendwie gemeinsame Sache gemacht haben. Jedenfalls in Brandenburg. Für Hamburg war er ja wohl noch zu jung. – Lasst uns mal zusammentragen, was wir über diese Frau herausgefunden haben, deren Namen wir zu kennen glauben."

„Sie wurde 1957 eingeliefert", sagte Sonja, die offensichtlich wieder Ordnung in ihre Notizen gebracht hatte. „Nach einer Verlegung 1959 nach Hamm, kam sie 1960 wieder zurück in das Dortmunder Heim, aus dem sie 1961, bereits volljährig, entlassen wurde. Einige Zeit danach gibt sie bei der Dortmunder Polizei eine Vermisstenanzeige nach einer gewissen Franziska Goldberg auf. Und dann taucht sie in den Annalen der Behörden erst wieder auf, als sie 1965 in die USA auswandert."

„Wann hat sie die Vermisstenanzeige gestellt?"

„1963."

„Und wer soll diese Franziska Goldberg sein?"

Nun kramte Manzetti in dem Stapel Papier, fand auch die Anzeige, aber das brachte sie nicht weiter. „1963 war das Computerzeitalter noch nicht angebrochen. Hier ist alles nur mit Hand oder der Schreibmaschine notiert. Aus den Unterlagen geht nicht hervor, wer diese Franziska war. Das eingetragene Geburtsdatum ist völlig unleserlich. Außerdem hat man die Suche nach einem halben Jahr erfolglos eingestellt."

„Warte mal." Sonja schob Manzetti samt Stuhl zur Seite. Flink wie ein Wiesel tippte sie nun auf der Tastatur, bis sich die Seite von Google öffnete und sie den Namen Franziska Goldberg eingeben konnte. „Nichts", musste sie enttäuscht feststellen, als die Suche abgeschlossen war. „Es hätte ihre Mutter sein können, oder?"

„Die hieß Anna Goldberg. Steht jedenfalls so in den Unterlagen." Köppen war jetzt wieder hellwach. „Wisst ihr, was mich viel mehr interessiert, als diese Vermisstenanzeige?: Wie kam diese Gisela eigentlich ins Heim? Lasst uns doch mal rekapitulieren, was wir bisher haben."

Sonja wollte etwas sagen, aber Manzetti bedeutete ihr mit der ausgestreckten Hand, den jungen Kollegen nicht zu unterbrechen.

„Es war doch Marianne Walter, Mitarbeiterin beim Jugendamt und Mutter der ermordeten Birgit, die sie ins Heim stecken ließ."

Manzetti stand auf und stellte sich ans Fenster, wo er das Zepter übernahm. „Genauer gesagt, veranlasste sie, dass der Fall vors Amtsgericht gebracht wurde. Und Richter Manfred Reinhard wies sie zwangsweise in dieses Kinderheim ein. Gehen wir einmal davon aus, dass diese Gisela Goldberg unsere Täterin ist, dann wird klar, dass ihre Opfer als Erinnerung an ihre Zeit im Heim der barmherzigen Schwestern diese Anstaltskleidung tragen mussten."

„Aber warum die Töchter? Warum nicht Reinhard und die Walter selbst?", wandte Sonja ein. „Und warum soll es ausgerechnet Gisela Goldberg gewesen sein? Nur weil es der einzige Name ist, den wir kennen?"

„Na gut", gab Manzetti zu. „Es kann auch jede andere gewesen sein. Nennen wir sie stellvertretend Gisela Goldberg. Okay?"

Sonja schüttelte den Kopf. „Und wenn es nun doch keine Heiminsassin war?"

„Mein Gott, Sonja! Kannst du kompliziert sein. Hast du vielleicht eine andere Spur? Lass uns doch erst einmal sehen, wohin uns diese führt. Die ist doch sehr vielversprechend." Köppen bekam dafür Zuspruch von Manzetti.

„Wenn es also eines von den ehemaligen Heimkindern war, dann muss diese Frau über viele Jahre einen unbändigen Hass aufgebaut haben. Einen, den sie nicht mehr unter Kontrolle hatte, nicht vor fünfzehn Jahren, als sie Birgit Walter tötete, und nicht vor kurzem, als sie Carolin Reinhard ermordete."

Nun meldete sich Sonja wieder zu Wort. „Aber das werde ich schon noch fragen dürfen: Warum tötet sie die Töchter? Die können doch nichts dafür."

„Versetz dich in die Lage dieser Frau. Sie ist siebzehn, in der Blüte ihres Lebens und wird in ein Heim gesteckt, also ihrer Freiheit beraubt. Das allein kann schon ursächlich für Hass sein. Dann wird sie hinter den Mauern der Anstalt schrecklich behandelt, was den Hass weiter schürt, und schließlich passiert etwas, das all ihre Emotionen zur Explosion bringt."

„Und was sollte das gewesen sein?"

„Gisela Goldberg war schwanger."

„Nimmst du das jetzt nur an oder weißt du es, Andrea?"

„Ich habe einfach kombiniert. Reinhard hat mir bei unserem gestrigen Besuch gebeichtet, welche Rolle er in diesen Verfahren der Zwangseinweisungen gespielt hat. Er hat auch behauptet, dass ihn eine Frau vor gut einem Jahr anrief, ihm drohte und ihn nach Dortmund bestellte."

„Womit kannst du einem Richter denn drohen?"

„Das weiß ich nicht. Vielleicht Rechtsbeugung? Jedenfalls ist er hingefahren und hat sich mit der Frau vor diesem Heim getroffen."

„Und?"

„Mehr hat er mir dazu nicht verraten, aber ich glaube, dass er mir wieder einiges verschwiegen hat. Trotzdem hat er mir ungewollt einen Hinweis gegeben."

155

Als Manzetti auf eine Taste seines Diktiergerätes drückte, erklang die Stimme von Manfred Reinhard: „Sie hat gesagt, dass sie uns das Gleiche antun werde, was wir ihr damals angetan hätten. Auge um Auge, Zahn um Zahn." Manzetti klickte das Gerät aus.

Sonja durchbrach die anschließende Stille. „Und wer ist *uns*?"

Manzetti drehte sich etwas zur Seite und setzte sich auf den Fenstersims. „Marianne Walter und Manfred Reinhard. Sie hat ihre Drohung wahrgemacht. Sie hat die Kinder der beiden getötet.

Ich bin davon überzeugt, dass unsere Gisela Goldberg schwanger war, als sie eingeliefert wurde. Vielleicht hat man sie auch genau deshalb in ein Heim gesteckt? Und dann hat man ihr das Kind weggenommen."

„Das würde diesen Hass erklären."

„Noch nicht ganz, Sonja. Denn unbeteiligte Kinder, nämlich Birgit und Carolin zu töten, dazu braucht es mehr als diesen Hass." Manzetti ging zu seinem Schreibtisch, wo er sich ein Glas Wasser eingoss. „Dazu musst du fast hysterisch sein, dazu muss dein Hass zu einer Triebkraft werden, die nichts und niemand mehr aufhalten kann. Die Walter und Reinhard müssen das Kind der Goldberg getötet haben." Manzetti stand wie angewurzelt, als ob ihn seine eigene Erkenntnis überrumpelt hätte, und hielt dabei das Wasserglas noch immer in der Hand.

„Das klingt ja ungeheuerlich, könnte aber die Erklärung dafür sein, warum er sich nach der Bedrohung durch die Frau in Dortmund nicht an die Polizei gewandt hat", stöhnte Sonja.

„Ja", sagte Manzetti und trank dann in einem Zug das Glas leer. „Sie werden das Kind bestimmt nicht selbst getötet haben, aber Gisela Goldberg gibt ihnen die Schuld an seinem Tod, und ich wette, dass jene Franziska, die von Gisela Goldberg als vermisst gemeldet wurde, ihr Kind war, womit wir wieder bei La Bohème wären, nämlich bei der Romanfigur." Manzetti drehte sich zu Sonja. „Wir hatten uns ja schon so weit vorgetastet, dass es der Täterin nicht um die Mimi von Puccini, sondern um die Franziska von Murger geht. In Wirklichkeit geht es aber wohl um Franziska Goldberg."

„Das scheint alles zusammenzupassen", musste Sonja nun zugeben.

„Und deshalb werden wir diese Spur weiter verfolgen."

„Und welche Rolle spielt Elliott Silbermann dabei?", fragte Köppen.

„Das klären wir, wenn wir Gisela Goldberg haben."

18

Manzetti blickte aus dem Fenster. Draußen flog die triste Landschaft Niedersachsens vorbei. Der ICE peitschte mit über zweihundert Kilometern in der Stunde über graue Äcker, zerschnitt dichten Bodennebel, und Manzetti zuckte jedes Mal zusammen, wenn sie mit dieser hohen Geschwindigkeit unter einer der vielen Brücken hindurchrasten.

Er guckte zum siebten oder achten Mal auf seine Armbanduhr. Bis Dortmund würden sie noch ziemlich lange brauchen, also blieb genügend Zeit, sich mit den anderen Fahrgästen im Abteil vertraut zu machen. Reisende beobachten, das hatte er schon als kleiner Junge zu gerne getan, zusammen mit seinem italienischen Großvater in der Altstadt von San Gimignano. Sie hatten reichlich Stoff geboten, die deutschen Touristen, wenn sie endlich durchgeschwitzt aus den Bussen gespuckt wurden, blass wie eine Fuhre Eisbären und mit einem Geruch, der an kleine Ziegen erinnerte, die zu lange in der Sonne gestanden hatten. Er sah es noch vor sich, wie sein Großvater dem alten Weinhändler zuzwinkerte, der in der Tür erschienen war, um mit einer tiefen Verbeugung ein deutsches Ehepaar zu verabschieden, das glaubte ein gutes Geschäft gemacht zu haben. Sie, noch das Portemonnaie wegsteckend, und er, beladen mit drei Beuteln voller Köstlichkeiten. Chianti zu Barolopreisen und Olivenöl, das so überteuert war, dass es locker an der Börse hätte gehandelt werden können. Der Weinhändler zwinkerte hinter den Rücken der Deutschen freundlich zurück und lotste nach Möglichkeit gleich den nächsten Urlauber in sein Paradies.

Hier im Zug saßen allerdings andere Menschen. Um Generationen reifer, weltgewandter und damit immun gegen den Hinterhalt toskanischen Geschäftssinns. Zum Beispiel zwei Reihen von ihm entfernt ein jugendlich wirkender Banker, eingehüllt in seine Armani-Uniform, der pausenlos auf einem Notebook herumtippte, das wie eine Insel wirkte zwischen all den Papierstößen, die ihn als wichtiges Mitglied der Gemeinde der Deutschen Bank auswiesen. Nur gelegentlich schaute er vom Bildschirm auf und hinüber zu Sonja und rang sich dabei sogar ein leises Lächeln ab, bevor er wieder emotionslos auf seine Tasten blickte, um die richtigen Zahlen in sein Banker-Sudoku einzutragen.

Manzetti fragte sich, ob dieser Jungspund wirklich schon so süchtig nach Arbeit war, oder ob er nur der eigenen Bedeutung nachgab. Egal. Ihm jedenfalls würde es nicht im Traum einfallen, via Handy die eigene Mailbox mit englischen Sprachfetzen zu füttern, die eigentlich für die dann hoffentlich staunenden Mitreisenden gedacht waren.

Und Sonja? Die hätte auch im wachen Zustand kein Auge für den jungen Mann gehabt. Nicht weil er ein wenig asiatisch aussah, möglicherweise kam ja seine Mutter aus Japan, aber er wäre ihr zu dick. Wer schon mit dreißig Speck ansetzt, platzt mit fünfzig aus allen Nähten, lautete eine ihrer Weisheiten, die sie nie aussprach, ohne dabei auf Manzettis Bauch zu starren. Vielleicht hätte sie sich aber auch vom Aufzug des Bankers abgestoßen gefühlt, der nicht zu ihren Camperschuhen passte. Das Asiatische, war sich Manzetti sicher, würde sie wohl eher nicht stören. „Ich bin kein Rassist", hatte sie mal behauptet, als einer ihrer One-Night-Stands nach getaner Arbeit auf der Polizeiwache erschienen war, um Anzeige gegen sie zu erstatten. „Ganz im Gegensatz zu meiner Katze", hatte sie in ihrer von Claasen geforderten Stellungnahme formuliert. Vielleicht habe sie deshalb das Gesicht des dunkelhäutigen Kubaners zerkratzt. – Jetzt saß Sonja tief in das Polster versunken und schlief friedlich. Welch ein Glück für den Banker.

Und Manzetti? Er war allein mit seinen Gedanken.

Wohin würde ihn diese Reise führen? Hatte sie etwas von der Fahrt in den Hades, an dessen Eingang Zerberus stand, der niemanden wieder hinausließ? Würde er in eine Vergangenheit voller Elend und Grausamkeit, in eine Welt der Düsternis und Verzweiflung eintauchen, die er nie wieder vergessen könnte?

Je länger er über die letzten Tage nachdachte, umso überzeugter war er, dass Gisela Goldberg die Mörderin von Carolin Reinhard und Birgit Walter war und dass ihr Motiv ihn in die Abgründe der deutschen Nachkriegsgeschichte führen würde.

*

Manzetti hielt noch immer seinen Dienstausweis in der Hand, als Sonja neben ihm ziemlich verschlafen den Bahnsteig betrat.

„Willkommen." Die junge Mitarbeiterin des Polizeipräsidiums Dortmund reichte ihm die Hand und strahlte .

„Guten Tag", grüßte er zurück und verstaute den Ausweis, auf den die junge Kollegin nicht einen Blick geworfen hatte.

„Ich heiße Julia Küpper und bin so etwas wie Ihre Begleitung für die Zeit in Dortmund."

Manzetti sah in das recht hübsche Gesicht, aus dem zwei hell leuchtende Augen blitzten. Julia Küpper schien ein Neuling direkt von der Polizeischule zu sein, sie hatte noch eine sehr natürliche Ausstrahlung. Alte Hasen strahlen nicht so.

„Wenn es dir nichts ausmacht, sollten wir das polizeiübliche Du benutzen… Ich heiße Andrea und das ist Sonja. Unter Kollegen finde ich das deutsche Sie zu steif."

„Gerne!" Julia Küpper besiegelte das Angebot Manzettis sofort mit einem neuen Handschlag, der etwas kräftiger ausfiel. Kollegialer eben.

Anschließend fuhr sie mit ihren Gästen zum Polizeipräsidium Dortmund. Dort musste Manzetti wieder unzählige Hände schütteln, Neugier befriedigen, Grüße einsammeln und sogar im Zimmer eines Abteilungsleiters erzählen, wie es mittlerweile dem guten alten Ole Claasen ging. Manzetti erzählte brav von den Hobbys seines Chefs, nutzte dabei reichlich seine südländische Fantasie und scheute sich auch nicht, diverse Liebschaften mit Ladendiebinnen zu erfinden, die den Weg Claasens pflasterten. Das alles schien den Dortmunder Direktor allerdings nicht wirklich zu interessieren. Der hatte die Frage nach Claasen wohl nur als Einstieg für die Darstellung der selbst erlebten Heldentaten genutzt und schilderte seinem Brandenburger Besucher eine halbe Stunde lang filmreife Begebenheiten.

Kurz vor fünfzehn Uhr saß Manzetti dann endlich im Fond eines Dienst-BMWs der Dortmunder Polizei, vor sich die beiden Kolleginnen in trauter, aber verschwiegener Zweisamkeit.

Warum redeten Frauen selten miteinander, wenn sie sich fremd, in der gleichen Hierarchieebene und im selben Alter waren? Manzetti wusste es nicht, auch wenn er sich schon dutzende Male vorgenommen hatte, genau das herauszufinden. Vielleicht war es ja nur die Ruhe vor dem Sturm unendlicher Gespräche, der losbrechen würde, wenn erst einmal das Eis geschmolzen und die anfängliche Stutenbissigkeit vergessen war.

„Wo wohnt Frau Walter denn in Dortmund?" Manzetti wurde das Schweigen langsam zu eisig.

„Sie wohnt in Witten", antwortete Julia Küpper, wobei zwei niedliche Grübchen neben ihrem Mund entstanden, die aber sofort wieder verschwanden, als sie Sonjas Blick wahrnahm. *Besserwisserin.*

Julia ließ sich aber nicht gänzlich einschüchtern. „Nach ihrer Pensionierung ist sie von Dortmund nach Witten gezogen. Wir brauchen ungefähr eine halbe Stunde." Dann strahlte sie Manzetti wieder durch den Rückspiegel an. Mit Grübchen.

„Danke." Er nickte ihr freundlich zu.

Am Brandacker in Witten, einer steilen Straße mit kleinen Mehrfamilienhäusern, parkten sie den BMW in einer Lücke zwischen einem rostigen VW-Passat, Baujahr um 1990, und einem noch älteren Renault 4. Dann klingelte Manzetti bei Walter, Parterre rechts.

Als Frau Walter die Tür öffnete, trat ein kleiner, wieselflinker Körper vor Manzetti und streckte der alten Frau die Hand entgegen. „Guten Tag. Ich heiße Julia Küpper und arbeite im Polizeipräsidium Dortmund."

Frau Walter wirkte überrascht, ja fast überfallen. Ihre Augen wechselten eine Etage höher und blieben an Manzetti haften, als suchten sie dort Hilfe. „Sind Sie der Polizist aus Brandenburg?"

Manzetti nickte wortlos.

„Kommen Sie." Frau Walter drehte sich behäbig um, was so viel hieß wie „Folgt mir!"

Als Manzetti einen Schritt nach vorn machen wollte, sah er im Augenwinkel gerade noch, wie Sonjas Hand sich in der Kapuze von Julia Küppers Anorak verkrallte und den kleinen Körper unsanft nach hinten riss.

„Ihre Kolleginnen kommen wohl nicht mit rein?", fragte Frau Walter erstaunt, als sie Manzetti im Wohnzimmer einen Platz anbot.

„Sieht nicht so aus. Sie scheinen die Zeit nutzen zu wollen, um interne Dinge zu besprechen."

„Sie kommen wegen meiner Tochter?" Die alte Frau Walter kam ohne Umschweife und mit einem ziemlich gleichgültigen Gesichtsausdruck zum Kern.

„Ja. Oder besser auch."

„Hat denn die Polizei in Hamburg die Ermittlungen nicht eingestellt?"

„Bei Mord", Manzetti setzte sich in den angebotenen Sessel, „stellen wir die Ermittlungen nie ein. Wir lassen sie allerdings mitunter ruhen, bis neue Erkenntnisse auftauchen."

„Und die glauben Sie nun zu haben?" Frau Walter erinnerte Manzetti mit ihren kalten Augen und dem erzwungenen Lächeln sofort an seine alte Deutschlehrerin, die ihm mit einem ähnlichen Gesichtsausdruck während der Abiturprüfung erklärt hatte, sie sei von den Leistungen des Prüflings alles andere als beeindruckt.

„Ja, ich bin sogar überzeugt davon, dass wir neue Erkenntnisse haben. Und deshalb bin ich hier." In dieser Aussage schwang etwas Trotz mit.

„Wenn Sie meinen." Frau Walter setzte sich ebenfalls. „Ich habe aber schon alles gesagt, was ich weiß. Außerdem hatten wir keinen Kontakt mehr zu Birgit."

„Wir?", fragte Manzetti mit nun nachsichtiger Stimme.

„Mein Mann und ich."

„Könnte ich mit Ihrem Mann auch noch sprechen?" Manzetti hoffte, dann auf einen gesprächigeren Zeitgenossen zu treffen.

„Der ist auf dem Friedhof."

„Vielleicht, wenn er wiederkommt?"

„Der ist schon vier Jahre auf dem Friedhof", antwortete sie und verschluckte dann fast ihre Lippen.

„Entschuldigung. Das habe ich nicht gewusst …"

„Was wollen Sie von mir?" Die Frau beugte sich in ihrem Sessel provokant nach vorn. „Können Sie mich nicht einfach in Ruhe lassen? Ist das wirklich zu viel verlangt?"

„Im Moment ist es das. Aber keine Angst, ich will eigentlich gar nichts über Ihre Tochter wissen." Manzetti formulierte in einem Ton, der dem von Frau Walter verdächtig nahekam. „Ich habe einen Mord aufzuklären, in dem Sie und ein Richter mit dem Namen Manfred Reinhard eine nicht unbedeutende Rolle zu spielen scheinen." Manzetti beobachtete sie ganz genau, konnte aber keine Gefühlsregung feststellen. „Und glauben Sie mir, ich kann verdammt hartnäckig sein, wenn ich das Gefühl habe, dass mich jemand dabei behindert."

„Wollen Sie mir drohen?"

„Nein. Aber ich möchte eine Mörderin stellen, bevor sie ein weiteres unschuldiges Opfer umbringt. Und falls uns das nicht gelingt, könnten Sie dann mit der Last leben, daran eine gewisse Mitschuld zu tragen?"

„Schon gut", räumte Frau Walter kleinlaut ein. „Ich rede mit Ihnen, auch wenn mich Ihr Appell an mein Gewissen nicht im Geringsten beeindruckt. Aber wie Richter Reinhard es mir ankündigte, hat man bei Ihnen wirklich den Eindruck, dass Sie nicht nur Ihrer beruflichen Pflicht nachgehen, sondern den Fall aufklären wollen, um weitere Morde zu verhindern. Darin kann ich Sie unterstützen. Und allein deshalb rede ich mit Ihnen."

Manzetti war beeindruckt. Und sprachlos zugleich, denn das hätte er nun wahrlich nicht erwartet. Hatte diese Frau doch so etwas wie Verantwortungsbewusstsein?

„So etwas hat übrigens der Richter auch bekommen. Einen Tag nach dem Tod seiner Tochter. Wie bei mir." Sie stand auf, ging quer durch das Zimmer und blieb vor einem Schrank stehen. Mit einem quietschenden Geräusch öffnete sie eine kleine Tür und holte eine weiße Gesichtsmaske heraus.

„Was ist das?" Manzetti griff behutsam nach der Maske, die Frau Walter ihm hinhielt.

„Das ist der Gesichtsabdruck von Birgit. Wie schon gesagt, hat der Mörder auch von Carolin Reinhard eine Maske angefertigt und einer perfiden Idee folgend an Richter Reinhard geschickt. Quasi in Erinnerung an einen lieben Menschen."

„Warum haben Sie die Maske nicht sofort der Polizei gegeben?"

„Das ist meine Tochter, Herr Manzetti. Hätten Sie mir dieses Beweismittel, wie es bei Ihnen so schön heißt, unbeschädigt zurückgegeben?" Frau Walter ließ Manzetti mit dieser Frage allein und verschwand kurz in die Küche. Sie kehrte mit einem Tablett zurück, auf dem zwei Tassen, eine Kaffeekanne und eine Schale mit einer bunten Keksmischung standen.

Manzetti angelte sich eine Schokowaffel. „Wir haben ein Tagebuch bekommen, in dem eine unbekannte Heiminsassin über ihre Erlebnisse in einem Dortmunder Kinderheim berichtet. Sie schreibt darin auch über ihre Freundin Gisela, und wir glauben, dass es sich dabei um Gisela Goldberg handeln könnte. Sagt Ihnen der Name etwas?"

„Goldberg", wiederholte Frau Walter fast unhörbar und ging wieder zu dem kleinen Schrank, wo sie die Maske verstaute und ein dickes schwarzes Notizbuch herausfischte. „Gisela Goldberg … warten Sie, ich glaube, ich weiß wer das ist." Sie nahm wieder gegenüber Manzetti auf dem Sessel Platz.

„Ja, ich erinnere mich." Ihr rundlicher Finger blieb zwischen zwei vorderen Seiten des Notizbuches hängen. „Genau. Im Februar 1957 hatten wir endlich genug von dieser Göre Gisela Goldberg. Der war nichts und niemand heilig. Sie war damals siebzehn und der Meinung, selbst entscheiden zu dürfen, wann und wie oft sie zur Schule ging und wann sie von den nächtlichen Ausflügen zu ihrer hoffnungslos überforderten Mutter zurückkehrte. Und das ruft auch heute noch das Jugendamt auf den Plan." Sie richtete einen selbstsicheren Blick auf Manzetti.

„Wenn ich Sie kurz unterbrechen darf?" Manzetti nahm sich seine Tasse mit duftendem Kaffee. „Nur weil ein Kind nicht regelmäßig zur Schule geht, wird es doch aber nicht sofort von den Eltern weggerissen und in ein Heim gestopft."

„Sie gehen von völlig falschen Voraussetzungen aus", konterte Frau Walter. „Es handelte sich bei diesen Kindern nicht um normale Kinder. Sie waren verhaltensgestört, sie neigten zu Verbrechen und sie mussten auf den Pfad der Tugend zurückgeführt werden. Nehmen Sie die Goldberg. Ich selbst habe sie bei den Eltern abgeholt und in das Heim der barmherzigen Vincentinerinnen gebracht. Ein Mädchen, das bockig war wie ein Esel und mit knapp siebzehn Jahren schon schwanger."

„Das habe ich vermutet."

„Was haben Sie vermutet?"

„Dass sie schwanger war ... Welchen Namen hat sie ihrem Kind denn gegeben? Wissen Sie das zufällig?"

„Sie hat dem Kind überhaupt keinen Namen gegeben. Das wäre ja noch schöner gewesen. Dazu hatte sie nun wirklich kein Recht. Die ehrwürdigen Schwestern tauften das Mädchen Franziska und gaben es in ein anderes Heim, wo es ordentlich aufwachsen konnte."

„Und dann?", stocherte Manzetti weiter, der plötzlich glaubte, dass ihm die Zeit wie in einer Sanduhr durch die Finger rinnen würde. „Das Jugendamt blieb der Vormund, und wir gaben die Kleine in die Hände einer sauberen Pflegefamilie, wo sie auch blieb."

„Wie heißen die Leute, und wo finde ich sie?" Manzetti sprach so schnell, dass er sich fast verschluckte.

„Das darf ich Ihnen nicht sagen. Außerdem ist das Ganze fünfzig Jahre her", erinnerte ihn Frau Walter und trank dann genüsslich ihren Kaffee.

Manzetti stand auf. Er sah bedrohlich aus. „Ich muss es wissen. Diese Pflegeeltern können die nächsten Opfer sein."

Marianne Walter schüttelte seelenruhig den Kopf. „Das können sie nicht. Beide sind nämlich schon lange tot, und diese Franziska hat sich 1987 das Leben genommen. Aber was sollte man auch erwarten bei einem Abkömmling dieser Goldberg."

Darauf wollte Manzetti lieber nicht antworten, stattdessen rechnete er blitzschnell nach. Franziska Goldberg war 1957 geboren worden, war also dreißig, als sie Suizid begangen hatte. Carolin Reinhard und auch Birgit Walter waren an ihrem dreißigsten Geburtstag getötet worden.

„Wissen Sie, wann genau Franziska sich das Leben nahm?"

„Ich sagte es doch schon. 1987." Frau Walter ließ sich offenbar von Manzettis Nervosität nicht anstecken.

„Und wann genau?"

„Ich bin nicht ganz sicher, glaube aber, dass es sogar an ihrem Geburtstag passierte."

„Eben. Und deshalb muss ich den Namen der Pflegefamilie haben. Wenn da noch jemand lebt, der erst dreißig wird, dann könnte der das nächste Opfer sein."

„Nein", behauptete Frau Walter mit Vehemenz. „Da ist nur noch der Sohn von Franziska und der ist demnach der Enkel dieser Goldberg. Sie wird ihn wohl kaum umbringen."

„Und wie heißt der?" Manzetti, der in dieser Situation sogar bereit war, auf Knien zu rutschen, bettelte wie ein kleines Kind.

„Das weiß ich nun wirklich nicht."

„Sagen Sie mir den Namen der Pflegefamilie! Bitte!"

„Na gut." Endlich gab Frau Walter nach und strich eine andere Seite ihres Notizbuches glatt. „Die Familie ist später nach Norddeutschland gezogen, in ein ganz kleines Dorf in der Nähe von Kiel. Ich glaube, es hieß Sprenge oder so."

„Den Namen, Frau Walter. Ich brauche den Namen."

19

Draußen fuhr ein Lastwagen vorbei und machte polternd auf sich aufmerksam. Manzetti stand am Fenster und schaute in den düsteren Morgen. Dieser Herbst schien sehr festzusitzen, nur die Sonne blieb dabei gut unter Verschluss.

Er wählte die Nummer, die ihm Julia Küpper gestern gegeben hatte und die so etwas wie die Klingel nach dem Personal war. Jedenfalls hatte Julia all ihre Dienste versprochen. Aber nun ging sie doch nicht ran.

Es war Donnerstag, acht Uhr und Manzetti stand unter Druck. Er musste weiterkommen, Steinchen für Steinchen nebeneinander legen, um Gisela Goldberg zu stoppen, bevor die wieder zuschlagen würde. Er jagte Gisela Goldberg, davon war er zutiefst überzeugt.

Fast die ganze Nacht hatte er mit einigen Kollegen im Dortmunder Polizeipräsidium gesessen und in all das Einsicht genommen, was irgendwie mit ihr im Zusammenhang stand. Gegen zwei Uhr, endlich, waren sie damit fertig, hatten auch mit einem halben Dutzend amerikanischer Dienststellen gesprochen, aber klüger waren sie dadurch nicht geworden. Ein einziges Blatt Papier hatte Manzetti in den Händen gehalten, die magere Ausbeute an neuem Wissen, und das Blatt enthielt auch noch einen Hinweis, der den Faden der Erkenntnis abreißen ließ. Gisela Goldberg wollte in die USA auswandern, ist dort aber nie angekommen, und in Deutschland fehlte von ihr seither jede Spur.

Und das hatte Manzetti in der letzten Nacht nicht einschlafen lassen. Auch jetzt hielt ihn die Frage nach dem Verbleib von Gisela Goldberg von weiteren Gedanken ab.

Im Fahrstuhl in die erste Etage, wo der Frühstücksraum lag, versuchte er Sebastian Hendel anzurufen, musste aber schnell einsehen, dass Fahrstühle ähnlich gut abgeschirmt waren, wie das Kanzleramt. Als er endlich den Frühstücksraum betrat, probierte er es erneut, aber auch Hendel schien es mit Telefonen zu halten, wie die junge Julia Küpper.

Er goss sich Kaffee ein, legte erst vier Scheiben Mozzarella und eine gute Handvoll Tomatenstückchen auf seinen Teller, nach kurzer Überlegung aber noch einmal drei Scheiben des kalorienreichen Käses. Es war nicht zu erwarten, dass Kerstin mit mahnendem Finger durch die Tür treten würde.

Dann hielt er Ausschau nach einem freien Tisch. Als er endlich saß und sein Frühstück vor sich hatte, wählte er wieder die Nummer von Julia Küpper. Beim vierten Klingeln traten Sonja und die Dortmunder Kollegin freudestrahlend durch die große Flügeltür.

„Guten Morgen, Andrea." Sonja setzte sich quietschvergnügt an den Tisch.

„Was ist denn mit euch los?" Manzetti, der gestern noch stillschweigend die kleinen Feindseligkeiten zwischen den beiden beobachtet hatte, war bass erstaunt. „Friedenspfeife geraucht?"

„Ich rauche nicht", sagte Julia Küpper und setzte sich ebenfalls, während Sonja schon wieder aufstand und zum Buffet ging.

„Na ja, ist ja auch egal. Was ist eigentlich mit deinem Handy?" Manzetti deutete mit dem Kinn auf den schwarzen Apparat, der nun zwischen ihnen lag.

„Das ist Sonjas Telefon." Julia nestelte sich durch alle Taschen ihrer Jacke. „Meins liegt wohl noch oben in ihrem Zimmer."

„Bei Sonja?" Manzetti staunte nicht schlecht. Ihm fiel fast der unzerkaute Bissen wieder auf den Teller.

„Muss ich auf ihrem Nachttisch vergessen haben."

Er hörte sich dann doch schlucken und war verblüfft, dass der große Happen ohne Qual den Weg in die Speiseröhre fand. Das waren genau die Momente, in denen der Bolustod zuschlägt, wenn nämlich Oma der Bissen im Hals stecken bleibt, weil Opa mit einer Zwanzigjährigen durchgebrannt ist.

„Vergessen … aha … auf dem Nachttisch … Verstehe." Manzetti tupfte mit der Serviette über seinen Mund. „Das lasst mal nicht den guten alten Onkel Ratzinger hören."

„Wen?", fragte Julia.

„Den Papst." Sonja, mit zwei Tellern in den Händen, zog entschuldigend die Schultern hoch, was man im Vatikan aber wohl nicht sehen konnte.

Für weitere Diskussionen zu diesem Thema blieb allerdings keine Zeit mehr, denn in diesem Moment erklangen die wohl bekanntesten Töne der Musikgeschichte. Dadada daa. Mit einem Druck auf die grüne Taste beendete Manzetti Beethovens Fünfte und meldete sich.

„Ah, Hendel. Gut, dass Sie zurückrufen. Ich bin in Dortmund und grübele seit gestern über eine Sache nach, die Sie bitte für sich behalten." Manzetti guckte zu den beiden Frauen, die ihm genau gegenübersaßen und mucksmäuschenstill lauschten.

„Silbermann, wann kam der nach Brandenburg und wann hat er die Theaterklause gepachtet?"

„Vor fünf Jahren hat er die Klause übernommen, aber wann er nach Brandenburg gekommen ist, weiß ich nicht", hörte Manzetti ihn sagen. Er bedankte sich und legte auf.

„Das wird euer Job." Er sagte zwar euer, schaute aber nur Sonja dabei an. „Ich möchte alles über Silbermann wissen. Wann geboren, wo gelebt, Schule, Freunde, Pornosammlungen. Alles." Manzetti schaute auf die Uhr. „Wir treffen uns um zwölf im Präsidium. Bis dahin habt ihr Zeit."

Dann stand er auf und verließ das Hotel, ohne fertig gefrühstückt zu haben. Es war seine Unruhe, die ihn trieb.

In der Oesterholzstraße stieg er aus dem Taxi und ging die letzten hundert Meter zu Fuß. Er fand das Gebäude genauso vor, wie es Manfred Reinhard beschrieben hatte. Ein düsterer Ziegelbau, umgeben von hohen Mauern, die von einer Kindergang nicht einmal mittels Räuberleiter zu überwinden waren. Und sie wirkten kalt, eiskalt. Diese Mauern hatten zwei Funktionen, war sich Manzetti sicher. Und deshalb wurden sie genau in dieser Höhe gebaut. Sie mussten die gepeinigten Mädchen drinnen und jeden Anflug von Liebe und Wärme draußen lassen.

Er drückte auf die Klingel und wartete. Dann hörte er den Summer und betrat den Campus. Die junge Nonne, eine ausgesprochen hübsche Frau, führte ihn zur Oberin, deren Alter er auf etwa fünfzig schätzte und die ihn mit einem weichen Händedruck empfing.

Manzetti grüßte freundlich und lauschte dann dem Rascheln des Gewandes, als die junge Nonne durch die Tür entschwand.

„Ich bin Andrea Manzetti und habe Sie von Brandenburg aus um diesen Termin gebeten." Dann fiel sein Blick auf ein Kruzifix, das an der Wand hing und den geschundenen Leib Jesu trug. Daneben sah er eine Stickereiarbeit, mit einer länglichen Rosengirlande, über der die Worte standen: „Ave Maria zart, du edler Rosengart".

„Herzlich willkommen", grüßte nun auch die Oberin mit einem lieblichen Lächeln und ließ Manzettis Hand lange nicht wieder los. Auch wenn sie noch längst nicht so alt war, erinnerte die Frau ihn sehr an seine Mutter. Er hätte sich von ihr wahrscheinlich sogar die Nase putzen lassen.

„Würde es Ihnen etwas ausmachen, sich auszuweisen?", bat die Oberin, ohne ihr Lächeln zurückzuschrauben. Sie verstärkte es sogar noch ein wenig. „Seit die grausame Geschichte dieses Heimes an die Öffentlichkeit geraten ist, tauchen hier pausenlos Reporter auf, die sich mit den abenteuerlichsten Geschichten Zugang verschaffen wollen."

„Selbstverständlich." Er zückte seinen Dienstausweis, und während er ihn zurücksteckte, sah er erneut zum Kruzifix. „Haben die Mädchen genauso gelitten wie er?"

Jetzt richtete auch die Oberin ihren Blick über die Tür. „Ich fürchte, ja, auch wenn ich eine andere Hoffnung in mir trage."

„Waren Sie auch schon hier, als …"

„Sie meinen, ob ich damals zum Orden der Vincentinerinnen gehörte?"

Manzetti nickte.

„Nein. Der Orden zog sich 1995 aus Dortmund zurück, und erst seit diesem Datum führen wir das Kinderheim."

„Auch mit katholischen Werten?"

„Ja, natürlich. Aber mit solchen, die ausschließlich dem Kindeswohl dienen."

Das glaubte Manzetti der Oberin aufs Wort, denn die lärmenden Kehlen der Kinder, die mit leuchtenden Augen gegen eine gemischte Mannschaft aus Nonnen und Erziehern im Innenhof Fußball gespielt hatten, als er von der jungen Schwester hierher geführt worden war, waren eindeutiger Beweis dafür.

„Ich bin auch nicht stolz auf das, was hier passiert ist und ich bin gewillt, Ihnen zu helfen." Die Oberin faltete die Hände vor sich. „Wie Sie mir schon am Telefon erzählt haben, geht es Ihnen um ein ehemaliges Heimkind."

„Ja. Sie ist heute eine erwachsene Frau im Alter von siebenundsechzig. Goldberg. Sie heißt Gisela Goldberg."

„Ich will Ihnen wirklich helfen, Herr Manzetti. Aber ich glaube, dass Sie zu hohe Erwartungen an mich haben. Über die Zeit, die Sie interessiert, gibt es hier so gut wie gar nichts mehr. Nicht einmal mehr Fotografien der Altsubstanz. Mir scheint, dass man systematisch alles vernichtet hat, was in irgendeiner Form hätte Anklage sein können."

„Nun, das war ja zu erwarten. Jeder, und warum sollte es bei einer kirchlichen Einrichtung anders sein, der ein Problem mit einem Abschnitt seiner Geschichte hat, greift gelegentlich zum Reißwolf. Dafür wurden die Dinger doch erfunden, oder?"

„Kann sein. Hier hat das Jugendamt einen großen Teil der Unterlagen mitgenommen, und was die nicht haben wollten, nahmen sich die Schwestern des Ordens, als sie Dortmund verließen. Es ist nichts mehr da, Herr Manzetti. Aber wir können Sie durch die Räumlichkeiten führen und versuchen, Ihnen dabei einen Eindruck zu vermitteln, wie es damals hier aussah und zugegangen sein mochte."

Sie wartete nicht auf seine Zustimmung, sondern griff zum Telefon und bestellte einen Herrn Neumann zu sich. Der brauchte nur drei Minuten und stellte sich ihm als Heimleiter vor. Nachdem Manzetti sich von der Oberin verabschiedet hatte und dem Heimleiter bereits in den Flur hinaus gefolgt war, glaubte er noch immer, ein warmes Lächeln im Nacken zu spüren.

„Wir haben vieles umgebaut." Der Heimleiter zeigte auf die Gebäude, von denen sie umgeben waren, als sie draußen auf dem Hof an der kleinen Kapelle vorbeigingen. „Die Flure und Zimmer sind hell und bunt gestrichen, alle Türen sind offen und alle Fenster haben jetzt Griffe."

„Hatten sie denn früher keine?" Manzettis Verwunderung war unüberhörbar.

„Schauen Sie da hoch", bat der Heimleiter und deutete mit dem ausgestreckten Arm nach oben. „Die Fenster dort hatten keine Griffe. So wollte man verhindern, dass die verzweifelten Mädchen aus größerer Höhe heruntersprangen, um sich das Leben zu nehmen."

Der Heimleiter führte Manzetti in ein Gebäude, wo sie genau durch die Flure gingen, die zuvor von ihm beschrieben worden waren. Die angrenzenden Zimmer sahen so aus, wie man sich Kinderzimmer vorstellt. Sie unterschieden sich kaum von dem der kleinen Paola Manzetti. „So sah das früher leider nicht aus. Alles war dunkel und kalt. Schon das Äußere spiegelte die Härte wider, mit der hier regiert wurde und die einem den Mund offen stehen ließ. Man verhängte drakonische Strafen für kleinste Vergehen, über die man auch noch Buch führte."

„Wofür zum Beispiel?"

Der Heimleiter sah erst betreten zu Boden, dann mit festem Blick in Manzettis Augen. Aus diesem Blick sprach Verachtung, blanke Verachtung für Menschen, die hier Gott sei Dank nicht mehr Dienst taten. „Weil sie unerlaubt miteinander gesprochen haben."

Nach einem kurzen Schweigen schilderte er weiter das, was er inzwischen in Erfahrung gebracht hatte. Das meiste wusste er von Ehemaligen, wie er die Mädchen nannte, die seit dem Ende des Zweiten Weltkrieges hier gefangen gehalten worden waren und die als Erwachsene oft mit ihren Therapeuten die Stätte ihrer Pein wieder aufsuchten.

„Es gab hier ein perfides Repressionssystem. Für alles gab es Prügel. Schläge, um die Mädchen zum Gebet zu zwingen. Schläge, um sie zur Arbeit zu zwingen oder zum Schweigen. Und geprügelt wurde offenbar mit allem, was man greifen konnte, sogar mit Teppichklopfern oder Besenstielen." Neumann schüttelte den Kopf.

„Wo finde ich diesen Orden denn jetzt?"

„Ich glaube in Paderborn. Aber genau weiß ich das nicht."

„Sie sprachen vorhin von Ehemaligen. Haben Sie auch Namen? Ich müsste unbedingt mit diesen Frauen reden."

„Ich kenne längst nicht alle, aber zu einer Frau halte ich regelmäßig Kontakt. Sie organisiert Treffen der Ehemaligen und engagiert sich auch sonst für deren Belange."

„Wie erreiche ich sie denn?"

Der Heimleiter angelte aus seiner Brieftasche eine abgewetzte Visitenkarte. „Sie wohnt ganz in Ihrer Nähe. In Rathenow glaube ich."

Als Manzetti wieder draußen auf der Straße stand, zwang er sich, sich nicht noch einmal umzudrehen. Er wollte seine Gefühle nicht überlagert wissen von diesem heutigen, von diesem liebevollen Kinderheim. Er wollte, um Gisela Goldberg verstehen zu können, die Oesterholzstraße mitnehmen, wie sie vor fünfzig Jahren ausgesehen und funktioniert hatte.

20

„Wird sie wieder zu dir ziehen?" Manzetti klammerte seinen Blick fest an Sonjas Lippen.

„Wer?", fragte sie zurück, sich noch immer ihrer Macht bewusst und der sich daraus entwickelnden Chance, wenigstens einmal den Chef ein bisschen zappeln zu lassen. Diesen Moment galt es, so lange wie möglich auszukosten.

„Na, Lara. Wird sie wieder einziehen bei dir oder bleibt sie zu Hause?"

„Das weiß ich doch nicht", behauptete Sonja, um einen möglichst gleichgültigen Ton bemüht.

„Lüg mich bitte nicht an." Er konnte einfach nicht glauben, dass Kerstin derartig wichtige Entscheidungen nicht abgesprochen hatte, also quasi dem Zufall überließ. Als er mit Sonja nach Dortmund gefahren war, hatte Kerstin Lara zurückgeholt. Der Fürsorge wegen, hieß es. Was würde aber nun passieren? Würde seine Tochter ihm weiter ausweichen? „Also, was ist nun?"

„Sie wird bei euch bleiben. Aber du solltest …"

„Wenn Sie sich bitte anschnallen würden." Die Stewardess lächelte und zeigte mit dem knallrot lackierten Fingernagel auf Manzettis Bauch.

„Mache ich." Er nickte und nahm sich wieder das Tagebuch. Er wollte wenigstens mal reingelesen haben, bevor er in Rathenow auf die Frau treffen würde, die ihm der Heimleiter in Dortmund als Gesprächspartnerin empfohlen hatte. Sonja würdigte er keines Blickes mehr. Jedenfalls vorerst.

In ihrem Tagebuch beschrieb das unbekannte Mädchen zunächst, warum sie überhaupt in dieses Heim gekommen war.

Die Maschine beschleunigte und als sie abhob, krampften sich Sonjas Finger in die Armlehne des Sitzes. Manzettis Finger hielten völlig entspannt das Buch.

Ich höre Elvis Presley und fühle, er spricht mir aus der Seele, stand da in einer Schrift, wie man sie in längst vergangenen Tagen in Poesiealben junger Mädchen fand. Elvis, dachte Manzetti. An den hatte er auch geglaubt, selbst wenn er sich eingestehen musste, dass er von jeher der klassischen Musik den Vorzug gegeben hatte. Aber Elvis war eben Elvis, eine Lichtgestalt und für manche ein Guru. Allerdings konnte Manzetti sich kaum vorstellen, dass man wegen einer musikalischen Vorliebe ins Heim kam.

Er las weiter. Das Mädchen schilderte in unverkennbarer Handschrift, dass sie oft, ja fast täglich, in Plattenläden ging, um sich die Musik ihres Gottes anzuhören, zum Kaufen fehlte ihr das Geld, und vor allen Dingen, um zu träumen.

Ich ging in eine der Kabinen, in denen ich mit Elvis ganz allein war und ungestört seine neuesten Platten hören konnte. Ich hatte immer ein Foto von ihm dabei, das ich ganz fest an mich drückte, während ich mir vorstellte, dass er für mich ganz allein sang.

Manzettis Finger verharrten über diesem Absatz. Es war die Schwärmerei einer Fünfzehnjährigen und Manzetti nicht ganz unbekannt, seit Tokyo-Hotel Einzug in die Kinderzimmer seiner Töchter gehalten hatte.

Die unbekannte Tagebuchschreiberin erzählte dann von ihrem Zuhause. Einfach war es, aber es gab ein Radio. Doch hatte die Mutter verboten, hiermit diese Negermusik zu hören. Er überlegte: Das muss sie sehr getroffen haben. Sie vergöttert Elvis und ihre Mutter beschimpft ihn, den Hohepriester.

Aber die Mutter war nicht die einzige, die so auf den Sänger reagiert hatte. *Ausgerechnet dieser Ami,* hatte eine Nachbarin lautstark im Hausflur gewettert. *Man braucht sich ja nur seinen teuflischen Hüftschwung anzusehen!*

Da hatte Manzetti verstanden. Die lieben Nachbarn hatten Gefahren gewittert, sexuelle Gefahren, und wohl nur noch nach einem Anlass gesucht, um das Jugendamt einschalten zu können, wodurch Frauen wie Marianne Walter ins Spiel gekommen waren. Und bei einer alleinerziehenden Mutter war dieser manchmal schnell gefunden. Vielleicht hatte sie das Kind einmal längere Zeit als geplant alleinlassen müssen?

Auch Mutter hatte Angst vor Frau Göhring, die immer unangemeldet kam. Sie war eine hässliche alte Frau mit einem Haarknoten im Nacken und einer schweren Aktentasche. Aus der zog sie eines Tages einen Zet-

tel, den sie Mutter gab, und als sie fertig gelesen hatte, nahm mich Frau Göhring mit.

Manzetti klappte das Buch zu und schloss die Augen. Wie viel war wohl dran an diesen Schilderungen? Entsprachen sie der Realität damals oder waren sie dem Frust eines jungen Mädchens entsprungen, das in ein Heim eingewiesen worden war?

Nach der Landung in Berlin-Tegel ließ sich Manzetti über die Autobahn direkt nach Brandenburg bringen, nicht in die Direktion, sondern nach Hause. Kerstin hatte einen Tag freigenommen, und so konnten sich beide in aller Ruhe mit einem Kaffee hinsetzen, denn die Mädchen waren noch in der Schule.

„Deinen Humor schätze ich am meisten." Manzetti lächelte, nachdem er sich den aromatischen Kaffeeschaum von der Oberlippe geleckt und lange überlegt hatte, welches Kompliment er seiner Frau heute machen konnte.

„Und wie kommst du jetzt darauf?"

„Einfach so."

„Na, gut, dann mach aber weiter: Was schätzt du sonst noch an mir?"

Er sah an ihr hinunter, jedenfalls so weit, wie es der große Tisch zuließ. Was liebte er noch an ihr, heute und vor zwanzig Jahren?

Sie folgte seinem Blick, bis der auf ihre Brüste gerichtet war. „Komm mir jetzt bloß nicht mit Äußerlichkeiten."

„Nicht?"

„Nein!" Ihre Augen verengten sich zu kleinen Schlitzen, obwohl die Mundwinkel ihr das Aussehen eines Unschuldslamms gaben.

Was sollte er jetzt sagen? Am besten die Wahrheit. „Deine Klugheit … Ja, deine Klugheit schätze ich auch noch an dir."

„So, so."

„Na ja. Du bist immer so … so … du findest immer die beste Lösung für uns alle." Er sah sich um, wie man es tut, wenn man nicht sicher ist, ob jemand anderes zuhört. Dann sah er seine Frau über den Rand der Kaffeetasse an.

„Findest du also. Aha", stellte Kerstin fest und legte den Kopf leicht schief.

Er nickte.

„Gut, dann rate ich dir: Lass Lara noch ein bisschen Zeit", forderte sie plötzlich. Es traf ihn wie ein Pistolenschuss.

„Wofür? Hat sie nicht genug gebockt? Ich denke …"

„Lass ihr einfach noch Zeit. Schließlich hast du in ihren Sachen herumgestöbert und nicht sie in deinen. Und nicht sie hat dir etwas Delikates unterstellt."

Er sagte nichts dazu, denn da war es wieder, jenes Basta, das wenig gebraucht wurde im Hause Manzetti, dafür aber in der Familie für jedermann mit drei Ausrufezeichen versehen war, selbst wenn Kerstin es zwischen den Zeilen versteckte.

„Ich muss los." Er erhob sich schnell und stellte seine Tasse auf den Geschirrspüler.

„Wenn du auf den großen Knopf drückst, geht er auf." Sie stand auf und hielt ihm ihre leere Tasse hin.

„Wer?"

„Der Geschirrspüler. Wenn du auf den großen Knopf drückst, öffnet sich seine Tür."

Er nahm ihre Tasse und stellte sie neben seine in den Geschirrkorb. Dann gab er ihr einen Klaps auf den Po. „Ich muss jetzt wirklich los."

Als er schon fast im Flur war, begann die CD bereits das zweite Mal ihren Umlauf. Pastorale, Beethovens sechste.

„War er's?", fragte Kerstin hinter ihm her.

„Silbermann?" Manzetti setzte sich wieder an den Tisch.

„Hm."

„Ich glaube nicht, aber er hat damit zu tun."

„Inwiefern?"

„Ich glaube, dass die große Unbekannte, die wir Gisela Goldberg nennen, die Mörderin ist, und sie hat auch ein Motiv. Bei Silbermann haben wir keines finden können. Vielleicht hat er ihr nur geholfen, dieses Mal. Zu mehr ist er wohl nicht in der Lage, und für den Mord an Birgit Walter vor fünfzehn Jahren war er noch zu jung."

„Woher nimmst du deine Gewissheit?"

Das wusste er auch nicht. Er merkte nur, dass seine Überzeugung tief saß. Vielleicht konnte man es Erfahrung nennen. „Er wurde 1979 geboren, war also erst dreizehn."

„Gut. Und warum hat er jetzt damit zu tun?" Kerstins Neugier war nicht so leicht zu befriedigen.

„Wir wissen inzwischen, dass Franziska, die Tochter von Gisela Goldberg, Silbermanns Mutter war. Sie war bei seiner Geburt gerade einmal zweiundzwanzig und lebte in schwierigen finanziellen Verhältnissen. Trotzdem wollte sie ihrem kleinen Sohn all das ermöglichen, was ihr selbst gefehlt hatte."

„Und was war das?"

„Franziska Silbermann war wie gesagt die Tochter jener Gisela Goldberg, die 1957 in ein Kinderheim in Dortmund eingewiesen wurde. Da war Gisela aber schon schwanger mit eben jener Franziska. Perfiderweise hat man ihr den Säugling nach der Geburt sofort weggenommen und in die Obhut des Jugendamtes gebracht, das dann nichts weiter zu tun hatte, als das Kind in die Hände einer Pflegefamilie zu geben. Als Franziska vier Jahre alt war, starben die Pflegeeltern bei einem Autounfall, wobei sie selbst schwer verletzt wurde."

„Wie schwer?"

„Sie verlor ein Bein, und weil niemand weiter da war, der sich ihrer annehmen wollte, kam sie in das Heim zurück, in dem sie auch geboren worden und aus dem ihre Mutter aber bereits entlassen war, und musste dort bis zu ihrer Volljährigkeit bleiben."

„Weil sie mit dem Handicap niemand mehr wollte", stellte Kerstin mehr für sich als für ihren Mann fest.

„Wahrscheinlich, aber das wissen wir noch nicht genau."

Kerstin seufzte auf. „Behinderte Kinder werden nur von ihren Eltern geliebt, nicht von anderen."

„Aber ihre Mutter wollte sie offenbar auch nicht", hielt er dagegen.

„Bist du dir da so sicher?"

Er zuckte mit den Schultern.

„Vielleicht hat sie nur nichts davon gewusst. Sonst hätte sie ihre Tochter zu sich geholt. Blut ist nämlich dicker als Wasser."

„Kann schon sein. Sie war zu der Zeit ja bereits in den USA … Jedenfalls glauben wir das, obwohl es dafür keinen offiziellen Beleg gibt. Unterdessen wuchs Franziska in diesem Heim auf und war nach ihrer Entlassung mehr beim Psychotherapeuten, als auf ihrer Arbeitsstelle."

„Das wäre wohl jeder, der in solch einer Anstalt groß geworden ist, nach all dem, was du mir bislang über die Zustände in diesen sogenannten Kinderheimen erzählt hast."

„Aber genutzt hat die Therapie offensichtlich nichts, denn an ihrem dreißigsten Geburtstag hat sie sich einen Brieföffner in die Brust gestochen und ist qualvoll verblutet. Obwohl sie aus ihrer kurzen Ehe mit Silbermann ihren Sohn Frank hatte, der da schon acht war und sich heute Elliott nennt." Manzetti stand auf. „Blut ist eben doch nicht immer dicker als Wasser."

„Die Frau war psychisch instabil, Andrea. Das kannst du mit einer normalen Mutterschaft nicht vergleichen."

„Wie dem auch sei. Jedenfalls ist Gisela Goldberg für mich die Hauptverdächtige, und deshalb suchen wir nach ihr."

Kerstins Wissensdurst war noch nicht gestillt, weshalb sie sich geschickt zwischen ihren Mann und die Tür zum Flur stellte. „Was sollte sie für ein Motiv haben?"

„Hass. Unbändigen Hass."

Kerstin schwieg eine Weile. Sie schien nachzudenken. Dann stellte sie ihre nächste Frage. „Worauf? Wen sollte sie hassen?"

„Sie hat Hass auf alles. Sie war siebzehn, als sie in das Heim kam. Eine junge Frau, die gerade erst aufzublühen begann, und die schon als gefallenes Mädchen galt. Dann nahm man ihr das Kind weg und demütigte sie durch Schläge und andere drastische Strafen. Für Dinge, bei denen man heute nicht mal mehr den Zeigefinger erheben würde. Schließlich kam sie aus diesem Heim heraus und suchte ihre Tochter, allerdings vergebens. Und nun rächt sie sich an denen, die sie für den Tod ihrer Tochter verantwortlich macht. Sie hatte zu Richter Reinhard gesagt, dass sie ihm das Gleiche antun werde, wie er ihr angetan hat. Und nach ihrer Überzeugung hat er ihr die Tochter genommen."

„Das wirft sie auch der Mutter von Birgit Walter, dem ersten Opfer vor, oder?"

„Ja. Marianne Walter war damals die zuständige Jugendamtsmitarbeiterin."

„Und warum ist Gisela Goldberg in die USA ausgewandert?" Kerstin fragte wie ein professioneller Vernehmer.

„So viel wir wissen, verliebte sie sich in einen GI und folgte dem nach Amerika." Manzetti machte eine kurze Pause und ging dann zurück in die Küche, wo er sich eine Mandarine nahm.

„Und?"

„Nichts und. Da ist sie nie angekommen. Jedenfalls nicht offiziell."

„Und dafür habt ihr keine Erklärung?"

„Nein, haben wir nicht."

Kerstin setzte sich wieder, zog die Beine ganz fest an den Körper und schlang die Arme um die Unterschenkel. „Was, wenn sie gar nicht als Gisela Goldberg, sondern mit einem anderen Namen eingewandert ist?"

Manzetti guckte skeptisch. „Und den hat sie sich unterwegs ausgedacht und im Flieger gleich noch den Pass gefälscht, oder was?" Er schüttelte den Kopf. Das schien ihm nun doch zu weit hergeholt.

„Ich bin auch mal als Fräulein Becher nach Italien geflogen und als Frau Manzetti wieder in Berlin gelandet. Du erinnerst dich?"

Das war ein interessanter Einwurf, weshalb er es für ratsam hielt, seiner Frau gedanklich zu folgen. Das tat er, während er ihr ein Stück Mandarine in den Mund steckte. „Aber im Flieger kann man nicht heiraten", warf er ein.

„Sind sie überhaupt geflogen? Wenn ich mich richtig erinnere, dann reden wir von 1962 oder so."

„1965."

„Meinetwegen. Aber auch 1965 flog man noch nicht so häufig wie heute. Außerdem war ihr GI bestimmt nicht anders gestrickt als die übrigen Amerikaner, für die es das Größte ist, ein deutsches Auto zu fahren. Und was lässt ein richtiger Mann nicht aus den Augen?"

Manzetti schwieg.

„Sein Auto. Also sind sie mit dem Schiff in die USA gefahren, da konnte er seinen Mercedes als Fracht gleich mitnehmen. Und was kann man auf Schiffen machen?"

Jetzt fiel bei ihm endlich der Groschen. „Heiraten."

Er drückte seiner Frau einen dicken Kuss auf den Mund und strahlte über das ganze Gesicht. „Ich sagte doch, dass ich deine Klugheit schätze."

*

Manzetti telefonierte und ging dann zum Bahnhof, wo er in eine Regionalbahn stieg, die aus nur zwei Waggons bestand und die ihn in gut einer Dreiviertelstunde die fünfunddreißig Kilometer nach Rathenow bringen sollte. Als er dort aus dem Bahnhofsgebäude trat, empfing ihn die andere Havelstadt mit hellen Sonnenstrahlen. Wie konnte es auch anders sein in einer Stadt, die man mit Fug und Recht die Wiege der deutschen optischen Industrie nennen konnte?

Er war lange nicht mehr in Rathenow gewesen und deshalb ein wenig überrascht über das, was viele fleißige Hände aus dem einst verschlafenen Städtchen gemacht hatten. Nichts wies mehr darauf hin, dass die Geschichte der Stadt nicht nur von der Optik, sondern auch vom Militär bestimmt war. Garnison um Garnison hatte es hier früher gegeben. Aber das Denkmal des großen Kurfürsten von Brandenburg, das an die Befreiung der Region von den schwedischen Besatzern im Jahre 1675 erinnerte, stand natürlich noch auf dem Schleusenplatz, auch wenn hier kein Militär mehr seine Paraden abhielt.

Manzetti ging daran vorbei und bog hinter der Schleusenbrücke nach links ab, bis er endlich auf den Kirchplatz kam. Hier fragte er in einem der schicken Fachwerkhäuser nach Frau Kluge.

„Einen Moment bitte." Der junge Mann hinter dem Schreibtisch, auf dem unzählige Materialien des Fremdenverkehrsvereins Westhavelland lagen, verschwand in einem Nebenraum.

Kurze Zeit später trat eine Frau durch die Tür, die sehr eigentümlich gekleidet war. Sie reichte Manzetti die Hand. „Sie sind bestimmt der Polizeibeamte aus Brandenburg."

„Manzetti ist mein Name." Er ergriff ihre Hand, konnte aber die Augen nicht von ihrer Kleidung nehmen. Sie bestand aus einem

Rock und einer Jacke, beides genäht aus grobem Leinen und in kräftigem Grün gehalten und mit einem lustigen Strohhut gekrönt. Das alles passte aber irgendwie nicht in den November.

„Ich stelle Frau Harke dar, die Schutzpatronin des Havellandes", erklärte sie und ließ Manzettis Hand los. „Nachher besucht uns noch eine Schulklasse der Weinberggrundschule, und ich möchte, dass der Geschichtsunterricht etwas anschaulicher wird."

„Das wird Ihnen gelingen", lobte Manzetti den Einfall. „Ich würde mir gerne Ihren Vortrag anhören, fürchte aber, dafür keine Zeit zu haben."

„Dann vielleicht ein anderes Mal." Sie bot Manzetti einen Platz am zweiten Schreibtisch an.

„Können wir nicht …"

Frau Kluge ahnte wohl, was Manzetti bewegte, und legte beruhigend ihre Hand auf seinen Arm. „Tim wollte sowieso gerade mittagessen gehen. Dann sind wir ungestört."

Manzetti nickte und setzte sich. Aus seiner Tasche holte er das Tagebuch hervor und legte es neben einen Stapel Papier. Als er wieder aufsah, stand eine ganz andere Frau vor ihm. Aus Ingeborg Kluge war jeder Anflug von Fröhlichkeit verschwunden. „Wo haben Sie das her?", fragte sie mit leiser, bebender Stimme.

Manzetti war erschrocken. Erst als sie nach dem Tagebuch griff, dämmerte es in ihm.

„Das ist mein Tagebuch. Wo haben Sie das her?" Aus ihren Augen drang pures Entsetzen.

„Es wurde bei Umbauarbeiten in der Oesterholzstraße in Dortmund gefunden. Das war ungefähr vor vier oder fünf Jahren."

Sie setzte sich, nahm das Buch in die Hände und hielt es wie einen Karton voller Kellerasseln vor sich. „Davon hat mir Herr Neumann gar nichts erzählt."

„Er konnte das Tagebuch sicherlich niemandem zuordnen", entschuldigte Manzetti den Heimleiter.

„Es ist meins. Schauen Sie hier." Sie blätterte einige Seiten um und zeigte mit zittrigem Finger auf eine Handzeichnung. „Ich liebe noch heute Kornblumen. Von mir aus ein ganzes Feld."

„Frau Kluge", Manzetti musste sich plötzlich räuspern. „Ich habe schon in diesem Tagebuch gelesen. Ich musste es tun." Er sah jetzt tief in ihre Augen. Sie nickte mit einer Geste, über die nur liebende Großmütter verfügen.

„Wir ermitteln in einem Mordfall, der uns in das Heim in der Oesterholzstraße geführt hat und möglicherweise auch zu Ihrer Freundin."

„Aha." Sie legte das Tagebuch wieder auf den Tisch, ohne es aus den Augen zu lassen. „Und von wem sprechen Sie?"

„Von einer Gisela, von Gisela Goldberg."

Sie sah jetzt nach unten und strich mit der flachen Hand über ihr Tagebuch. „Gisela Goldberg." Sie schwieg einen Moment. „Ja, die Gila. Die war anders als wir anderen Mädchen. Gila war schon damals stark." Dann sah sie zu Manzetti hoch und fragte: „Wie geht es ihr heute?"

„Das wissen wir nicht. Sie soll 1965 in die USA ausgewandert sein, aber auch das ist nicht belegt. Es steht aber zu befürchten, dass sie nach Deutschland zurückgekehrt und zur Mörderin geworden ist. Würden Sie ihr das zutrauen?"

„Das ist eine schwierige Frage, Herr Manzetti."

Das wusste er selbst. Es war nicht nur fünfzig Jahre her, dass sich die beiden Frauen begegnet waren, es war für Ingeborg Kluge auch eine Frage der Loyalität gegenüber einer ehemaligen Leidensgenossin. „Wir haben zwei tote Frauen, beide an ihrem dreißigsten Geburtstag ermordet, beide in Kleider gesteckt, wie man sie in der Oesterholzstraße getragen hat, und beide, jedenfalls vermuten wir das, beide mit Bezügen zu La Bohème."

„Wer sind die Eltern dieser jungen Frauen?" Das Lächeln, mit dem sie ihre Frage garnierte, verriet, dass sie womöglich ihren eigenen Gedanken erhellend fand.

„Die Tochter eines Richters und die einer Jugendamtsmitarbeiterin."

„Dann hat sie es doch getan. Ich sagte Ihnen ja, die Gila war anders als wir anderen Mädchen."

„Worin unterschied sie sich von Ihnen, und was hat sie *doch getan*, wie Sie eben bemerkten?"

„Als die Gila ins Heim kam, war sie schon siebzehn. Sie war also drei Jahre älter als ich, und sie war schwanger. Nach der Geburt ihrer kleinen Tochter hat man ihr das Kind sofort weggenommen. Sie durfte es nicht einmal sehen, geschweige denn an die Brust drücken."

„Und da hat sie geschworen, dass sie den Tätern das Gleiche antun werde, was die ihr angetan hatten?"

Sie nickte. „Ja. Genau das waren ihre Worte."

„Wissen Sie, warum Gisela Goldberg in dieses Heim kam?"

„Das weiß ich nicht mehr so genau, aber sicherlich aus dem gleichen Grund wie wir anderen auch." Sie setzte sich bequemer in ihren Stuhl und faltete ihre Hände im Schoß. „Ich wuchs in einer kleinen Beamtenstadt auf, aus der ich nur raus wollte. Ich war sogar ganz gut in der Schule, nur Einsen und Zweien, aber ich wollte trotzdem weg. Wohin wusste ich nicht, und bestimmt auch nicht so genau warum, aber raus, einfach raus aus dem Mief, etwas anderes sehen. Und weil mir das nicht gelang, wurde ich immer aufsässiger, schwänzte die Schule, hörte auf niemanden und nichts mehr. Ich wollte einfach cool sein, wie man es heute ausdrücken würde." Ihre Augen glänzten.

„Und das gefiel Frau Göhring nicht, oder?", unterbrach Manzetti in Erinnerung an die ersten Seiten des Tagebuches.

„So kann man das wohl sagen. Aber Frau Göhring war kein Einzelfall. Es war kurz nach dem Krieg und viele von denen, die schon zur Nazizeit in den Amtsstuben saßen, hockten gleich nach Kriegsende wieder dort. Mit all ihren Gedanken und Vorstellungen und teilweise mit denselben Vorschriften, nur mit anderen Parteiabzeichen."

„Wie erging es Ihnen, als Sie in das Heim kamen?"

Sie musste schlucken, war plötzlich den Tränen nahe. „Die Göhring hatte mich zu einem Richter gebracht, der mich nicht einmal anhörte. Von da brachte sie mich auf dem direkten Weg nach Dortmund in das geschlossene Vincenzheim. Und da schlugen die Schwestern im wahrsten Sinne des Wortes sofort zu."

Die Tränen waren nun in ihre Augen gestiegen, sie sah Manzetti an, der vollkommen steif auf seinem Stuhl saß. „Gisela war schon

184

zwei Wochen vor mir eingeliefert worden. Sie hatte also bereits Erfahrungen mit den Stöcken der Schwestern gemacht und konnte mich in die Regeln einweisen. Es war gut, sie an meiner Seite zu wissen. Ich habe das alles bis heute nicht verarbeitet, Herr Manzetti. Es waren Teufel." Sie machte eine kurze Pause, um sich die Nase zu schnäuzen.

„Jede Verfehlung wurde umgehend bestraft, auch solche, die gar keine waren. Wer unerlaubt sprach, wurde sofort verprügelt. Es gab Hiebe und Tritte in den Rücken und in die Rippen. So ging es auch mir am ersten Tag. Nur weil ich an der Wand lehnte, wurde mir solange ein Teppichklopfer auf den Rücken geschlagen, bis der brach ... Gila hat die Wunden dann mit einem nassen Lappen behandelt und mich getröstet. Sie war die einzige, die stark war, aber auch sie bekam Prügel, obwohl sie hochschwanger war."

„Aber es waren doch Nonnen, Frauen der Kirche." Manzettis Protest erstickte im eigenen Kehlkopf.

„Ja, es waren Nonnen. Knallhart und zu allem bereit. Aber alles im Namen des Herrn. So waren auch die Gottesdienste in der Hauskapelle Pflicht. Ich als Neuling musste auf die Empore. Unter mir sah ich andere Mädchen mit rasierten Schädeln. Das waren die, die versucht hatten, auszureißen. Sie wurden als Sünderinnen verschrien."

„Hat sich niemand von außerhalb gegen dieses ... dieses Regime zur Wehr gesetzt?"

„Wie denn? Nach außen waren wir fast hermetisch abgeriegelt. Telefonieren war streng verboten, und die Post wurde von den Nonnen gelesen und zensiert. Viele Briefe kamen gar nicht erst an. Außerdem ist Zivilcourage ein französisches Wort, Herr Manzetti. Kein deutsches. Und wer damals noch immer damit beschäftigt war, das dritte Reich zu verdrängen, der hatte kein Auge für neue Schandtaten."

Manzetti schüttelte nur noch den Kopf.

„Nonnen sind im Namen ihres Glaubens zu ganz perversen Spielen fähig, Herr Manzetti." Sie schob einen Jackenärmel hoch und zeigte ihm ihr Handgelenk. Es war mit Narben übersäht.

„Sie wollten sich also auch das Leben nehmen?"

„Nein", sagte sie und ließ die Arme wieder in den Schoß sinken. „Das sind Wundmale wie bei Resl von Konnersreuth, einer inzwischen verstorbenen bayerischen Bauernmagd, die nach 1926 immer wieder von selbst an ihrem Körper entstanden sein sollen, bevorzugt am Karfreitag. Und natürlich an den Stellen, wo man sie auch Christus beigebracht hatte." Sie hielt kurz inne und lächelte dabei sogar. „Keine Angst, meinen nackten Oberkörper erspare ich Ihnen." Dann wurde sie wieder ernster. „Und eine Nonne hatte es sich in den Kopf gesetzt, uns auch das famose Gefühl solcher Stigmata angedeihen zu lassen. Dazu schlug sie mit einem Bambusstock solange auf unsere Handgelenke, bis sie bluteten."

Manzetti lockerte seine Krawatte und holte tief Luft. „Und Gisela, wie hat sie das alles ertragen?"

Ingeborg Kluge wartete einen Moment, bevor sie antwortete. „Sie hat es ertragen, und wenn Sie sich fragen wie ..." Sie beugte sich zum Schreibtisch vor und hob das Tagebuch hoch. „Nehmen Sie es wieder mit und lesen Sie es. Dann verstehen Sie Gisela – und natürlich auch uns andere."

„Frau Kluge, trauen Sie Gisela Goldberg zu, die beiden Frauen getötet zu haben?"

Sie hielt noch immer das Tagebuch vor Manzetti. „Es hätte jede von uns sein können."

*

„Wo ist er?" Manzetti marschierte nervös vor dem uniformierten Kollegen auf und ab, seine Aktentasche noch immer in der Hand.

„In der Zelle, wo sonst?", bekam er zur Antwort.

„Ich gehe jetzt in mein Büro, und dahin bringt ihr ihn mir in zehn Minuten."

Die Nachricht von der Festnahme Elliott Silbermanns hatte ihn im Regionalzug aus Rathenow erreicht und hatte ihn in einen Zustand höchster Erregung versetzt.

Jetzt ging er in sein Büro und öffnete dort eine Schublade des Schreibtisches, nahm einen Block liniertes Papier heraus und legte ihn vor sich hin. Dann ging er zu der kleinen Stereoanlage, suchte im Stapel der CDs nach einer ganz bestimmten, nahm sich die Fernbedienung und setzte sich hinter den Schreibtisch. Er war gewappnet, bereit für Elliott Silbermann.

Der uniformierte Kollege klopfte nicht an. Er öffnete einfach die Tür und schob Silbermann vor sich her ins Büro des Hauptkommissars.

„Sollen die Handschellen dranbleiben?"

Manzetti schüttelte den Kopf. Dann ratschte es zweimal und kurz darauf verschwand der Kollege wortlos durch die Tür.

„Setzen Sie sich." Manzetti schaute auf den jungen Mann, der einiges von seiner früheren Selbstsicherheit eingebüßt hatte, aber noch immer ein Fünkchen Arroganz besaß. Silbermann rieb sich die geröteten Handgelenke, sagte aber nichts, was in dieser Situation ungewöhnlich war. Meistens beschwerten sich die Festgenommenen darüber, dass die Handschellen zu eng angelegt worden seien und durch die Haut zu schneiden begännen. Elliott Silbermann aber schwieg. Er sah unentwegt auf seine Hände, die weiter seine Handgelenke rieben.

Manzetti drückte auf den grünen Knopf der Fernbedienung und regelte die Lautstärke weit auf.

Bada ba bam – kam es aus dem Lautsprecher.

Bada ba bam.

„Sie kennen die Musik?"

Silbermann schüttelte den Kopf.

„Doch. Sie kennen die Musik. Hören Sie genau hin. Puccini, La Bohème, erster Akt."

Bada ba bam.

„Sie haben einige Semester klassische Musik studiert, Herr Silbermann. Erinnern Sie sich jetzt? … Ist es nicht so, dass für das Herausarbeiten von unterschiedlichen Stimmungen zwar der Dirigent verantwortlich ist, dennoch die vielfältigen Ausdrucksmöglichkeiten einer jeden Passage von jedem einzelnen Musiker beherrscht werden müssen? Das ist doch so, oder? … Sie müssen das kennen, wo Sie doch aus einer Künstlerfamilie stammen, oder irre ich mich da?"

Silbermann reagierte überhaupt nicht.

„Sie werden doch Puccini kennen. Lässt sich nicht während eines Musikstudiums gerade an ihm vorzüglich über Gefühl debattieren?"

Silbermann regte sich noch immer nicht.

Deshalb probierte es Manzetti weiter. „Besonders in der Oper ist das wichtig, Herr Silbermann. Der Ausdruck ist wichtig. Warum haben Sie La Bohème gewählt?"

„Was wollen Sie von mir?" Elliott Silbermann setzte sich sehr aufrecht hin. Die Arme verschränkte er vor der Brust.

„Beihilfe zum Mord."

„Das ist doch lächerlich. Genauso lächerlich, wie Ihre Uraufführung mit den drei Laiendarstellern in meiner Gaststätte", protestierte Silbermann lautstark.

„Die waren doch aber gut, oder? Zumindest hat Sie unser Stück beeindruckt, oder mussten Sie nur dringend zur Toilette?"

„Tsss." Silbermann schaute demonstrativ zur Seite.

„Es hat Sie also nicht beeindruckt? Schade." Manzetti drehte die Lautstärke der Anlage zurück.

„Obwohl schon eine gewisse Komik in Ihrer Inszenierung lag", sagte Silbermann plötzlich.

„Findet Ihre Großmutter das auch?"

Nur ganz kurz, aber für Manzetti ausreichend lange, zuckte es in Silbermanns Augen.

„Auch wenn Ihre Mutter zeitweise in einem Heim aufgewachsen ist, hatte sie doch eine Mutter, also müssen Sie eine Großmutter haben. Und wenn nicht von dieser Seite, was ist mit Ihrem Vater? War der eine Waise?" Manzetti sah ihn sehr ruhig an.

„Ich hatte nie einen Vater. Also auch keine Großeltern."

„Väterlicherseits. Und was ist mütterlicherseits?"

„Die sind tot." Silbermann sah nun nach unten.

Manzetti blätterte derweil seelenruhig in den Papieren, die ihm Sonja und Julia Küpper zusammengestellt hatten und die nun neben dem leeren Schreibblock lagen.

„Wissen Sie, von Düsseldorf nach Berlin fliegt man etwa eine Stunde, und wenn man das trockene Brötchen weglässt, das einem die Fluggesellschaften andrehen wollen, dann schafft man es bequem, ein solches Dossier durchzulesen." Er nahm den Stoß Papier in die Hand und ließ die einzelnen Seiten wie ein Bündel Geldscheine über den Daumen rauschen. „Was man da über ein Leben so erfahren kann, ist famos. Auch, wenn es erst achtundzwanzig Jahre dauert."

„Wenn Sie meinen." Silbermann blieb äußerlich gelassen.

„Sie wurden 1979 geboren, in Kiel, wie ich lese." Manzetti hielt kurz inne. Er war zu schnell, zu unüberlegt, und er wusste momentan noch nicht, wohin er wollte, ihm war aber klar, dass er die Kindheit Silbermanns eigentlich lieber umschiffen sollte. „Erinnern Sie sich an unser erstes Gespräch?", fragte er deshalb.

„Wo soll das gewesen sein?"

„Bei Ihnen in der Klause. Am Morgen nach dem Mord an Carolin Reinhard."

„Ach, ja. Sie haben mich mitten in der Nacht aus dem Bett werfen lassen und wollten dann auch noch einen Espresso. Ich erinnere mich." Silbermanns Lächeln trug wieder einen Anflug von ignoranter Arroganz.

„Ich habe Sie damals nach Ihrem Vornamen gefragt. Wie kommt jemand zu einem solch ausgefallenen Namen?, habe ich gesagt. Erinnern Sie sich jetzt?"

„Ja. Und?"

„Sie haben mich damals angelogen. Sie haben gesagt, dass Sie aus einer Künstlerfamilie stammten und dass man in solchen Kreisen nicht Karsten oder Sven, sondern Elliott oder Helfried hieße."

„Nepomuk. Elliott oder Nepomuk", verbesserte Silbermann.

„Ah, Sie erinnern sich also."

„Ja schon", musste Silbermann zugeben, der nun nicht mehr ganz so gelassen war. „Was hat das aber alles mit meiner Verhaftung zu tun?"

„Das will ich Ihnen erklären." Manzetti nahm wie der Nachrichtensprecher ein Blatt Papier vom Stapel, auf das er aber nicht hinuntersah. „Mit Ihrer Verhaftung, ..., ja, Herr Silbermann, Frank Silbermann, so heißen Sie doch, oder? Da entsteht bei mir die Frage, wer Ihnen den Beinamen Elliott verpasst hat und warum?

Und für mich wäre noch interessant, wann hat dieser jemand Ihnen diesen Kosenamen gegeben?" Er legte das Blatt aus der Hand und lehnte sich in seinen Sessel zurück. „Wann haben Sie Ihre Großmutter das letzte Mal gesehen?"

„Keine Ahnung."

„Was bedeutet das?"

„Dass ich keine Ahnung habe."

„Versuchen Sie, sich zu erinnern."

Silbermann sah nicht so aus, als würde er sich sehr darum bemühen. Er sah auf seine Armbanduhr, wie jemand, der in Eile war, der einen dringenden Termin hatte.

„Vor einem Monat? Vor einer Woche?" Manzetti bohrte nach. Wie ein sadistischer Zahnarzt.

„Ich sagte doch schon, dass ich es nicht mehr weiß."

„Na gut. Reden wir nicht mehr über den Zeitpunkt, sondern über das, was sich noch so alles in Ihrer angeblichen Gedächtnislücke versteckt."

„Und was soll das sein?", fragte Silbermann plötzlich mit hellwachen Augen.

„Na, dass Sie überhaupt eine Großmutter haben, wie Sie eben leichtsinnigerweise zugegeben haben."

Elliott Silbermann brauchte nur etwa zwei Sekunden, um sich seiner Lage bewusst zu werden. Er war von sich überzeugt und er war intelligent, ohne Zweifel. Gegenüber Manzetti fehlten ihm aber fast zwanzig Jahre Lebenserfahrung, und die waren durch nichts wettzumachen.

„Ich möchte meinen Anwalt sprechen."

„Bitte." Manzetti schob ihm das Telefon hin. „Ich hoffe, Sie haben die Nummer Ihres Anwalts im Kopf."

Silbermann beugte sich nach vorn, hielt aber mitten in der Bewegung inne und sah Manzetti hasserfüllt an. „Was wollen Sie von mir?"

„Den Namen Ihrer Großmutter und den Ort, an dem sie sich jetzt aufhält." Manzetti lehnte sich wieder zurück und tat so, als lausche er der Musik. Mal sehen, was jetzt passiert, dachte er. Er selbst würde an dieser Stelle lügen.

„Also gut." Silbermann nahm die Hand wieder vom Telefon und lehnte sich in seinem Stuhl zurück. „Meine Großmutter heißt Ella Friedrich und wohnt in Sprenge bei Kiel. Aber wo sie jetzt ist, kann ich Ihnen wirklich nicht sagen."

Manzetti musterte ihn. Wenn Silbermann sich auf der sicheren Seite wähnte, dann war er glatt auf dem Holzweg. Seine Gesichtszüge entspannten sich deutlich sichtbar, was bei einem Beschuldigten in der ersten Vernehmung eigentlich nie zu beobachten war. Das machte ihn zusätzlich verdächtig.

„Diese Großmutter meine ich nicht." Manzetti nahm wieder ein Blatt aus dem Dossier zur Hand. „Nach dem Tod von Franziska Silbermann, Ihrer leiblichen Mutter, wurden Sie von einer Pflegefamilie aufgenommen, der Familie Friedrich. Mag sein, dass auch eine Oma dazugehörte. Ich wollte aber eher etwas über Ihre leibliche Großmutter wissen. Also, versuchen Sie es doch bitte noch mal."

Silbermanns Blick wurde stechend. Er begann auf den Backenzähnen zu kauen.

„Eine andere Großmutter habe ich aber nicht", sagte er.

„Herr Silbermann." Manzetti stand auf und stellte sich hinter den Stuhl des Gastwirtes, was dem, wie den meisten Menschen, nicht angenehm war. „Wenn Sie so beharrlich auf Dummerchen machen, will ich Ihnen ein wenig helfen … Nehmen wir den Namen Gisela Goldberg."

Silbermann seufzte, kaum hörbar, und drehte sich zu Manzetti um. „Okay, okay", sagte er und leckte sich über die Lippen. Dann, als die Zunge wieder im Mund verschwunden war, bildeten sich ganz leichte Grübchen in seinen Wangen.

„Die Adresse." Manzetti verzog keine Miene.

„Da ist jetzt niemand."

„Die Adresse." Manzetti wurde lauter.

„Irgendwo in Hamburg. Wenn Sie vom Bahnhof kommen, müssen Sie geradeaus und dann die zweite Querstraße …"

Die muskulöse Pranke Manzettis nahm Silbermann jede Luft. „Sehen Sie sich die Kante meines Schreibtisches an. Die Kratzer stammen von den Vorderzähnen solcher Komiker, wie Sie einer sind. Diese Herren haben ihn verunstaltet , als sie zu schnell auf-gestanden sind. Man fällt so leicht hin heutzutage."

Dann ließ er Silbermann wieder los, der sich schmerzerfüllt an die Kehle griff und pfeifend einatmete. Manzetti strich über das Revers seines Sakkos, ging um Silbermann herum und setzte sich in seinen Schreibtischsessel. Mit der linken Hand schob er das Te-lefon näher an den Gastwirt heran. „Rufen Sie Ihren Anwalt an. Sie werden ihn brauchen."

Er schüttelte den Kopf, während er weiter seinen Hals rieb und nach unten sah.

„Haben Sie noch andere Hosen?" Manzetti zog das Telefon jetzt zu sich heran.

„Was?" Silbermanns Stimme klang noch leicht erstickt.

„Ob Sie noch andere Hosen haben?"

„Das geht Sie doch nun wirklich nichts an." Er sah ungläubig zu Manzetti. Der stemmte sich gerade aus seinem Sessel und baute sich vor dem Gastwirt auf.

„Ist ja schon gut. Na klar habe ich noch andere Hosen."

„Ich habe Sie aber immer nur mit dieser gesehen." Manzetti deutete auf die blaue Jeans des Wirtes.

„Haben Sie denn keine Lieblingshose?", versuchte Silbermann, ihn schon wieder zu provozieren.

„Die will ich haben", sagte Manzetti und setzte sich wieder.

„Was?" Silbermann griff sich Hilfe suchend an den Hosenbund. Offenbar traute er diesem Bullen alles zu.

„Ich will die haben, fürs Labor. Die Kollegen werden Ihnen eine Tauschhose geben."

Silbermann nickte hilflos und zog die Hose aus. Sein Hals schmerzte noch immer.

21

„Kommen Sie morgen?" Sebastian Hendel strich sich durch seine Locken.

„Wohin?"

„Zur Operngala. Sie haben sich doch Karten von mir geben lassen."

„Ja, natürlich", bestätigte Manzetti.

Sie hatten in der letzten halben Stunde nicht viel miteinander gesprochen. Aber dazu blieb auch wenig Raum, denn mindestens achtzig Personalakten lagen auf dem großen Beratungstisch des Intendanten.

„Wonach suchen wir überhaupt?" Hendels Frage war zulässig, kam allerdings reichlich verspätet.

„Nach jemandem, der vor fünfzehn Jahren ein Engagement in Hamburg hatte."

„Und warum?" Der Intendant, der noch immer nicht so recht wusste, was Manzetti eigentlich wollte, zündete sich eine Zigarette an und lehnte sich gelassen zurück.

„Gisela Goldberg ist die Mörderin von Ihrer Trompeterin. Aber sie hat vor fünfzehn Jahren bereits einen Mord in Hamburg begangen. Davon bin ich überzeugt. Ihr Enkel war damals zu jung, um ihr zu helfen. Aber wenn sie dort auch einen Komplizen gehabt hat, der jetzt vielleicht in Ihrem Ensemble ist, dann können wir über ihn endlich die Frau ..."

„Herr Manzetti, das ist eine sehr gewagte Theorie. Finden Sie nicht?" Hendel, der aus seiner keimenden Empörung keinen Hehl machte, rutschte auf seinem Stuhl wieder nach vorne. Er war wie eine alte Elefantenkuh bereit, seine Herde gegen jeden Angriff zu verteidigen.

„Schon. Aber wissen Sie, wie vielen Spuren wir bei Morden hinterherhecheln, die dann fast alle im sprichwörtlichen Sande verlaufen?"

„Das mag ja sein, aber wenn Sie diese Theorie wenigstens für sich behalten würden? Das Künstlervolk ist in manchen Angelegenheiten sehr schreckhaft."

Das sicherte Manzetti mit einem kurzen Nicken zu und blätterte dann in den nächsten Akten. Nach einer weiteren halben Stunde waren sie endlich fertig und schoben den Berg Ordner an den Rand des Tisches.

„Und?", fragte Hendel.

„Sieht so aus, als hätte niemand von Ihren Leuten je in Hamburg gearbeitet. Alle sauber."

„Das freut mich. Mir wäre aus unserem Haus auch keiner eingefallen, der für einen Mord in Frage käme."

„Da kann man sich schnell täuschen", warf Manzetti mit erhobener Hand ein. „Denken Sie nur an Brutus. Sohn aus gutem Hause, dem seine Familie sicher auch nicht zugetraut hätte, dass er den guten alten Cäsar erdolcht."

„Ihre Fantasie scheint Sie heute ganz besonders zu beflügeln, da wird mir fast schon angst. Oder ist das immer so, wenn Sie frei haben?"

„Frei?"

„Sonst tragen Sie teure italienische Anzüge. Heute Cordhose und Pullover."

„Ach so." Manzetti strich mit der Hand über den linken Oberschenkel. „Ich ermittle sozusagen im Milieu. Da muss man sich anpassen, um nicht aufzufallen."

Hendel schien nicht überzeugt. Seine Stirn warf viele Falten.

Darauf wollte Manzetti jetzt nicht eingehen. Er brach auf, denn er hatte noch etwas zu erledigen. Sein Weg führte über die kleine Brücke, die sich über den Theatergraben spannte, und sein Blick ging hinüber zu den Büsten von Goethe zu seiner rechten und Schiller zu seiner linken Seite. Er blieb sogar stehen, als ihm eine Frage durch den Kopf ging. Welch ein geniales Drama hätten die beiden aus diesem Mordsspiel machen können, wenn sich alles zu ihrer Lebzeit zugetragen hätte und sie nicht nur gelangweilt hier im Park herumstehen müssten? Hätte dann seine Deutschlehrerin auch drauf bestanden, das Werk im Unterricht zu lesen, obwohl es von Mord und Totschlag handelte? Wahrscheinlich ja, denn Macbeth hatte man ihnen ja auch angetan.

Nach wenigen Schritten bog er in die Wollenweberstraße ein und klingelte an der Tür eines dieser alten Hexenhäuser an der Stadtmauer, die er so mochte, und deren hervorragend ausgeführte Sanierung die Liebe der Eigentümer zum historischen Detail verriet.

„Ach, der Herr Kommissar." Margarethe Hofmann lächelte mit ihrem unnachahmlichen Ausdruck. „Sie haben bestimmt Kaffeedurst und wollen Ihr Versprechen einlösen."

„Versprechen?" Manzetti konnte sich an ein solches nicht erinnern.

„Sie wollten mich immer auf dem Laufenden halten."

„Stimmt ja", sagte er und griff sich, ganz so, als wäre ihm gerade seine Missetat bewusst geworden, mit den Fingerspitzen an die Stirn.

Vor einiger Zeit wäre sie noch auf seine kleine Schauspieleinlage eingegangen. Heute aber wirkte sie verändert. Sie drehte sich einfach nur um und ging vor ihm her ins Haus. „Setzen Sie sich einfach schon mal." Sie deutete mit ihren grazilen Fingern auf die offen stehende Tür zum Wohnzimmer. „Ich hole nur den Kaffee."

Manzetti betrat den niedrigen Raum und duckte sich automatisch. Zwischen seiner spärlichen Haarpracht und der Zimmerdecke lag kaum eine Handbreit, aber so baute man nun einmal vor einigen hundert Jahren.

Das Sofa beanspruchte Fridolin, der schwarze Kater mit weißem Fleck auf der Brust. Es war sicherlich sein Stammplatz, den er ungern aufgeben würde, überlegte Manzetti. Doch er war aus Katzensicht viel zu groß, als dass ein schlauer Kater sich mit ihm anlegen würde. Mit einem kurzen, grimmigen Fauchen sprang er vom Sofa und rieb seine linke Körperseite gegen das Tischbein. Vor der noch offenen Tür setzte er sich hin und sah zu, wie der ungebetene Besucher seinen Platz einnahm.

„Oh", bemerkte Margarethe Hofmann, als sie mit zwei Kaffeepötten ins Zimmer kam. „Da sollten Sie sich besser nicht hinsetzen. Das ist der Platz von Fridolin."

„Er wird mich schon nicht auffressen deswegen", entgegnete Manzetti mit einem Lächeln. „Er sieht doch ganz friedlich aus."

„Ist er auch. Aber Ihre Hose." Sie stellte die beiden Tassen auf den Tisch. „Zeigen Sie mal her. Es sind jetzt bestimmt Dutzende Katzenhaare dran."

„Das macht nichts", räumte er ein und nahm sich einen Kaffeepott. „Die kann gewaschen werden."

Dann fiel sein Blick auf die Wand gegenüber den kleinen Fenstern. Fotos über Fotos reihten sich an- und übereinander, bedeckten jeden Zentimeter Tapete. Oliver Kurz hatte Recht gehabt. Die Galerie im Bücherregal von Manfred Reinhard war dagegen das Werk eines Anfängers.

„Ist das Ihre Tochter?" Manzetti nickte zur Wand.

„Ja."

„Sie sehen sie nicht mehr so oft, oder?"

„Wie kommen Sie darauf?"

„Weil Sie so viele Bilder aufgehängt haben. Das ist ungewöhnlich, finde ich."

„Sie haben Recht. Sie lebt in Amerika und deshalb können wir nur telefonieren."

„Warum ziehen Sie nicht zu ihr? Sie könnten sich dort zur Ruhe setzen."

Margarethe Hofmann sah zu Boden. Sie saß ganz ruhig, irgendwie ermattet und schwieg lange. Endlich hob sie ihr Gesicht. „Das konnte ich bislang nicht. Ich hatte hier noch etwas zu tun."

„Und jetzt? Ziehen Sie doch jetzt in die USA", schlug Manzetti vor.

Sie stand auf, stellte sich an ein Fenster und sah auf die Straße. „Jetzt ist es zu spät, Herr Manzetti."

„Zu spät ist es nie. Sie sind doch fertig mit dem, was Sie hier noch zu tun hatten, oder gibt es weitere Choreografien, die Sie arrangieren müssen."

Sie drehte sich um und sah ihren Gast mit tränenden Augen an. „Nein, die gibt es nicht. Ich habe mein Lebenswerk vollbracht."

„Und das macht Sie so traurig?"

„Kann sein."

„Möchten Sie mir irgendetwas anvertrauen?" Manzetti reichte ihr ein Taschentuch.

„Nein", sagte sie und wischte sich mit dem Tuch die Tränen aus den Augen. „Heute nicht. Vielleicht morgen ... Ja, morgen nach der Operngala. Da sollten wir uns zusammensetzen, und dann können Sie mir bestimmt helfen."

„Versprochen?"

„Morgen nach der Operngala nehme ich mir sehr viel Zeit für Sie."

*

Draußen auf der Straße rief er Sonja an und bestellte sie zu Bremer ins Institut. Dort wollte er in spätestens einer halben Stunde sein. Bis dahin musste er nachdenken. Deshalb ging er zur Hauptstraße und bog dort nach links ab, in Richtung Jahrtausendbrücke, hinter der der Fontaneclub lag. Da der eigentliche Club aber erst gegen siebzehn Uhr öffnete, musste er nach ganz oben, denn zur Mittagszeit hatte nur das *Ristorante Toto* geöffnet.

„Una Grappa, per favore." Als der Kellner, der aus Sorent stammte, ihm das Glas brachte, leerte er es in einem Zug.

„Ärgere?" Der Landsmann, der den Commissario ganz anders in Erinnerung hatte, legte seine stark behaarte Hand beruhigend auf Manzettis Schulter.

„No." Manzetti schüttelte den Kopf und zeigte mit dem Daumen in sein leeres Glas.

„Iche glaube dasse aber nicht", antwortete der Kellner und goss das Glas wieder voll.

„Kein Ärger ... Oder vielleicht doch." Er zuckte mit den Schultern und leerte auch das zweite Glas in einem Zug.

„Die Fraue?" Der Mann richtete jetzt seine Mandelaugen verständnisvoll auf Manzetti. „Ware doch imma eine so nette Fraue, deine Fraue", sagte er und goss einen neuen Grappa nach.

„Zwei reichen", wehrte Manzetti ab. „Meine Frau ist immer noch nett, Ricardo. Nein, es ist Gott sei Dank nicht die Frau. Es ist der Beruf."

„Ja, ja", stöhnte der Italiener. „Die Berufe."

„Ein Scheißjob ist das manchmal", klagte Manzetti, der mehr zu sich, als zu Ricardo sprach. „Ich könnte heulen."

„Dann mache dasse doch. Siehte doch keiner."

„Später." Manzetti begann schon wieder zu lächeln. „Ich danke dir, mein Lieber. Was bekommst du?"

„Gehte auf die Hause. Iste Therapie."

22

Bremer und Sonja warteten schon.

„Was ist denn?", wollte Sonja wissen, als Manzetti Bremers Büro betrat.

Er gab ihr keine Antwort und fragte stattdessen Bremer: „Haben Sie die Haare schon untersucht, die an der Hose klebten, die ich Ihnen bringen lassen habe?"

„Sie meinen die von Silbermann?" Bremer kratzte sich am Hinterkopf.

„Ja."

„Habe ich. Katzenhaare. Stammen von einem schwarzen, männlichen Tier."

Manzetti stellte sich mitten in Bremers Büro. Er öffnete den Gürtel seiner Hose, knüpfte die Schnürsenkel auf, zog die Schuhe aus und die Füße durch die Hosenbeine. Dann richtete er sich wieder auf, sah in das verdatterte Gesicht von Sonja und schüttelte den Kopf. „Hier." Er hielt Bremer die Hose hin. „Da müssten die gleichen Katzenhaare dran sein, wie an der Hose von Silbermann."

Bremer nahm die Hose zwischen Daumen und Zeigefinger, ganz so, als wäre sie der Überträger einer ansteckenden und die Menschheit ausrottenden Krankheit.

„Und du machst besser den Mund wieder zu." Zur Unterstützung schob er Sonjas Unterkiefer mit seinem rechten Zeigefinger nach oben.

In den Augen der jungen Polizistin tauchte ein merkwürdiger Glanz auf. „Dr. Bremer, haben Sie so etwas schon erlebt?"

„Nein", antwortete Bremer, obwohl er nicht wirklich wusste, was Sonja gemeint hatte.

„Gucken Sie sich meinen Chef an. Da kommt er in einem Aufzug, von dem ich nicht in den kühnsten Träumen erwartet hätte, dass er ihn überhaupt besitzt, und dann schmeißt er ihn auch noch vor unseren Augen ab."

„Was heißt hier Aufzug?" Manzetti protestierte vehement. Jetzt sah er allerdings wirklich ein bisschen komisch aus, in seinem

Pullover und mit den schwarzen Kniestrümpfen, so ganz ohne Hose. „Hast du noch nie jemanden mit Cordhosen gesehen?"

„Doch schon", half Bremer, der noch immer Manzettis Hose wie ein Corpus Delicti zwischen den Fingern hielt. „Und wie ich weiß, sind die Eltern von Sonja Lehrer, was die Wahrscheinlichkeit erhöht, dass sie zwischen Beinen in Cordhosen groß geworden ist. Aber bei Ihnen, mein Lieber, da hätte ich diese Beinkleider auch nicht unbedingt erwartet."

„Ich weiß nicht, was ihr habt", tönte Manzetti, dem die Situation langsam peinlich wurde, und das lag nicht daran, dass er hier halbnackt herumstand. „Die Hose ist doch in Ordnung und sie hat auch nur zwanzig Euro gekostet. Was wollen Sie also?"

„Sie tragen Hosen für zwanzig Euro?" Bremer konnte sich ein Lachen nicht verkneifen.

„Das nennt man ein Schnäppchen, oder?" Manzetti verstand die Welt nicht mehr. Wenn er schätzen sollte, was Bremer für seine Jeans ausgegeben hatte, dann käme er nie und nimmer auf zwanzig Euro, nicht mal für zwei Stück.

„Manzetti, erinnern Sie sich an den Tag, als ich Sie zum Grillen anlässlich meines fünfzigsten Geburtstages eingeladen habe?"

„Ja. Und?"

„Sie kamen in einem Anzug."

„Wo ist das Problem?"

„Kein Mensch geht in Deutschland mit einem Anzug zum Grillen. Das ist das Problem." Dann winkte Bremer ab und ging voran in sein Labor. Sonja folgte ihm, Manzetti bildete den Schluss.

„Das kommt daher, weil ihr Deutschen euch nicht anziehen könnt. Ihr findet es schick, wenn ihr die Amerikaner nachäfft und euch in Lumpen kleidet. Gilt natürlich auch für die Sprache, wenn ihr aus einem Hausmeister plötzlich einen Facility-Manager macht. Ich gehe lieber im Anzug, auch zum Grillen. Nur heute hatte ich einen triftigen Grund für eine andere Art von Kleidung."

„Aber wer sagt schon wirklich Facility-Manager?", widersprach Sonja.

„Egal, dann nimm die Polizei. Da kann man ganz deutlich erkennen, dass die deutsche Sprache insbesondere von Deutschen abgeschafft wird, oder?" Manzetti schob Sonja weiter. Er wollte hier auf dem Flur nicht unbedingt Wurzeln schlagen, so ohne Hose.

„Wie meinst du das?"

„Nur ein Beispiel. Früher hat Claasen zu einem regelmäßigen Beratungstag geladen. Heute gehe ich zu einem *Jour fixe*."

„Das ist aber französisch", warf Bremer ein.

„Schon. Aber wir haben auch noch *Workshops* und geben unserem Chef *Feedbacks*." Dabei beließ er es und atmete tief ein, als ihm Bremer endlich seine Hose wiedergab. Er stellte sich neben den Gerichtsmediziner, der inzwischen angestrengt durch ein Mikroskop sah.

„Wie kommen eigentlich an deine Hose Haare, die von derselben Katze stammen wie die, die wir bei Elliott Silbermann gefunden haben?" Sonja setzte sich auf einen Hocker.

„Und was macht Sie so sicher, dass die Haare identisch sind?", fragte Bremer, ohne seine Augen vom Mikroskop zu nehmen.

„Ganz einfach. Ich habe nachgedacht."

„Was soll das heißen." Bremers Gesicht wirkte ernst, als er sich kurz vom Mikroskop trennte.

„Ich habe eins und eins zusammengezählt und weiß nun, wer sich hinter dem Namen Gisela Goldberg verbirgt und wer unsere Mörderin ist."

„Was?" Sonja trug den gleichen Anflug von Erstaunen, wie vor einigen Minuten, als Manzetti die Hosen fallen gelassen hatte.

„Ja. Was guckt ihr so? Hättet ihr auch machen können."

„Sicher?" Bremer drehte sich mit dem Stuhl zu den anderen beiden und stützte die Hände auf den Oberschenkeln ab.

„Sicher", bestätigte Manzetti.

„Und wir kennen auch alle Eins-und-Eins, um sie zusammenzuzählen?"

„Na … egal. Jedenfalls weiß ich, wer Gisela Goldberg ist, und vor allen Dingen, wo sie ist."

„Und?" Sonja, die sich in dem sprichwörtlich falschen Film wähnte, konnte ihre Neugier kaum mehr bändigen. „Warum nehmen wir sie nicht fest?"

„Weswegen?" Bremer glaubte die Botschaft, die zwischen Manzettis Worten stand, entschlüsselt zu haben.

„Wenn sie doch die Mörderin ist." Sonja hatte noch nicht verstanden, worum es den beiden ging.

„Was zu beweisen wäre."

„Andrea, heißt das, dass wir ihr die Morde nicht beweisen können?"

„Ich fürchte, dass der Dottore Recht hat. Wir haben zwar ziemlich gut kombiniert, aber wir haben keine objektiven Beweise in der Hand. Nicht einmal Zeugen, und Elliott Silbermann wird als Enkel von seinem Aussageverweigerungsrecht Gebrauch machen."

„Das heißt also, dass sie ungeschoren davonkommt?"

„Warten wir es ab, noch ist es nicht so weit." Manzetti griff zu seinem Handy.

Nach zwanzig Minuten saß Dr. Gabriele Manter mit in der Runde, was bei Bremer einen Gefühlsumschwung auslöste. Der Arzt schien auf Wolken zu schweben und beteiligte sich nicht mehr an der Diskussion. Er versuchte permanent, der Psychologin jeden Wunsch von den Lippen abzulesen, auch die, von denen sie selbst noch keine Ahnung hatte.

„Am besten wird es sein", begann Manzetti und lehnte sich in seinem Stammsessel in Bremers Büro gemütlich zurück, „wenn ich mal von all den Dingen berichte, die ich mir so zusammengelegt habe. Ich meine, im Zusammenhang ..." Da keine Einwände kamen, fing er nach einem kurzen Räuspern an.

„Wir finden eine weibliche Leiche vor dem Theater. Sie wurde mit einem Brieföffner erstochen und in Gewänder gehüllt, die nicht mehr zeitgemäß sind. Zudem kam uns bei intensiver Betrachtung der Fundsituation der Gedanke, dass der Mörder möglicherweise eine Botschaft versteckt hat, die auf die Oper La Bohème hinweisen soll oder zumindest irgendwie damit zu tun hat. Dank unseres Intendanten wurden wir auf eine andere Spur gesetzt, zwar auch auf La Bohème, aber auf die literarische Form, bei der es um den Tod einer Franziska geht und nicht um den von Mimi, wie bei Puccini. Kann mir jeder folgen?"

Die beiden Frauen nickten. Bremer hatte dafür keine Zeit, er schmachtete lieber.

„Den Namen Franziska müssen wir uns merken", forderte Manzetti. „Und es gibt noch einen weiteren Namen, der unsere Aufmerksamkeit verdient. Elliott Silbermann sagte mir kurz nach dem Auffinden der toten Trompeterin, dass er eigentlich Goldmann heißen müsse, seine Großmutter ihn aber zur Bescheidenheit erzogen habe."

„Das sagt fast jeder im Theater, das mit dem *Eigentlich-Goldmann*. Jeder kennt doch mittlerweile seinen Spruch." Sonja hob beide Hände und ließ sie gleich wieder sinken.

„Schon, aber niemand kennt den Grund für diesen Spruch. Merken wir ihn uns für später. Was haben wir also bis jetzt?"

„Franziska und Eigentlich-Goldmann", fasste Dr. Manter zusammen, die offensichtlich keine Schwierigkeiten hatte, sich an Manzettis Oberlehrer-Spielchen zu beteiligen.

„Genau. Von Carolin Reinhards Vater erfuhr ich, dass er ein Jahr vor dem Tod seiner Tochter nach Dortmund beordert wurde. Zur selben Zeit hielt sich auch Elliott Silbermann dort auf. Reinhard war Richter in Dortmund und an diversen Heimeinweisungen beteiligt, wie auch die Mutter der zweiten Bohème-Toten, Birgit Walter. Sie war vor fünfzig Jahren Jugendamtsmitarbeiterin. Jetzt kommt der dritte Fakt, den wir uns merken sollten." Er machte eine rhetorisch gut platzierte Pause. „Reinhard traf, als er in Dortmund ankam, auf eine gewisse Gisela Goldberg, die er vor fünfzig Jahren dort in ein Heim geschickt hatte. Und diese Gisela kündete ihm nun an, ihm das Gleiche anzutun, was er ihr vor geraumer Zeit angetan hatte. Und damit meinte sie nicht die Heimeinweisung."

„Und weiter?", hakte Bremer nach, der immer noch kein Auge von Frau Manter nahm, aber inzwischen neugierig geworden war.

„Weiter geht es vor fünfzig Jahren. Gisela Goldberg kommt in das Heim der Vincentinerinnen in Dortmund, wo es alles andere als kinderfreundlich zugeht. Dort wurde auch gefoltert …"

„Andrea!" Sonja sah das etwas anders, denn mit Folter brachte sie Diktaturen im Irak oder in Südamerika in Verbindung, aber keine Einrichtungen in der Bundesrepublik Deutschland.

„Dort wurden Kinder geschlagen", lenkte Manzetti ein. Diese Frage wollte er jetzt nicht diskutieren müssen. Trotzdem erntete er von beiden Frauen einen Blick, der ihm unmissverständlich zeigte, dass er sich nach ihrer Auffassung verbal vergriffen hatte.

„Selbst wenn sie es als Folter empfand, reicht das nicht für diesen Hass." Gabriele Manter schlug ein Bein über das andere, wobei ihr Rock ein wenig nach oben rutschte. Aber sie zog auch aus einem anderen Grund alle Blicke auf sich. Aus einem fachlichen. „Wenn sie die Kinder derjenigen tötet, die sie für ihre Heimeinweisung verantwortlich macht, dann muss sie einen unbändigen Hass in sich spüren, der aber kaum durch Schläge entstanden sein kann."

„Das glaube ich auch nicht", räumte Manzetti ein. Deshalb sind Sonja und ich ja nach Dortmund gefahren, um uns selbst einen Eindruck von dem Heim zu machen."

„Hat es sich gelohnt?" Bremer, der noch immer eher einem Pfau mit ausgebreiteten Schwanzfedern glich als einem von wissenschaftlicher Neugier getriebenen Gerichtsmediziner, näherte sich dem Thema langsam wieder.

„Ja, das hat es. In diesen Heimen wurde wirklich gefoltert. Bevor ihr wieder protestiert, hört euch das mal an." Manzetti griff nach seiner Aktentasche und holte das Tagebuch heraus. An der Stelle, wo ein roter Zettel klebte, klappte er es auf und las vor: „Wir bekamen heute ein scheußliches Essen. Es hat überhaupt nicht geschmeckt. Die Nonnen hatten mal wieder in der Küche das ganze Fleisch für sich genommen und uns nur die Fettklumpen gelassen. Ein Mädchen hat bei jedem Bissen gewürgt und musste schließlich kotzen. Die junge Nonne Elisabeth, die immer am brutalsten zuhaut, hat ihr den Rosenkranz vor die Stirn geschlagen und sie gezwungen, das Erbrochene auszulöffeln. Dann musste auch ich kotzen." Manzetti sah in die betroffenen Gesichter der beiden Frauen.

„Das steht alles in einem Tagebuch einer Heiminsassin, mit der ich gestern geredet habe." Manzetti ließ die anderen einen Augenblick in Ruhe. Dann blätterte er um. „Ich habe immer gehofft, dass keine Nonne unter mein Bettlaken guckt und das Bild meiner Mutter findet. Heute kam mir Elisabeth eklig grinsend auf dem Flur entgegen und hat mich sogar geschubst. Sie hat ganz fies gelacht. Neben meinem Bett lagen dann ganz viele Schnipsel. Jetzt habe ich keine Mutter mehr." Eine bedrückende Stille machte sich im Raum breit.

„Das sind nur ein paar Erlebnisse eines jungen Mädchens, und solche Erfahrungen hat mit Sicherheit auch Gisela Goldberg machen müssen. Sie kam vor genau fünfzig Jahren in dieses Heim und war hochschwanger. Trotzdem wurde sie geschlagen und gedemütigt, und als sie ihr Kind endlich zur Welt gebracht hatte, nahm man es ihr sofort weg."

„Sie durfte dem Kind nicht einmal einen Namen geben", ergänzte Sonja. „Das erledigten die Nonnen selbst. Sie nannten es Franziska."

Ein Dramaturg hätte es nicht besser hinbekommen. Selbst Bremer schien seinen hormonellen Ausnahmezustand überwunden zu haben. „Und jetzt erzählen Sie mir nicht, dass diese Franziska an ihrem dreißigsten Geburtstag …"

„Doch. Sie war selbst in Heimen aufgewachsen, hatte schreckliche Erlebnisse. Sie bekam mit zweiundzwanzig einen Sohn, den sie Frank nannte. Aber der Vater machte sich aus dem Staub. Das Kind konnte ihr offensichtlich keinen Halt geben, sie galt immer als sehr labil und litt unter furchtbaren Depressionen, in deren Folge sie sich acht Jahre später, also mit genau dreißig und genau an ihrem Geburtstag, das Leben nahm."

„Wie?" Bremer war nun wieder gänzlich im Geschäft.

„Ein Brieföffner direkt ins Herz."

„Mann", staunte er. „Und wo ist dieser Frank Goldberg heute?"

Jetzt spitzte auch Sonja die Ohren, denn sie ahnte, dass alles, was nun kommen würde, auch für sie neu war.

„Er trug den Namen seines Vaters, Silbermann. Er wuchs bei Pflegeeltern auf und lernte später seine richtige Großmutter kennen. Die nannte ihn Elliott, weil er immer grinste wie Elliott, das Schmunzelmonster. Und seitdem er sie kennen gelernt und erfahren hat, wie seine Mutter hieß, machte er mit seinem Namen gerne ein Wortspiel."

„Dann ist also unser Frank Silbermann der Enkel von Gisela Goldberg." Sonja sprach das aus, was alle anderen auch dachten. „Genau. Aber das ist noch nicht die entscheidende Information."

„Dann weiter." Bremer ging an einen seiner Rollschränke. Mit einer Flasche Grappa und vier Gläsern kam er zurück, was bei Manzetti eine gewisse Vorfreude auslöste. Aber viel zu früh, denn ein Blick von Gabriele Manter genügte, und Bremer stellte alles wieder zurück. Dann nahm er eine Flasche Wasser und goss jedem ein Glas ein.

„Nun, Herr Manzetti?", forderte Frau Manter mitten in seine Enttäuschung hinein.

„Gisela Goldberg lernte einen GI kennen und wanderte mit dem 1965 in die USA aus. Allerdings reiste sie unter ihrem Namen los und kam nach ihrer Hochzeit auf dem Schiff als Margarethe Hofmann in New York an."

Es war Bremer, der als erster die Fassung wiedererlangte und immerhin ein „Waaaas?" herausbrachte.

„Ja, Margarethe Hofmann ist Gisela Goldberg." Manzetti nutzte die Verblüffung aller, um ungehindert zur bremerschen Grappa-flasche zu gelangen und sich großzügig einzugießen.

„Das kann ich nicht glauben." Sonja sprach damit für alle.

„Das ist aber so." Manzetti spürte ein wohliges Gefühl, als er genüsslich die Grappafahne ausatmete. „Ich war heute in ihrer Wohnung. Eigentlich nur, um mich auf ihr Sofa zu setzen, und un-bemerkt die blöden Katzenhaare mitgehen zu lassen … Deshalb übrigens auch die Zwanzigeurohose."

Diese Erklärung quittierte Bremer mit erhobenem Daumen.

„Da es sich um die gleichen Haare handelt, wie bei Silbermann, ist das ein Beweis dafür, dass er nach seiner Flucht bei ihr war. Er trug nämlich bei der Flucht dieselbe Hose, wie bei seiner Festnah-me. Er ist also aus seiner Klause in die Wollenweberstraße gerannt und von da in das Haus seiner Großmutter. Deshalb habt ihr ihn aus den Augen verloren."

„Gut. Aber woher weißt du das? Das hast du doch schon ver-mutet, bevor du zu ihr gegangen bist."

„Richtig. Aber ich hatte mich an das eine und das andere erinnert. Wie eben an die Sache mit dem Eigentlich-müsste-ich-Goldmann-heißen oder mit dem Hinweis, dass Gisela Goldberg in die USA ausgewandert war. Deshalb ging ich zu Hendel und bat ihn um Einblick in die Personalakten, darunter die von Margarethe Hofmann. Und siehe da, sie kam 1965 in die USA und studierte dort Tanz und Choreografie. Außerdem war sie genau zu der Zeit in Hamburg, als Birgit Walter ermordet wurde."

„Und wer wird die nächste sein?", fragte Sonja.

„Sie ist fertig. Das hat sie mir gesagt. Und ich glaube ihr." Manzetti sah zu Doktor Manter, die seinen Blick sofort verstand.

„Wie sah sie dabei aus? Ich meine mental, wie war sie mental drauf?"

„Schlecht würde ich sagen." Manzetti schilderte den Anblick von Margarethe Hofmann. Er hatte sie eingefallen, fernab ihrer sonstigen Grazie vorgefunden.

„Das passt. Dann ist sie wirklich fertig mit ihrem Werk. Was haben Sie gegen ihren Enkel in der Hand?"

Manzetti überlegte nur kurz. „Nichts. Wir haben bislang nur die Aussage von Mario Schmidt, von der wir noch nicht wissen, was sie vor Gericht wert sein wird."

„Und Frau Hofmann wird ihren Enkel nicht belasten."

„Sie wird jede Aussage gegen ihn verweigern."

Gabriele Manter ergänzte das mit einem deutlichen Nicken. „Hat sie noch etwas gesagt?"

Manzetti überlegte kurz. „Ich habe sie gefragt, ob sie mir noch mehr erzählen möchte."

„Und was hat sie geantwortet?"

„Heute nicht, hat sie gesagt. Morgen, nach der Operngala, da will sie mit mir reden."

„Gut." Doktor Manter stand auf. Drei Augenpaare beobachteten jede ihrer Bewegungen. „Sie wird Ihnen ein Geständnis machen. Davon bin ich überzeugt. Vielleicht kann uns das Orchester dabei noch einmal helfen." Sie bemerkte die Fragezeichen in den Augen, die sie nun anstarrten. „Die Musiker haben bereits Mario geöffnet. Das sollten wir mit Margarethe Hofmann auch hinbekommen."

23

Kerstin hatte den schwarzen Rock und das kurze dunkelgrüne Samtjäckchen angezogen, das sie beim letzten Bummel mit ihrer Schwiegermutter in Siena gekauft hatte. Sie erinnerte sich noch gut an diesen Nachmittag, denn er hatte mit Unmengen leckeren Kuchens in der Konditorei Nanini geendet, oberhalb der Piazza del Campo.

Manzetti stand unter der Dusche. Kerstin hörte das Wasserrauschen durch die Tür. In ungefähr zwei Minuten, dachte Kerstin, würde er sich abtrocknen und das Handtuch zusammengeknüllt auf dem Toilettendeckel liegen lassen. So, als wäre das die normalste Sache der Welt, und genau so, wie in den vergangenen zwanzig Jahren.

Endlich war er fertig, und nachdem die endlich zurückgekehrte Lara eingewiesen sowie Paola eingehend ermahnt waren, konnten sie gehen. Sie trugen dicke Mäntel, denn die Nacht war längst gekommen, Temperaturen um den Gefrierpunkt im Schlepptau.

Unten im Foyer des Theaters standen sie mit Bekannten zusammen, jeder ein Glas Wein in der Hand. Manzetti begeisterte sich wie immer wenig an den Gesprächen, die sie mit der Kollegin von Kerstin und deren philosophierendem Ehemann führen mussten. Wunder, oh Wunder, war dieser Mann klug, und Manzetti befürchtete, dass er von Mal zu Mal klüger würde. Heute hielt der Gute sich am Wetter fest. Er habe gelesen, der November sei bislang genau 1,08 Grad zu warm, was weit oben bei den Eisbären zum Abschmelzen … Aber lieber das Wetter, als Prognosen für die nächsten Landtagswahlen, die noch gut zwei Jahre Zeit hatten. Das war nämlich üblicherweise sein bevorzugtes Thema, und bislang hatte der Brandenburger Stammtischphilosoph immer falsch gelegen, was zumeist daran lag, dass der Wähler nicht auf ihn gehört hatte.

Manzetti sehnte das Klingeln herbei, und als es endlich ertönte, hetzte er förmlich über die vier Stufen, die ihn noch vom großen Saal trennten. Dort bog er schon ruhiger nach links ab und führte seine Frau in die erste Reihe, für die sie vom Intendanten Karten bekommen hatten. Links neben ihnen sollten Hendel und Margarethe Hofmann Platz nehmen und direkt hinter ihnen Bremer und Frau Manter. Für alle Fälle, hatte Manzetti gemeint.

Der Intendant und Frau Hofmann kamen als Letzte und setzten sich in dem Moment, als die ersten Orchestermitglieder von rechts die Bühne betraten. Es waren die Streicher, die Bläser kamen zumeist von hinten.

Nachdem alle Musiker saßen, ihre Instrumente gestimmt waren und absolute Stille eingetreten war, wurde die auch schon wieder durch rasenden Applaus unterbrochen, als nämlich der Dirigent freundlich nickend zu seinem Podium schritt. Den Taktstock in der rechten Hand, mit der linken sein Publikum grüßend. Die meisten waren Stammhörer, die ihn verehrten, denn es war einzig ihm zu verdanken, dass die Brandenburger Symphoniker einen Sprung gemacht hatten, der sie in höchste Ligen führte.

Michele Consiglio verbeugte sich, worauf wieder absolute Stille eintrat, die lediglich durch ein leises Husten von ganz hinten unterbrochen wurde. Aber er hob nicht wie erwartet seinen Taktstock. Er drehte sich zum Publikum, suchte Sichtkontakt zu Manzetti und hielt seinen Stock dann, ganz wie ein kleiner, verlegener Junge, mit beiden Händen.

„Meine sehr verehrten Damen und Herren", begann er seine Ansprache. „Ich habe mich entschlossen, das heutige Programm etwas umzustellen. Bei unserer Operngala werden Sie nicht wie angekündigt zuerst Wagner, sondern gleich zu Beginn Puccini hören. Es wird jener erste Akt der Oper La Bohème sein, der uns in eine Pariser Mansarde führt. Hier arbeiten der Maler Marcello und der Dichter Rodolfo trotz eisiger Kälte. Wie die beiden besitzt auch der später eintreffende Philosoph Collin nicht einen Sou, und da die Pfandleihen am Weihnachtsabend geschlossen sind, opfert Rodolfo einige Seiten seines letzten Manuskriptes für ein wärmendes Feuer. Es ist wieder einmal ein Musiker, der die Rettung bringt."

Consiglio erntete an dieser Stelle leises Lächeln aus dem Zuhörerbereich.

„Der gute Schaunard hat von einem Engländer Geld für ein kleines Privatkonzert bekommen, sie wollen zusammen essen gehen. Nur Rodolfo bleibt noch zurück. Und da klopft es. Es ist Mimi, die junge Nachbarin, deren Kerze auf der Treppe erloschen war. Als ihr der Schlüssel hinunterfällt und beide sich danach bücken …" Michele Consiglio machte eine Pause, so als würde seine Stimme versagen. Dann suchte er wieder Blickkontakt zu Manzetti sowie zu Doktor Manter. Ihr aufmunterndes Nicken war für die übrigen Besucher kaum wahrzunehmen.

„Beim Bücken also, berühren sich die Hände der beiden, und Rodolfo stellt fest, dass Mimis Hand ganz kalt ist. Das wird in der berühmten Arie *Che gelida manina*, Wie eiskalt ist dies Händchen, besungen." Wieder schob Consiglio eine Pause ein, und einige Besucher glaubten Tränen in den Augen des Dirigenten zu erkennen.

„Mein sehr verehrtes Publikum", die Stimme des Dirigenten klang zittrig. „Auch wir, die Mitglieder des Ensembles, hatten vor kurzem unsere Mimi, die zwar nicht an Schwindsucht erkrankt, aber doch mit eiskalten Händchen in den Tod ging. Wir möchten mit dem ersten Akt der Oper *La Bohème* unsere Solotrompeterin Carolin Reinhard ehren und wir möchten auch an ihre literarische Vorlage, an die bedauernswerte Franziska aus dem Roman Bohème von Henri Murger erinnern, an jenes Mädchen, das wie Mimi immer ganz kalte Händchen hatte und auf ebenfalls ganz tragische Weise aus dem Leben scheiden musste."

Durch Consiglios Körper ging ein kräftiges Zucken. Er stand kerzengerade auf seinem Podium, selbst die Hände lagen nun an der glänzenden Hosennaht. „Wir denken an Carolin Reinhard und wir denken an Franziska Silbermann."

In dem Moment, als sich der Dirigent Michele Consiglio zu seinem Orchester umdrehte und den Taktstock hoch über den Kopf erhob, krallten sich fünf Finger in Manzettis Hand. Es waren die von Margarethe Hofmann.

*

Margarethe Hofmann hatte sich entschieden, ganz allein mit Manzetti zu reden. Es sollte niemand sonst dabei sein. Lediglich aufzeichnen durfte er das Gespräch, und so verließ Sonja das vorbereitete Intendantenbüro, nachdem sie die Videokamera eingeschaltet hatte. Sie ging nach unten, wo sie sich auf den freien Platz neben Kerstin Manzetti setzte.

„Ich danke Ihnen, Herr Manzetti." Margarethe Hofmann legte ihre Hände auf den Tisch, gefaltet wie zu einem Gebet.

Manzetti nickte nur.

„Haben Sie es gestern schon gewusst?" Sie fragte mit Neugier.

„Fast. Ich wusste mit ziemlicher Sicherheit, dass Sie Gisela Goldberg sind, und die Fotos Ihrer Tochter an der Wand gaben mir schließlich Recht."

Sie nickte jetzt auch. „Ja, die Fotos. Es war sehr schwierig für mich, sie zu bekommen, umso wertvoller sind sie für mich. Das können Sie, nach allem, was Sie inzwischen von mir wissen müssen, sicher gut nachvollziehen. Ich möchte gar nicht fragen, wie Sie auf mich gekommen sind. Ich frage Sie nur, was Sie über meine Identität gerne noch erfahren möchten."

„Dazu weiß ich mittlerweile alles. Aber ich habe andere Fragen, die ich Ihnen gerne stellen würde."

Margarethe Hofmann schwieg einige Sekunden. „Okay, machen wir reinen Tisch. Darf man während eines Verhörs vielleicht einen Schluck Wein trinken, oder ist das verboten?" Sie guckte ihn ganz ruhig an und lächelte sogar ein wenig dabei.

Manzetti kniff die Augen zusammen und schielte Margarethe Hofmann durch enge Schlitze an.

„Geben Sie sich einen Ruck. Es ist so etwas wie mein letzter Wille."

Das stimmte letztendlich auch den deutschen Teil in Manzetti um. „Und wo bekommen wir jetzt Wein her?"

„Wir sind im Büro des Intendanten. Hinter Ihnen im Schrank deponiert er immer welchen."

Manzetti öffnete den Schrank und griff die Flasche sowie zwei Gläser.

211

„Zum Wohl." Manzetti prostete ihr zu, überlegte mit Blick zur Videokamera aber gleichzeitig, wie er Claasen diese Aufnahmen erklären könnte.

„Wo fangen wir also an?" Sie stellte das Glas vor sich hin, während ihre Zunge keinen Tropfen der roten Flüssigkeit auf den Lippen ließ.

„Am besten ganz vorn."

„Gut. Wir beginnen also 1957. Einverstanden?"

Manzetti nickte.

„Ich war gerade mal 17, als mich Marianne Walter nach Dortmund brachte. Sie war eine mürrische alte Hexe, obwohl sie erst Anfang zwanzig war. Aber sie hatte große Freude daran, kleine Mädchen in Heime zu stecken, um sie zu wertvollen Mitgliedern der Gesellschaft zu machen, wie sie sich damals ausdrückte."

„Darf ich Sie unterbrechen, wenn ich etwas nicht verstehe?"

„Das dürfen Sie", erlaubte Margarethe Hofmann. „Außerdem gibt mir das die Möglichkeit, von diesem köstlichen Wein zu trinken."

„Frau Walter sagte mir, Sie seien, wie auch die anderen Kinder und Jugendlichen, verhaltensgestört gewesen. Sie behauptete sogar, Sie hätten zu Verbrechen geneigt. Welche waren das denn?"

„Ich war 17 Jahre alt und schwanger. Und ich war auch noch stolz darauf. Wegen des Vaters! Sie müssen wissen, die Musik war für mich alles in einer tristen Kindheit und Jugend. Aber nicht der Rock 'n' Roll, der damals gerade aufkam, hatte es mir angetan. Nein, es war die Klassik. Von Anfang an. Das Orgelspiel, das aus den Kirchen drang, damit hat es begonnen. Und im Radio die Musiksendungen. So erfuhr ich von dem Opernensemble, das zu einem Gastspiel nach Dortmund kam, sie gaben La Bohème. Giorgio gehörte zu den zweiten Geigern." Sie unterbrach sich für einen Moment, ihr Blick war in eine unerreichbare Ferne gerichtet.

„Ich habe vor und nach den Proben am Theater immer auf das Ensemble gewartet. Giorgio gefiel mir sofort, nach drei Tagen wurde er auf mich aufmerksam. Ich habe ihn angehimmelt. Das hat ihm geschmeichelt. Für ihn war ich nur eine nette Abwechslung, mehr nicht, das war mir klar. Wahrscheinlich war er verheiratet. Doch ich verdankte ihm den ersten Besuch einer Oper, in den Kulissen, aber egal. Und ich verdankte ihm meine Tochter. Er war schon lange wieder fort, als ich es erfuhr. Ich habe ihn nie verraten. Die Schwangerschaft einer Siebzehnjährigen, die den Vater des Kindes nicht preisgeben wollte, aber war für die Leute vom Jugendamt ein Kapitalverbrechen. Für die Walter und auch für den Reinhard, und für diese scheinheiligen Schwestern war ich auszurottendes Teufelszeug. Und mit dieser Ausrottung begannen sie gleich in der ersten Minute."

„Im Heim, meinen Sie?" Manzetti nahm eine Veränderung in ihrer Stimme wahr. Das besorgte ihn, denn das Geständnis hing erheblich vom Gesprächsverlauf ab und der wahrscheinlich von ihrer Gemütslage.

Aber sie erzählte ruhig weiter. „Noch bevor ich begrüßt wurde, schnitt man mir die Haare ab und steckte mich in diese Anstaltskleider, die eher Häftlingskleidung war."

„Und die Birgit Walter und Carolin Reinhard trugen, als man sie tot auffand?"

„Ja, genau. Als ich um meine schönen langen Haare weinte, schaute mich eine Schwester an, als wäre ich der Teufel, und schrie, ich solle aufhören zu flennen. Aber ich konnte nicht aufhören, da schlug sie mir mit der flachen Hand ins Gesicht."

„Nur dafür?"

„Ja. Für Schläge brauchten sie keine Rechtfertigung. Sie schlugen einfach zu, auf dem Hof, auf dem Flur, selbst in der Kapelle schlugen sie uns. Aber das war noch nicht das Schlimmste. Und ich weiß von anderen Frauen, die ich Jahre später in Therapiegruppen getroffen habe, dass es in anderen Heimen nicht anders aussah. Eine gute Freundin aus Eschweiler erzählte mir, dass sie Kohlsuppe essen musste, obwohl sie davon ganz üble Blähungen bekam und krampfartige Bauchschmerzen. Davon ließen sich die Schwestern in dem Heim aber nicht beeindrucken, und als sie sich nach der Hälfte der gelöffelten Suppe übergeben musste …"

„Ich weiß", unterbrach Manzetti und winkte angewidert ab.

„Woher?"

„Ich habe das Tagebuch einer ehemaligen Heiminsassin gelesen." Den Namen nannte er ihr nicht, aus Angst, sie würde durch Fragen nach ihrer alten Freundin vom Thema ablenken.

„Also gut. Dann fahre ich fort und immer, wenn Ihnen etwas bekannt vorkommt, dann heben Sie einfach die Hand."

Manzetti zeigte sich einverstanden.

„Ein Mann, der als kleiner Junge in ein Heim nach Süddeutschland kam, erzählte mir später in den USA, dass er bei Minusgraden nackt auf den Hof treten musste und dort mit eiskaltem Wasser abgespritzt wurde." Sie unterbrach sich und sah in das leichenblasse Gesicht von Manzetti. „Ist Ihnen nicht gut?"

„Doch, doch. Aber ich brauche ein Glas Wasser."

Sie holte eine Flasche ohne Kohlensäure aus dem Schrank, in dem auch der Wein gestanden hatte, und goss ihm ein. „Besser?", fragte sie, als er das Glas geleert hatte.

„Ja. Es geht schon."

„Ich kann auch aufhören, wenn es zu viel für Sie ist."

„Nein, nein. Machen Sie nur weiter."

„Und schweigen mussten wir. Niemand durfte ungefragt sprechen, auch nicht beim Essen. Und das konnte man ohne Protest kaum runterbringen. Es gab fast nur Suppe, in der manchmal eklige Fettklumpen schwammen. Das magere Fleisch nahmen sich ..."

Manzetti hob die rechte Hand.

„Aha. Kennen Sie auch den Raum der Besinnung?"

Manzetti schüttelte den Kopf.

„Das war eine Einzelzelle. Dunkel und kalt. Die Ausstattung war karg, bestand bloß aus einer Pritsche, und wenn man Glück hatte, lag darauf eine grobe Decke. Als Toilette diente ein alter Blecheimer mit Deckel. Zu essen gab es lediglich Wasser und Brot, was dem Magen manchmal aber besser tat, als die Suppe im Speisesaal."

„Aber Sie waren doch schwanger? Hat man Sie da nicht besonders gepflegt?"

„Gepflegt? Ich musste in der Wäscherei genauso schwer schuften, wie die anderen auch. Los mach!, haben die Nonnen mich angeschrien. Schließlich hätte ich mich beim Zeugen des Kindes auch nicht geschont." Sie goss sich ein neues Glas Wein ein und sah dann mit funkelnden Augen zu Manzetti. „Wissen Sie, was das in einem aufbaut?"

Er konnte es sich denken.

„Hass. Blanken Hass baut das auf, und wenn diese Bande Ihnen dann noch Ihre Tochter wegnimmt, die Sie unter Qualen zur Welt gebracht haben, dann ... dann ..."

Manzetti legte seine Hand über die von Margarethe Hofmann. Er spürte deutlich ihren Puls, der zu rasen schien. Sie beruhigte sich nur langsam, ließ aber die Hand des Polizisten auf der ihren ruhen.

„Wie haben Sie Ihre Tochter wiedergefunden? Sie waren doch in den USA?"

„Ja." Sie nahm wieder Abstand zu dem Hauptkommissar auf. Ihre beiden Hände umfassten das Weinglas. „Mein Mann war nur zum Schein Soldat. Eigentlich stand er in den Diensten des CIA, des amerikanischen Auslandsgeheimdienstes. Da war es nicht schwer, an die nötigen Unterlagen zu kommen. Wie habe ich mich damals amüsiert, als ich las, dass sie meiner Tochter den Namen Franziska gegeben haben. Ausgerechnet! Einen Namen, der für die Puccini-Oper ja nicht ohne Bedeutung war, wie ich inzwischen wusste. Aber mein Mann hat mir verboten, Kontakt zu Franziska aufzunehmen. Es wäre nicht gut für sie, hat er gesagt, und außerdem, das war wohl der wahre Grund, könnte dann seine Tarnung auffliegen, und dafür habe er mir nicht bei der Einreise zu einer neuen Identität verholfen."

„Aber Sie versuchten es trotzdem?"

„Ja. Aber erst, als Glenn gestorben war. Ich hatte ihm ja wirklich viel zu verdanken. Schließlich hat er mich aus einem Land geholt, in dem ich gefoltert worden bin, und das unter den Augen von Ämtern und denen der Justiz."

„Gehen Sie da nicht zu weit?"

„Eigentlich nicht. Die haben mich in dieses Heim gebracht, oder? Und sie mussten doch wissen, wie es in diesen Einrichtungen zugeht."

„Trotzdem entschied Reinhard nach dem geltenden Recht und Gesetz. Sie können ihm also nicht diesen Vorwurf machen."

Manzetti begann zu schwitzen. Deshalb öffnete er sein Sakko und goss sich auch noch einen Barolo ein.

„Herr Manzetti." Margarethe Hofmann rückte ganz nah an sein Gesicht. „Auch bei den Hexenprozessen im Mittelalter hat man nach dem damals gültigen Recht und Gesetz entschieden. Und denken Sie an die nationalsozialistischen Volksgerichtshöfe. Waren ihre Urteile moralisch vertretbar?"

Darauf wollte Manzetti lieber keine Antwort geben.

Sie aber setzte ihre Anklage fort. „In was für einem Land leben wir eigentlich? Da schwärmen Politiker und Experten von den guten alten Zeiten, von den Jahren nach dem Krieg, vom Wirtschaftswunder. Das ist doch schwachsinnig, dieser ganze Nierentischkult. Sie rufen sogar ungestraft nach Zucht und Ordnung, fordern Camps für straffällige Kinder. Aber wohin führt das denn?"

Manzetti musste sich räuspern, um, ohne große Überzeugung, sagen zu können: „Vielleicht zu mehr Abschreckung?"

„Quatsch. Vollkommener Quatsch. Es führt zur Ausgrenzung vieler junger Menschen, zu nichts weiter. Und daraus folgen immer neue Straftaten."

„Aber Strafe ist eine Form, Regeln durchzusetzen." Er machte einen neuerlichen Versuch, nicht zuletzt auch, um seinen eigenen Berufsstand zu verteidigen.

„Strafe schon", entgegnete Frau Hofmann. „Aber was damals in den Heimen passierte und wonach heute wieder konservative Politiker rufen, ist die massenhafte Verletzung von Kindesrechten und damit von Menschenrechten. Herr Manzetti, das, was man damals gemacht hat und manche heute wieder vorhaben, ist nichts weiter als die Entsorgung von Störenfrieden. Sie lösen damit kein einziges soziales Problem, und die Ursachen haben sich in den letzten fünfzig Jahren nicht verändert. Es ist immer die soziale Situation in den Familien, und die wird in Deutschland nicht besser. Und was das heißt, das weiß ich nur zu gut."

Er holte tief Luft und ließ sie geräuschvoll wieder hinaus. Er musste das Gespräch wenden, wollte nicht mehr über Politik mit ihr diskutieren. „Was passierte nun nach dem Tod Ihres Mannes?"

„Ich flog mit meinen Informationen nach Deutschland und suchte meine Tochter. Schließlich war mein größter Wunsch, mit ihr gemeinsam und mit meinem Enkel ihren zweiunddreißigsten Geburtstag zu feiern."

Das war es also. Das war der Auslöser für die Explosion ihres Hasses auf all die, denen sie die Schuld an ihrer Lage gab.

Er stützte die Ellenbogen auf den Tisch und legte sein Kinn auf die Fingerknöchel. Dann nickte er verstehend. „Und als Sie nach all den Jahren endlich bei Ihrer Tochter ankamen, war sie schon zwei Jahre tot."

24

Manzetti ließ heißes Wasser in die Badewanne laufen. Viel zu viel, wie Kerstin jedes Mal zu recht bemerkte, denn ein guter Teil der Wasserrechnung ging auf seine ausgedehnten Bäder. Zu seiner Verteidigung bemühte er dann die Geschichte seiner italienischen Vorfahren, die bekanntermaßen oft und lange in Thermen anzutreffen gewesen waren.

Er legte seine Kleidung auf den Toilettendeckel und ließ sich behutsam in das schaumige Nass gleiten. Das fast schon ungesund heiße Wasser reichte ihm bis ans Kinn und begann bereits nach wenigen Sekunden, den Körper krebsrot zu färben. Seine Arme auf dem Wannenrand waren voller Schaum. Die Badtür stand weit offen, und so konnte er jeden Ton von Tschaikowskis Klavierkonzert Nr. 1 hören, das gerade überlaut aus den Lautsprechern im Wohnzimmer schallte. Ausnahmsweise störte es niemanden, denn Paola war mit ihrer Mutter unterwegs, und Lara war bei ihrer Freundin Nora.

Nora, der Auslöser für den Streit mit seiner Tochter.

Manzetti kippte mit dem großen Zeh die gelbe Plastikente ins Wasser, die seit ungefähr fünfzehn Jahren auf dem hinteren Wannenrand saß, dort wo der Stöpsel war. Von da aus hatte sie beiden Töchtern beim Baden gedient. Nun war sie aber längst im Vorruhestand, denn selbst Paola war inzwischen der Meinung, dass nur Babys mit Enten baden gingen.

Für Manzetti aber war sie heute der Schlüssel zur sorglosen Vergangenheit, als sich Lara noch gemeinsam mit ihren Eltern in der Badewanne vergnügte und mit einem entsetzlich grellen Quietschen unbekümmert den ganzen Schaum über den Fußboden verteilte. Es war schön gewesen, und Lara noch so unschuldig.

Was heißt denn war?, schien der gelbe Wasservogel zu fragen, als er aus dem Wasser geschnellt kam, nachdem er ihn hinuntergedrückt und dann losgelassen hatte, und während er nun im Schaum sanft schaukelnd genau in seine Richtung blickte. Teile seines Gesichts spiegelten sich auf der feucht glänzenden

Oberfläche. Konnte eine gelbe Plastikente herausfordernd schauen?

Sie konnte. Manzetti sprang aus der Wanne, ließ wie selbstverständlich die Sachen auf dem Toilettendeckel liegen und zog sich im Schlafzimmer neue an. Dann ließ er sich ein Taxi kommen und in die Harlunger Straße fahren. Dorthin, wo Nora wohnte.

Er grüßte hastig, als die Mutter von Nora ihm die Tür öffnete. „Mein Name ist Manzetti …"

„Ach, kommen Sie doch rein. Die Mädchen sind bei Nora im Zimmer. Es ist schön, wenigstens mal einen Elternteil von Lara kennen zu lernen."

„Ich freue mich auch", log er. „Aber ich möchte nicht zu Lara, sondern zu Ihnen und Ihrem Mann. Ich glaube, dass wir etwas besprechen sollten."

Die Freundlichkeit verschwand sofort aus dem Gesicht der Frau, die noch immer die Türklinke in der Hand hielt. Ihre Stimmung kehrte sich nicht in Unfreundlichkeit um, wich aber einem Anflug von Besorgnis. Schließlich war ihr der Beruf des Mannes bekannt, der da vor ihrer Tür stand, und Polizisten, die ungebeten auftauchten, waren selten gute Botschafter. „Kommen Sie." Sie führte den Besucher ins Wohnzimmer, wo ihr Mann auf dem Sofa saß und versuchte, sich durch vierzig Programme zu kämpfen.

„Ich möchte Ihnen von einem Fall erzählen, der vor vielen Jahren mit der Einweisung eines jungen Mädchens in ein Heim begonnen hat, weil seine Eltern und seine Großeltern ihm ihre Liebe entzogen haben."

Das Ehepaar, das ihm gegenüber dicht beieinander auf dem Sofa saß, blieb über mehr als eine halbe Stunde still. Kein Laut, keine Frage, nicht einmal eine Bewegung. Nur die Augenlider taten ihre Arbeit.

Es war kein ganz unbekannter Anblick für Manzetti. Er hatte ihn schon oft erlebt. Eine solche Erstarrung trat meist ein, wenn er engen Angehörigen die Mitteilung machen musste, dass jemand aus der Familie zu Tode gekommen war oder zumindest in Lebensgefahr schwebte. Aber hier war genau das Gegenteil der Fall.

Es entstand Leben, unschuldig, schützens- und liebenswert, und ganz nahe, nämlich im Bauch von Nora, hinter der Wand zum Kinderzimmer. Trotzdem saßen sie hier, wie vor einer Trauerzeremonie.

„Als ich dachte, dass Lara, dass also meine Tochter schwanger sei, habe ich völlig falsch reagiert. So falsch, wie es nur möglich ist", gestand er und erzählte weiter von seiner Rage, die sich eingestellt hatte, als er den Brief des jungen Vaters an die noch werdende Mutter gelesen hatte, mitsamt seiner unheilvollen Botschaft.

„Ich bitte Sie, seien Sie klüger und vor allem liebevoller als ich, als ein Richter und eine Jugendamtsmitarbeiterin." Er formulierte diesen abschließenden Wunsch, obwohl er nicht wusste, ob das Ehepaar überhaupt noch in der Lage war, ihm zuzuhören.

Doch dann erhob sich Noras Mutter, ergriff die Hand ihres Mannes und bedeutete Manzetti mit den Augen, ihnen zu folgen. Der Weg führte über den kleinen Flur in ein geräumiges Jugendzimmer, in dem Nora und Lara dichtgedrängt nebeneinander saßen. Es war eigenartig, denn es war die Situation, die er vorher im Wohnzimmer schon einmal vorgefunden hatte, nur in anderer Besetzung.

„Herr Manzetti hat uns alles erzählt." In der Stimme der Frau schwang etwas, das Manzetti nicht erklären konnte. Aber es war Warmherzigkeit darin, das wusste er. Dann ging sie einen Schritt auf ihre Tochter zu. „Wir werden den kleinen Engel lieben, wie wir dich lieben, Nora." Als sie das gesagt hatte, sprang ihre Tochter von ihrer Liege auf und in die Arme ihrer Mutter. Der Vater ging zu ihnen und umarmte seine beiden Frauen und das entstehende, noch winzige Leben. Manzetti nahm unterdessen die Hand seiner Tochter und zog sie aus dem Zimmer.

Draußen auf der Straße drückte er Laras Hand etwas kräftiger und zog seine Tochter sanft zu sich herum, sodass sie genau vor ihm stand.

„Entschuldigung, mein Schatz." Seine Stimme bebte. Sie war so flattrig wie ein trudelnder Herbstdrachen. „Ich habe alles falsch gemacht, was ein Vater nur falsch machen kann …" Dann kullerten diesem ein Meter fünfundachtzig großen Koloss literweise Tränen über die Wangen und seine Knie begannen einzuknicken.

Lara, fünfzehn Jahre alt, zog sich an ihm hoch und küsste seine nassen Lippen. „Du biste die beste Papa von die Welt. Unte iche liebe dich."

ENDE

Ich danke

dem Journalisten Peter Wensierski, der mit seinem Buch „Schläge im Namen des Herrn" (2006) einen Appell wider das Vergessen geschaffen hat. Sein Werk über das Schicksal tausender ehemaliger Heimkinder in der Bundesrepublik hat mich nicht nur inspiriert, es hat mich gepackt und gleichzeitig erschüttert.

Mein Dank gilt aber auch vielen Freunden und Bekannten, die zum Gelingen der „Havelsymphonie" entscheidend beigetragen haben. Etwa Dr. Anette Kleszcz-Wagner, die als Wiederholungstäterin ein perfektes Lektorat geboten, mich angetrieben und meine Gedanken sortiert hat. Auch GMD Michael Helmrath für den tiefen Einblick in sein Schaffen und den Brandenburger Symphonikern für ihre tolle Musik gilt mein Dank, oder Sebastian, meinem musikalischen Mentor, Sascha für das Feilen an den Figuren, Philip für seine eindringlichen, aber sehr notwendigen Tipps, Annette für gute Ideen und wie immer meiner lieben Frau, ohne die es auch dieses Buch nicht gegeben hätte.

Vom selben Autor im Prolibris Verlag

Jean Wiersch
Havelwasser
235 Seiten, Paperback
ISBN 978-3-935263-45-0 / 12,00 EUR

Jean Wiersch
Haveljagd
220 Seiten, Paperback
ISBN 978-3-935263-66-5 / 12,00 EUR

Jean Wiersch
Havelgeister
224 Seiten, Paperback
ISBN 978-3-935263-87-0 / 12,00 EUR

Jean Wiersch
Havelbande
215 Seiten, Paperback
ISBN 978-3-95475-104-4 / 12,00 EUR

Jean Wiersch
Havelgift
210 Seiten, Paperback
ISBN 978-3-95475-148-8 / 12,95 EUR